미당 서정주 전집

17

옛이야기

* 이 도서의 국립중앙도서관 출판시도서목록(CIP)은 e-CIP홈페이지(http://www.nl.go.kr/ecip)와 국가자료공동목록시스템(http://www.nl.go.kr/kolisnet)에서 이용하실 수 있습니다. (CIP제어번호: CIP2017015039)

미당 서정주 전집

17

옛이야기

세계 민화집 2
우리나라 신선 선녀 이야기

은행나무

발간사

　미당 서정주 선생의 탄신 100주년을 맞이하여 선생의 모든 저작을 한곳에 모아 전집을 발간한다. 이는 선생께서 서쪽 나라로 떠나신 후 지난 15년 동안 내내 벼르던 일이기도 하다. 선생의 전집을 발간하여 그분의 지고한 문학세계를 온전히 보존함은 우리 시대의 의무이자 보람이며, 나아가 세상의 경사라 하겠다.

　미당 선생은 1915년 빼앗긴 나라의 백성으로 태어나셨다. 우울과 낙망의 시대를 방황과 반항으로 버티던 젊은 영혼은 운명적으로 시인이 되었다. 그리고 23살 때 쓴 「자화상」에서 "나를 키운 건 팔할이 바람이다"라고 외쳤고, 이어서 27살에 『화사집』이라는 첫 시집으로 문학적 상상력의 신대륙을 발견하여 한국문학의 역사를 바꾸었다. 그 후 선생의 시적 언어는 독수리의 날개를 달고 전통의 고원을 높게 날기도 했고, 호랑이의 발톱을 달고 세상의 파란만장과 삶의 아이러니를 움켜쥐기도 했고, 용의 여의주를 쥐고 온갖 고통과 시련을 지극한 아름다움으로 바꾸어 놓기도 했다. 선생께서는 60여 년 동안 천 편에 가까운 시를 쓰셨는데, 그 속에 담겨 있는 아름다움과 지혜는 우리 겨레의 자랑거리요, 보물이 아닐 수 없다. 선생은 겨레의 말을 가장 잘 구사한 시인이요, 겨레의 고운 마음을 가장 잘 표현한 시인이다. 우리가 선생의 시를 읽는 것은 겨레의 말과 마음을 아주 깊고 예민한 곳에서 만나는 일이 되며, 겨레의 소중한 문화재를 보존하는 일이 된다.

미당 선생께서 남기신 글은 시 아닌 것이라도 눈여겨볼 만하다. 선생의 문재文才와 문체文體는 유별나서 어떤 종류의 글이라도 범상치 않다. 평론이나 논문에는 남다른 통찰이 번뜩이고 소설이나 옛이야기에는 미당 특유의 해학과 여유 그리고 사유가 펼쳐진다. 특히 '문학적 자서전'과 같은 산문은 문체를 통해 전달되는 기미와 의미와 재미가 풍성하여 미당 문체의 진미를 맛볼 수 있다. 미당 문학 가운데에서 물론 미당 시가 으뜸이지만, 다른 글들도 소중하게 대접받아야 할 충분한 까닭이 있다. 『미당 서정주 전집』은 있는 글을 다 모은 것이기도 하지만 모두 소중해서 다 모은 것이기도 하다.

미당 선생 생전에 『서정주문학전집』이 일지사에서, 『미당 시전집』이 민음사에서 간행된 바 있다. 벌써 몇십 년 전의 일이다. 오늘의 관점에서 보면 그 책들은 수록 작품의 양이나 정본의 측면에서 아쉬움이 많다. 지난 몇 년 동안, 본 간행위원회에서는 온전한 전집을 만들기 위해서 많은 수고를 아끼지 않았다. 서고의 먼지 속에서 보낸 시간도 시간이지만 여러 판본을 두고 갑론을박한 시간도 만만치 않았다. 특히 미당 시의 정본을 확정하고자 미당 선생의 시작 노트나 육성까지 찾아서 참고하고 원로 문인들의 도움도 구하는 등 번다와 머뭇거림을 마다하지 않았다. 참으로 조심스러운 궁구를 다하였으니, 앞으로 미당 시를 인용할 때 이 전집에 의존하는 경우가 점점 많아지기를 바랄 뿐이다.

한편으로, 미당 전집의 출간은 두려운 일이다. 그것은 미당 선생의 모든 작품을 제대로 보여 준다는 형식적 의미를 지니기 때문이다. 세상에 어떤 전집이 있어 미당 선생의 모든 작품을 제대로 보여줄 수 있을 것인가? 우리에게도 그것은 현실이 못되고 희망이겠지만 그래도 우리는 그 희망에 최대한 가까이 가고자 했다. 우리가 그 희망에 얼마만큼 근접했는지는 앞으로의 세월이 증명해 줄 것이다. 다만 지금으로서는 지극한 정성과 불안한 겸손이 우리의 몫일 따름이다.

마지막으로 감히 말하건대, 우리는 미당의 전집 간행을 긍지와 사명감으로 하고자 했다. 우리는 미당을 통해서 이 세상에는 아주 특별한 것이 아주 드물게 존재함을 알게 되었다. 그리고 그 특별하고 드문 것을 우리 손으로 정리해서 한곳에 안정시키는 일에 관여하는 기쁨을 누렸다. 우리의 기쁨이 보람이 있어 세상의 기쁨이 된다면 그 기쁨은 곱이 될 것이다. 아니 그보다 미당의 문학이 이 세상에서 제 몫의 대접을 받게 된다면 우리는 사필귀정事必歸正이라는 네 글자를 진리로 받들면서 더 큰 기쁨을 누릴 것이다.

미당 선생 탄생 100주년이 되는 해의 유월에
미당 서정주 전집 간행위원회

이남호, 이경철, 윤재웅, 전옥란, 최현식

미당 서정주 전집 17 옛이야기
세계 민화집 2 · 우리나라 신선 선녀 이야기

차례

용기와 희망

우리나라 신선 선녀 이야기

일러두기

『미당 서정주 전집 16, 17』 '옛이야기'는 『서정주 세계 민화집』(전 5권, 민음사, 1991)과
『우리나라 신선 선녀 이야기』(전 5권, 민음사, 1993)를 저본으로 하고,
소년한국일보(1988.1.4.~1988.12.31.)를 참고하였다.

세계 민화집 2

욕심과 사랑

혼자서만 다 먹어 버리는 여자

스페인

옛날 에스파냐에 사냥꾼 내외가 살고 있었는데요. 남편이 애써서 사냥한 꿩들이니 산토끼 같은 것을 하나도 빼지 않고 꼬박꼬박 아내에게 갖다가 주면 아내는 이걸 잘 요리해서 혼자 맛있는 건 부엌에서 다 먹어 버리고, 남편에게는 뼈다귀 끓인 국물만 먹였습니다.

그러고는 거짓말로,

"그놈의 고양이가 또 이번에도 고기를 몽땅 훔쳐 가 버렸지 뭐예요."

하고 애꿎은 고양이만 핑계하는 것이었습니다.

어느 날은 사냥꾼이 또 사냥을 나가 어떤 숲길을 지나가고 있었는데요. 숲속에서 예쁘장한 여자 도깨비 하나가 나오더니 쌩긋 웃으면서 하는 말이,

"여보소. 아내도 소중하기야 하겠지만 그렇다고 사냥꾼이 고기 맛

도 못 보고 살아서야 쓰겠는가? 정말 고양이가 날마다 자네가 사냥한 고기를 다 훔쳐 가는 줄로 아나? 그건 멀쩡한 자네 여편네의 거짓말인 걸 알게. 그렇다고 두들겨 패 줄 수도 없고, 이혼해 쫓아내 버릴 수도 없고, 자네도 참 따분하게 되었군. 내가 자네를 딱하게 여긴 나머지 이렇게 일부러 나와서 가르쳐 주는 것이니 내가 하라는 대로만 꼭 한다면 자네도 자네 몫의 고기를 먹으면서 살 팔자는 될 것이야."

하고 말하는 것이었습니다.

그리고 그에게 콩알 세 개를 주며, 한 개는 그의 아내가 음식을 만드는 부엌 한구석에, 또 한 개는 부엌에서 나오는 복도에, 나머지 한 개는 밖으로 나가는 문 옆에 눈에 잘 뜨이지 않게 놓아두고 그 효력을 기다려 보라는 것이었습니다.

사냥꾼은 집에 돌아오자 그 여자 도깨비가 하라는 대로 세 알의 콩을 부엌과 복도와 출입문 옆에 각각 한 개씩 놓아두고, 효력이 나타나기를 기다리고 있었는데요.

그날 해 질 녘에 그의 아내가 그가 갖다 준 꿩과 토끼로 음식을 만들고 있을 때인데, 부엌에서 요즘의 확성기에서 나오는 소리처럼 크게 외치는 소리가 들려왔습니다.

"여보소! 동네방네 사람들 다 들어 보소! 서방님이 사냥해서 잡아온 고기를 서방님에겐 한 점도 안 주고 여편네가 혼자 부엌에서 다 집어 먹어 버린다네! 날이면 날마다 모조리 다 집어 먹어 버린다네!"

물론 이 소리는 부엌 한구석에 숨겨 둔 콩알에서 나는 것이었습니다만, 이걸 모르는 사냥꾼의 아내는 당황하여 먹을 것을 들고 복도로 피해 나와서 거기서 그걸 다시 계속해 먹으려고 입에 갖다 대었습니다.

그러자 이번에는 또 복도 한쪽에 숨어 있던 콩이 부르짖어 댔습니다.

"동네방네 사람들, 귀 있거든 이내 말씀 좀 들어 보소! 서방한테는 뼈만 먹이고 살코기는 저만 혼자 처먹는 여편네가 다 있다네! 그럴 수가 있겠나?"

이 걸신들린 여자는 할 수 없이 또 복도를 피해서 출입문의 바짝 안쪽으로 가서 먹으려고 했습니다.

그러나 그 외치는 소리는 출입문 안에 있던 콩에서도 또 어김없이 울려 나와서, 비로소 이 사냥꾼의 아내는 할 수 없이 그 점잖지 못한 버릇을 고치게 되었다고 합니다.

금덩이와 함께
한국

옛날의 아주 화창한 어느 봄날, 우리나라 고려의 어느 시골에 마음씨가 착하고 또 서로 아끼고 사랑하는 형제가 살고 있었는데요. 두 사람은 함께 볼일이 있어 먼 곳에 나갔다가 돌아오는 길에 우연히도 큰 금덩이 한 개를 줍게 되었습니다.

그들은 둘이 다 생활이 넉넉지 못한 가난한 사람들이었습니다.

난생처음으로 이렇게 큰 금덩이를 주워 가지게 되니, 너무나 좋아서 한참 동안을 서로 번갈아 어루만져 보기도 하고 가슴에 껴안아 보기도 하고 있었습니다. 그러다가,

"이걸 아주 똑같이 나누어서 가지자."

하는 형의 제안으로, 어느 금방에 들러 한 눈도 안 틀리게 아주 똑같이 두 쪽으로 나누어 각각 한 쪽씩을 차지해 가지게 되었습니다.

그래 이 형제는 집으로 돌아가는 아직 많이 남은 길을 작지도 않은 금덩이를 안고 가며 저마다 그것을 가지고 장차 잘살아 볼 여러 가지 궁리에 잠기게 되었습니다.

그들의 궁리는 물론 서로 다른 점도 있었지만, '농사지을 논과 밭을 넉넉히 사고, 식구들의 옷도 모자라지 않게 장만하고, 먹는 것도 들에서 나는 것이건, 산에서 나는 것이건, 바다에서 나는 것이건, 언제나 먹고 싶은 대로 가족들에게 두루 구해 먹이고……' 하는 데서는 서로 같았습니다.

그런데 서로 주고받는 말도 없이 뜸해져 가지고 제각기 이런 생각에 깊이 잠기다 보니, 아우의 마음속에서는, '이 나누어 가진 한 쪽의 금덩이만 가지고는 넉넉한 생활을 마련하기가 어렵지 않을까?' 하는 염려가 생겼습니다. 그리고 어느 사인지 형의 것까지를 탐내는 생각이 문득 고개를 들기 시작했습니다.

아우는 마음이 곧고 정이 많은 사람이라, 이런 탐내는 마음을 냈던 걸 마음속으로 즉시 뉘우쳤습니다. 그런 몹쓸 마음을 냈던 자기를 부끄럽고 서럽게 생각하면서 여전히 말없이 터벅터벅 형의 뒤를 따라 걸어가고 있었습니다.

그들의 앞에는 유유히 흐르는 맑은 강과 나루터가 나타났습니다.

거기에서 나룻배를 타게 되었는데, 아우의 마음속의 고민은 나룻배 속에서도 멈추어지지 않아서, 드디어

"이것 때문이야!"

하고 큰 소리로 외치며 가슴에 품었던 금덩이를 흐르는 깊은 강물을

향해 힘껏 내던졌습니다.

그러고는 이제야 활짝 웃는 밝은 얼굴로,

"형님!"

하고 부르며 형의 손을 꼭 붙잡았습니다.

"아우야, 네가 옳다. 이까짓 황금 덩이가 다 무엇이기에……"

하며 그의 형도 아우의 뜻을 받아 품속의 금덩이를 꺼내 역시 보기 좋게 강물에 내던져 버렸습니다.

두 사람은 바짝 가까이 다가가 서로 힘껏 끌어안으며,

"잘했다! 잘했다!"

하고 소리를 가지런히 하여 외쳤습니다.

맑고 밝은 날의 푸른 하늘에서도, 유유히 흐르는 강물과 그 위를 나는 물새들의 소리에서도 '잘했다!' 하는 말이 되풀이되어 나오고 있는 것만 같았습니다.

프란시스키타

스페인

옛날 에스파냐에 프란시스키타라는 처녀가 살고 있었는데요. 이 세상에서 가장 큰 소원은 암소 한 마리 갖는 것이어서, 하느님과 성모 마리아님께 기도를 드렸습니다.

"하느님, 제게 만일 암소가 한 마리 있다면 저는 이 세상에서 제일 행복한 사람이 될 거예요. 암소를 갖게만 해 주신다면 참으로 소중히 잘 키울게요. 꼭 한 마리만 가지게 해 주시옵소서."

이때 마침 예수 그리스도가 이 처녀의 앞을 지나가며 대답하였습니다.

"프란시스키타야, 집으로 돌아가 보아라. 네가 소원하는 것이 네 집에 있을 것이니라."

그래 프란시스키타가 줄달음질 쳐서 집에 돌아가 보니, 살진 암소에 송아지까지 한 마리 덤으로 끼어서 꼬리를 치고 있었습니다.

　이튿날도 예수 그리스도는 그 앞을 또 지나가며,

　"어떠냐? 인제는 만족했느냐, 프란시스키타야?"

하고 물었습니다.

　"예, 그리스도님. 그렇지만 저…… 저……"

하고 처녀가 더듬거리니,

　"그렇지만 '저…… 저……'라는 건 무엇이지?"

하고 그리스도는 다시 물었습니다.

　"아무것도 아니에요, 그리스도님. 그냥 저한테 오막살이집이 한 채 있다면 얼마나 좋을까 해서요."

하고 처녀는 또 대답했습니다.

　그랬더니 주님은 역시,

　"좋아요, 아가씨. 아가씨 소원대로 내가 구해 주지."

　하고 말했고 그 말대로 이 처녀에겐 오막살이집도 한 채 생겼습니다.

　그 이튿날도 예수 그리스도는 이 처녀의 앞을 지나가며 만족하느냐고 물었습니다.

　"그렇지만요, 저…… 저……"

하고 처녀가 다시 그전처럼 대답했더니,

　"이번의 '저…… 저……'는 또 무엇이지?"

하고 다시 물었습니다.

　"별것은 아니지만요. 저, 나들이옷이 한 벌 있었으면 참 좋겠네요.

주일날 성당에 나갈 때도 입고 가고요, 또 그걸 입고 친구들하고 같이 춤도 추고요."

하고 처녀는 낯을 좀 붉히며 대답해 드렸습니다.

그랬더니 이번에도 주님은

"그것도 좋지. 집에 가 보아라. 네가 구하는 것이 있을 것이다."

하고 말하였습니다.

프란시스키타가 집에 가 보니, 그의 마음에 맞는 좋은 나들이옷이 거기에 있었습니다.

또 그 이튿날이 되자 주님은 다시 프란시스키타의 앞을 지나며,

"이제는 만족하는가, 아가씨?"

하고 또 물었습니다.

"예, 주님. 그런데요, 저…… 저……"

하며 처녀가 말하니까,

"이번 '저…… 저……'는 또 무엇인가?"

하며 이번에도 주님은 또 물었습니다.

"저, 닭이 몇 마리만 있었으면 좋겠어요. 알을 낳으면 먹을 수 있을 테니까요."

가난한 처녀는 또 그 소원을 말했습니다.

그랬더니 여전히 주님은

"그것도 좋겠구나. 어서 집에 가 보아라. 네가 구하는 것이 거기 있을 것이다."

라고 하였습니다.

프란시스키타가 집에 가 보니, 아니나 다를까 여러 마리의 암탉과 수탉들이 사이좋게 꼬꼬거리고 있었습니다.

그 이튿날 주님은 또 그의 앞을 지나며,

"어떤가? 인제는 흡족한가?"

하고 또 물었습니다.

"그런데요, 저…… 저…… 저……"

하고 프란시스키타는 소원을 바로 말하지 못하고 있다가 주님이 다시 대답하기를 다그치는 바람에,

"저, 딴 처녀들은 결혼도 잘 하는데요. 저도 혼자 쓸쓸하니 시집 좀 가면 안 될까요?"

하고 드디어 그의 마지막 소원을 말하고 말았습니다.

주님은

"그야 좋지. 내가 네 좋은 짝을 골라 주마."

하시어, 프란시스키타는 주님의 중매로 결혼을 하게 되었는데, 그의 짝은 그가 살고 있는 시의 시장이었습니다.

그래 그 뒤 주님이 또 그의 앞을 지나가며,

"인제는 흡족한가, 프란시스키타?"

하고 물었더니 그는

"인제부터는요, 주님도 저를 '시장 부인'이라고 불러 주세요."

하고 말했다나요.

걸신들린 고양이

노르웨이

유럽의 서북쪽에 있는 노르웨이에는 '하늘의 해와 달도 한 번은 걸신들린 고양이의 배 속을 거쳐서 다시 생겨난 것'이라는 이야기가 옛날부터 전해져 내려오고 있는데요.

아주 먼 옛날, 그러니까 하늘의 해와 달이 아직도 고양이의 배 속을 거쳐 나오기 전의 아득한 옛날에, 노르웨이의 어떤 가난한 사내가 아주 큰 고양이 한 마리를 기르고 있었습니다.

그런데 이 고양이는 어떻게나 많이 먹는지, 주인 사내는 가난한 형편에 먹이를 이어 댈 길이 없어, 가엾기는 하지만 고양이의 목에 굵직한 돌을 매달아 강물에 집어넣어 죽이기로 하고, 마지막 작별의 먹이로 오트밀 한 사발과 고기 기름기 한 덩이를 먹였습니다.

고양이는 주인의 속마음을 알았던지, 작별의 먹이를 집어삼키기가 바쁘게 자리를 걷어차고는 쏜살같이 집에서 뛰어나갔습니다.

그래서는요, 어떤 농부가 밀을 타작하고 있는 마당을 지나게 되었는데, 밥 먹었느냐고 농부가 친절하게 인사까지 하는데도,

"그까짓 오트밀 한 사발에 기름기 한 덩이로 양이 차겠느냐? 네놈까지 잡아먹어야만 시장기를 면할 것 같다."

하면서 그 농부를 통째로 삼켜 버렸습니다.

다음에는 어떤 여자가 암소의 젖을 짜고 있는 옆을 지나가다가, 인사를 하는 그 여자와 암소를 또 냉큼 집어삼키고, 또 조금 가다가 밭에서 일을 하고 있는 한 농부를 만나자 이 사람도 꿀꺽 삼켜 버렸습니다.

또 얼마쯤을 뛰어가다가, 돌무더기 밑에서 나오는 족제비 한 마리를 만나자 이것도 게 눈 감추듯 대뜸 삼켜 버리고, 또 다람쥐를 만나자 이것도 단숨에 집어삼켰습니다.

또 수풀 속에 접어들어 어떤 여우를 만나게 되자 이것도 통째로 먹어 버리고, 토끼를 만나면 토끼를, 늑대를 만나면 늑대를, 또 새끼 곰을 만나면 새끼 곰도, 어미 곰을 만나면 어미 곰도, 아비 곰을 만나면 아비 곰도 만나는 대로 다 집어삼켜 버렸습니다.

또 얼마만큼 뛰어가니까, 결혼식을 향해 가는 아름다운 새색시 일행이 보였는데요. 이 양 큰 고양이 놈은 이 일행도 전부 후루룩 들이마셔 버리고, 또 얼마큼 가다가 보니 이번에는 누가 죽어 묻으러 가는 서러운 장례 행렬이 지나가고 있었는데, 이것도 모조리 집어 먹어 버렸습니다.

그다음에는 땅 위에 더 먹을 것이 잘 보이지 않자 밤중에 하늘로 올라가서 밝은 달더러,

"이제는 할 수 없이 너도 먹어야겠다."

하고 말하며 달도 감쪽같이 집어삼켜 버렸고, 또 그 이튿날 낮에는 해를 찾아가서 미안하다는 말 한마디 없이 그 해까지도 삼켜 버렸습니다.

그러고 나서 이 걸신들린 고양이는 더없이 부른 큰 배를 이기지 못하겠다는 듯 아기작아기작 걸어가고 있었는데요. 어느 다리 위에서 문득 뿔이 좋은 염소를 만났습니다.

그래 이 고양이가

"네가 남아 있었구나. 너도 먹어야지."

하니까 염소는

"먹는 건 좋겠지만, 그 전에 누가 이기는지 한번 겨루어 보자."

하고 그 좋은 뿔로 고양이의 통통한 배를 냅다 들이받으니, 그 배에서는 곧 '빵!' 하는 소리가 나고 구멍이 생기면서, 고양이는 다리 아래로 떨어져 죽고 말았습니다.

그 바람에 고양이의 배 속에 들어갔던 사람들과 짐승들과 해와 달은 다시 살아 나와서 그전처럼 목숨을 또 이어 가게 되었습니다.

등에 큰 혹을 가진 곱사등이 이야기

영국

옛날 영국 스코틀랜드 지방의 어떤 언덕은 '도깨비 언덕'이라고 하여 밤이면 도깨비들이 떼 지어 모여서 춤을 추며 노래하고 지냈다고 하는데요.

이 도깨비들은 생각하고 느끼는 것이 사람들보다 훨씬 단순해서, 예를 들면 사람들이 정해 가지고 사는 일주일이라는 것도 그들 도깨비에게는 월요일과 화요일 두 가지밖에는 사용되지 않았습니다. 물론 그 밖의 것도 두루 다 그렇게 간단했어요.

그래 그들이 좋은 달밤에 춤추며 부르는 노래도 '월요일에는 호박떡을 먹구요, 화요일에는 장가를 가세' 하는 정도였고, 수요일이나 그 밖의 요일들은 그 노래에 끼지도 못했습니다.

그런데 어느 날 밤, 장에 갔다가 밤에야 집으로 돌아가고 있던 등에 큰 혹이 달린 곱사등이 사내가 이 도깨비 언덕을 지나다가 도깨비들이 부르는 '월요일엔……, 화요일엔……' 하는 노래를 귀 기울여 듣고는,

"수요일엔 옥동자를 뺐다네."

하고 노래를 이어 불러 도깨비들이 아직 모르는 그 '수요일'이란 말을 한번 들려주었더니요. 도깨비들은 서로 모여 쑥덕쑥덕 쑥덕쑥덕 한참 동안 의논을 하더니만,

"그 수요일이란 것 한 가지를 저 사람이 더 가진 것은 분명히 보통 사람보다 한 가지 더 가진 그 등의 큰 혹 때문일 것이다."

하고 결론을 내리고, 번개같이 달려들어 곱사등이 등에 난 혹을 하나도 안 아프게 시원스럽게 떼어서는 언덕 아래 좋은 잔디밭에 모시어 놓고, 이 사내가 하던 걸 본떠서 그들의 노래에도 '수요일엔 옥동자를 뺐다네'라는 한마디를 더 넣으며 아주 좋아라고 했습니다.

우리 팔자 사나웠던 스코틀랜드의 곱사등이는 도깨비들 덕분에 덩그렇게 그 신세를 잘 면하고 자기 집으로 돌아갔는데요.

한 마을에 사는 또 다른 곱사등이 사내가 소문을 듣고, 팔자 고친 사내를 찾아가서 그 비결이 무엇인가를 간절히 물었습니다. 물론 자기도 한번 그렇게 좋게 팔자를 고쳐 보기 위해서였지요.

그래 그 팔자를 좋게 고친 사내는 자기가 겪은 일을 자세히 일러 주고,

"자네도 그 도깨비들을 찾아가서 '수요일'이란 말 한 마디만 더 넣어서 노래를 꾸며 불러. 그러면 되네."

하고 가르쳐 주었습니다.

그래 남이 경험한 걸 흉내 내어 자기 팔자도 좋게 만들어 보려는 이 사내는 밤에 도깨비 떼가 웅성거리는 도깨비 언덕을 찾아갔는데요. 도깨비들과 함께 노래 부를 때 '수요일' 한 가지만 더 넣어서 노래를 만들어 부르라고 가르쳐 준 걸 어기고, 좀 더 효과를 올릴 생각으로 '목요일'까지를 하나 더 넣어,

"그리고 목요일엔 한잔해야지."

하고 선배보다 한술을 더 떠 보였습니다.

그랬더니 도깨비들은 가만히 들어 보고는,

"뭐가 그리 복잡해? 이놈아! 우리는 '수요일'이 하나 더 생긴 걸로 충분하다."

하며,

"옜다, 이왕이면 이 혹도 하나 더 갖고 살아 봐라!"

하고 그의 선배에게서 떼 놓았던 혹까지 갖다가 그의 등에다 덤으로 붙여 놓아 버렸습니다.

딜랑뒤의 신세
프랑스

옛날 프랑스의 남쪽 프로방스 지방에 딜랑뒤라고 불리는 알량한 사내 하나가 살고 있었는데요. 그의 전 재산은 몸에 붙어서 늘 피를 빨아먹는 이 한 마리뿐이었다고 해요.

지금은 우리나라에서는 이라는 건 찾아볼 수 없게 되었지만, 그리 오래지 않은 옛날에도 이건 사람들의 옷이나 머리털 속에도 꽤 많이 살았었지요.

어느 날, 딜랑뒤가 한 여인숙에 들러서

"이 이를 좀 맡았다가 돌려주시오."

하고 부탁했더니,

"거기 책상 위에다가 놓아두고 갔다 오시오."

하고 여인숙 주인은 대답하고 맡아 주었습니다.

이틀인가 사흘이 지나서 뙬랑뒤가 여인숙으로 그 이를 찾으러 갔더니, 주인은

"당신이 책상 위에 놓아두고 간 이를 우리 집 암탉이 그만 쪼아 먹어 버렸소."

하고 말하는 것이었습니다.

"그럼 그 암탉이라도 대신 주어야지, 그렇지 않으면 세상이 미어지게 고함을 치겠소."

하고 말했습니다.

"고함까지 칠 게 뭐 있소? 암탉을 줄 테니까 어서 꺼져 버리시오."

하고 여인숙 주인이 암탉을 내어 주어서, 그는 그걸 안고 돌아다니다가 다시 어떤 여인숙에 들렀습니다. 여인숙으로 들어서서 암탉을 좀 맡아 달라고 하니,

"좋소. 우리 닭장에다가 넣어 두구려."

하고 주인이 승낙하여 거기에 그걸 맡겨 두었습니다.

또 이삼일 지나 그 암탉을 찾으러 갔더니, 주인은 말하기를,

"그놈의 암탉이 우리 집 돼지우리로 들어가서, 돼지가 그만 먹어 버렸어요."

하는 것이었습니다.

"그래 어떻게 할 테요? 그 돼지라도 내주지 않으면 세상이 떠나가게 데모를 하겠소."

하고 그가 큰소리를 치니, 이번 주인도 그럴 것 없이 돼지를 끌고 가라고 하여 그걸 끌고 밖으로 나왔습니다.

그래 그 돼지를 끌고 가다가 또 어느 여인숙에 들러,

"이 돼지를 좀 맡아 주시구려."

했더니 거기서도 선선히 승낙하여 그 집 돼지우리에 그걸 넣어 두었습니다.

그럭저럭 또 이삼일이 지나 돼지를 찾으러 갔더니, 여인숙 주인은

"그 돼지란 놈이 우리 집 당나귀 우리로 들어가는 바람에 당나귀가 그만 뒷발로 차 죽여 버렸는데요."

하고 말했습니다. 그래서 또 따져 그 당나귀를 얻어 끌고 나오다가 다른 여인숙에 또 맡겨 두게 되었는데요.

이삼일 후에 찾으러 갔더니, 이번에는 그 집 하녀가 우물로 당나귀를 끌고 가 물을 먹이는 중에, 당나귀가 발을 헛디뎌 그만 우물에 빠져 죽고 말았다는 것 아닙니까?

그래 또 따지고 따져서 그 하녀를 대신 얻어 자루에 담아 가지고 메고 가다가 피곤하여 또 어느 여인숙에 맡겨 두었습니다.

그랬더니 자루 속에서 여자의 외치는 소리가 나는지라, 여인숙 주인은 그 여자를 꺼내어 놓아 보내고, 대신 그 부대 속에 사나운 개 한 마리를 넣어 두었습니다.

그래 그것도 모르는 뒬랑뒤는 이삼일 뒤 그 부대를 찾아 다시 둘러메고 가다가,

"너무나 무겁다. 인제는 나와서 너도 좀 걸어라."

하고 부대를 열어 주었더니 개가 튀어나와 뒬랑뒤의 코를 꼴사납게 물어뜯고 달아나 버렸습니다.

거꾸로 매달린 사자

프랑스

옛날 프랑스의 어떤 사내가 숲속을 가다가 큰 나무의 높은 가지에 거꾸로 매달려 있는 사자를 보았습니다.

사자는 나무에 올라갔다가 뒷발 하나를 잘못 디디어 나뭇가지 사이에 되게 끼어서 꺼내기가 어렵게 되자, 온몸에 힘을 주어 그걸 빼내려고 몸부림치다가 그렇게 어처구니없이 거꾸로 매달리게 된 것이었습니다.

"여보게, 나를 좀 구해 주게. 새끼 까치 한 마리를 잡아먹으려고 이 높은 데에까지 올라온 것이 그만 이렇게 창피한 꼴이 되었네. 올라와서 내 끼인 다리를 좀 빼내만 주게. 그 은혜는 죽어도 잊지 않겠네."

가엾게도 사자는 이렇게 사내에게 사정을 하는 것이었습니다.

"하지만 자네를 살려 주면 자네가 나를 잡아먹을 게 겁이 나는군."

사내가 솔직히 말을 하니,

　"맹세코 그런 짓은 하지 않겠네."

하고 사자가 하늘에 맹세를 하는 바람에 사내는 착한 마음을 내어 사자의 발을 빼내어 구해 주었는데요. 사자는 나무에서 땅 위로 뛰어 내려오자 그 사내를 그만 잡아먹으려고 덤비어 왔습니다.

　그래 사내는

　"이런 일엔 재판이 필요하니, 누군가한테 재판을 받아 보세."

하고 주장하여 마침 근처를 지나가던 늙은 개에게 그 사실을 자세히 알려 주고 재판을 부탁했습니다.

　그랬더니 사는 게 매우 고단해 보이는 그 늙은 개는

　"은혜를 원수로 갚는다는 말은 옛날에는 믿지 않았지만, 요즘엔 아무래도 진리인 것만 같아. 나는 젊어서는 어떤 사냥꾼의 사냥개로 충성을 다해 일했네만, 늙어지니 쓸모가 없다고 주인은 나를 쫓아내 버리더군. 이게 바로 그거지 뭔가?"

하는 것이었습니다.

　그래 이 개한테 재판 받아선 살아날 수 없다는 걸 눈치챈 사내는 다시 사자의 동의를 얻어, 이번에는 숲속의 빈터에서 풀을 뜯고 있던 늙은 말의 재판을 받기로 했습니다.

　이 사실을 다 들은 늙은 말도 시들한 표정을 하며,

　"나는 어떤 귀족을 태우고 다니던 애마였네만, 늙으니 길거리에 내다 버리더군. 이게 은혜를 원수로 갚는 거지 뭔가?"

하고 말하는 것이었습니다.

사내는 점점 간이 콩알만 해져 가는 판인데, 이때 문득 저만큼 덤불 속으로 들어가려고 하는 여우 한 마리를 발견하고 그에게 사실을 말한 뒤에 재판을 부탁했습니다.

그랬더니 여우는

"사실을 사실대로 확인하기 전에는 뭐라고 판결할 수가 없는데……"

하고, 사자더러 애초에 거꾸로 매달려 있던 나무 있는 곳까지 가자고 하여,

"처음에 매달려 있던 그대로 한번 또 해 보시지."

하고 말했습니다.

그리하여 사자가 꼼짝 못하고 대롱대롱 다시 매달려 있게 되자,

"우리는 인제 가 버리면 되지 않겠나?"

하고 사내에게 말했습니다.

그래 모든 게 잘되었는데요, 사내가 마지막에 한 가지 잘못한 게 있었습니다. 사내는 이 여우가 고마워서, 상으로 살찐 닭을 두 마리 갖다 주겠다고 해 놓고는 약속한 날이 되자 자루에 닭 대신 사나운 개를 넣어 가지고 와서, 그 여우까지도 잡아 팔아 버리려 한 것입니다.

그러나 여우는 하느님이 돌보시어 여우 굴까지 잘 뺑소니를 쳤다고 해요. 사람이 이래서야 어디 여우보다 낫다고 할 수가 있겠어요?

고양이와 개의 영혼

과달루프

이것은 대서양의 남쪽 바다인 카리브 바다에 있는 서인도 섬나라들 중의 하나인 과달루프 사람들이 만들어 낸 이야기입니다.

어느 날 고양이 한 마리와 개 한 마리가 길에서 우연히 만나 나란히 걸어가게 되었는데요. 그들은 만나면 언제나 그랬던 것처럼 이날도 만나자 이내 말다툼을 벌였습니다.

이번 말다툼의 이유가 된 문젯거리는 '목숨이 죽은 뒤에도 영혼은 다시 살아나느냐, 않느냐?' 하는 것이었는데요.

고양이는 말하기를,

"한번 죽으면 그만이지, 영혼이 살아나긴 뭘 살아나? 사람들도 죽은 뒤에 다시 살아나는 건 나는 본 일이 없다."

하는 것이었고, 개는 말하기를

"아니야. 그건 고양이 네가 잘 몰라 그래. 훌륭한 사람들이 그러는데 목숨은 죽었어도 영혼은 다시 살아나는 거라더라. 나는 그런 사람들의 말이 맞는다고 생각해."

하는 것이어서, 서로 양보를 하지 않았기 때문에 이 말싸움은 끝없이 계속돼야만 하게 생겼습니다.

그래 그들은 마침내 이 문제는 자기들만 가지고는 해결하지 못할 걸 깨닫고, 이 문제에 대해 바른 해답을 주실 수 있는 가장 큰 능력을 가지신 하느님을 찾아가 물어 보기로 작정하고 출발 날짜는 바로 이튿날로 정했습니다.

아시다시피, 개나 고양이라는 짐승으로 말하면 무엇이건 이겨야만 으뜸이라는 생각을 멍청하게도 잔뜩 가진 데다가, 또 헤어나지 못할 만큼 거짓 꾀도 늘 많이 가지고 살아온 동물들이어서요.

둘이 다 똑같이 '조금이라도 더 빨리 하느님에게 가서 그 대답을 들어 두는 게 이기는 지름길이다' 생각하고, 상대방이 도중에 시간을 끌게 하기 위해서 개는 고양이가 좋아하는 고기 기름 덩이를 가는 길 몇 군데에 놓아두었고요. 또 고양이는 개가 좋아하는 고기 뼈다귀를 그 길의 몇 군데에 놓아두었네요. 상대방이 좋아하는 것을 먹느라고 지체하는 동안에 제가 먼저 하느님께 나아가서 그 대답을 먼저 알아내서 이기는 데 보태자는 뻔한 꾀에서였지요.

이튿날 그들은 하느님을 찾아 출발했는데요. 고양이는 개보다는 꾀가 조금 더 나아서 가는 길에 여기저기 놓여진 고기 기름 덩이를 보고는, '옹 이건 개의 짓이로구나. 속아서는 안 되지' 생각하고 참고 피해 갔으나 개로 말하면 잔꾀보다는 먹을 욕심이 한결 더한 동물이어서 가는 길에 놓여진 살까지 적당히 붙어 있는 고기 뼈다귀를 보자 그만 모든 걸 다 잊어버리고 그것들을 보는 족족 뜯어 먹기에 딴겨를이 없었습니다.

그래서 자연히 고양이가 먼저 하느님 앞에 당도하게 되었는데요.

고양이가 하느님께 공손히 절을 하면서,

"목숨이라는 게 죽으면 그뿐인 것인지요, 아니면 영혼으로 다시 살아나는 것인지요?"

하고 여쭈어 물으니 하느님께서는

"네 생각은 어떠냐?"

하셔서, 고양이가

"제 생각으로는 한번 죽으면 그걸로 그만인 것만 같구만요."

대답했더니만, 하느님께서도 거기 동감하시어,

"고양이 네 생각이 그렇다면 네게는 그게 맞을 것 같은데······"

하고 대답하시는 것이었습니다.

뒤늦게 도착한 개가 또 똑같은 질문을 하자 하느님은

"너는 무얼 들어서 아는 건 고양이보다 많은 것 같구나. 그렇지만 네가 아무리 사람이 죽어도 영혼이 다시 살아난다는 것을 들어 알더라도 너는 그럴 만한 자격이 없다. 여기까지 오면서도 고기 뼈다귀나 뜯어 먹기에 정신을 제대로 차리지 못한 놈이 영혼은 무슨 놈의 영혼이냐?"

하시는 것이었습니다.

해 뜨는 데를 찾아서

중국

아주 먼 옛날, 아직도 해가 이 땅을 골고루 비치지 못하던 아득한 옛날에, 중국 남쪽의 추앙이란 종족이 사는 곳에는 낮에도 햇빛이 거의 비치지 않아 살기가 매우 어려웠다고 합니다.

밤과 낮의 차이를 분간하기 어려울 만큼 늘 어둡기만 해서 호랑이와 표범, 늑대 같은 맹수들이 밤낮없이 들끓어, 사람들이 마음 편하게 살 수가 없었습니다.

그래서 여기 사람들은 해 뜨는 곳을 찾아가서,

"우리 고장도 잘 좀 비추어 주소서."

하고 사정해 보기로 작정하고, 누구를 보낼 것인가를 결정하는 회의를 열었습니다.

누구보다도 먼저 머리털이 하얀 파파노인 한 분이 자리에서 일어서

더니,

"나는 너무나 늙어서 일손으로는 쓸모가 없으니 나를 보내 주게. 아직도 천천히 걸을 수는 있으니, 죽기 전에 이 일이나 한 가지 마지막으로 해내 보겠네."

하고 말하였습니다.

그렇다고 이 말을 들은 젊은 사람들이 어디 그대로 가만히 있겠습니까?

"아닙니다, 할아버지. 가시다가 도중에 돌아가시면 어떻게 하게요?"

하고 어떤 젊은이가 일어서서 자기를 보내 달라고 청원을 했습니다.

그러니까 이번에는 또 소년 하나가 일어서더니,

"거기까지 가자면 50년이 걸릴지 60년이 걸릴지 모르니 저같이 나이가 적은 사람이 좋겠네요."

하며 자기를 보내 달라고 간청하는 것이었습니다.

다음에는 또 씩씩하고도 곱다랗게 생긴 젊은 여자 하나가 수줍은 듯 일어서서,

"해가 처음으로 뜨는 곳까지 가자면 한 백 년은 좋이 걸릴는지도 모르는데요. 저는 마침 배 속에 새로 생긴 아이를 가지고 있으니, 가다가 이 애를 낳아서, 이 애하고 2대가 이어서 가면 될 것 같네요."

하고 조용히 말했습니다.

이 회의에서는 여러모로 머리를 써서 상의해 본 결과, 그 씩씩하고도 곱다랗게 생긴 아이 밴 젊은 여자를 보내는 게 가장 믿음직하

다는 결론을 내려, 그를 긴 장한 여행에 오르게 했습니다.

해 뜨는 곳을 향하여 젊은 여자는 많은 산들을 넘고 강물들을 건너갔던 것이지요.

어떤 산골에서는 맹수에게 쫓기면서, 어떤 들판에서는 독사를 피하면서, 오직 목숨을 하늘에 맡기고 목적지를 향해 갔습니다.

집을 떠난 지 일곱 달 만에 낳은 사내아이를 돌보는 이도 없이 혼자서 기르면서, 걷고 걷고 또 걸어가는 동안에 세월은 꽤나 많이 흘러갔습니다.

그 여자를 보낸 뒤에 추앙 사람들은 이젠가 저젠가 하고 자기들 고장에 햇빛이 제대로 비치기만을 기다렸으나 그곳은 10년이 지나도 여전한 어둠뿐이었고, 20년, 30년, 50년, 70년, 90년이 지나도 마찬가지기만 했습니다.

그런데 그 여자가 떠난 지 꼭 백 년이 그득히 되는 날, 기적같이도 그 추앙의 땅에 비로소 햇빛이 제대로 내려 비치기 시작했습니다. 그 여자는 도중에 이미 세상을 떠나고, 아들이 어머니의 뜻을 이어 그렇게 되도록 해낸 것이지요.

그렇지만 그 아들마저도 제 고향으로 다시 돌아와 살 만한 나이는 이미 아니었습니다.

세상에서 가장 아름다운 것
네덜란드

홀란드라고도 하고 네덜란드라고도 하는 나라. 이 나라에 번화한 항구가 있었습니다.

옛날 이 항구에서 가장 큰 부자인 젊고 어여쁜 과부가 살고 있었습니다. 이 여자는 싱싱한 아름다움을 가진 활발한 미인이긴 했으나, 너무나 콧대가 높아 남의 충고는 듣지도 않고 늘 자기 자존심으로만 버티는 그런 여인이었습니다.

이 여인은 항구의 배들도, 좋은 것은 거의 다 자기 것으로 차지해 가지고 있었는데요. 어느 화창한 봄날, 그의 배들을 지휘하는 선장들의 대표를 불러 세워 놓고 분부를 내렸습니다.

"나는 이 세상에서 가장 아름다운 것을 갖고 싶다. 그러니 그대는 내 배 중에서도 제일 좋은 배들만을 이끌고 앞으로 1년 동안 이 세상의 나라들을 돌아다니면서, 보아서 가장 아름다운 것 한 가지를 골라 오기 바란다.”

이 명령을 받은 선장 대표는 그들의 배들 가운데서도 가장 크고 단단한 배만을 골라 이끌고 세계 일주의 바닷길을 떠났습니다.

그리하여 여러 나라에 내려서 사람들이 아름답다고 말하는 것들을 많이 보았습니다. 그러나 아직도 썩 마음에 드는 것을 발견하지 못하고 떠돌던 끝에, 유럽 북쪽의 발트 바닷가의 어느 항구에 들어가게 되었습니다.

그런데 이때는 밀밭 위의 종달새들이 아름다운 노래를 부르는 첫 여름이었습니다. 맑고 밝은 햇빛에 황금빛으로 빛나며, 불어오는 산들바람에 여유 있게 출렁거리고 있는, 온 들에 그득한 밀밭을 보았습니다.

선장 대표는

“바로 이것이구나!”

생각되어서, 이 세상에서 가장 아름다운 것은 이것으로 정하기로 하고, 이 항구의 곡식 장사들에게서 가장 좋은 밀의 씨를 한 배 그득히 사 싣고 돌아왔습니다.

그러나 돌아온 선장 대표에게서 이 말을 전해 들은 젊은 여주인은 화를 벌컥 내면서,

“어디에 밀이 없기로 그까짓 걸 제일 아름다운 거라고 싣고 와?”

하고 큰소리로 퍼붓고는 단박에 그 선장 대표를 해고시켜 버리고, 그 실어 온 발트의 밀씨를 모조리 바닷가 모래밭에 쏟아 버리게 했

습니다.

그러고는 자기 손가락에 끼고 있던 보석 반지를 바닷물에 내던지며 말하기를,

"이 반지를 삼킨 바다가 말없이 영원하듯이, 내 많은 재산도 끝이 없을 것이다."

하고 말했습니다.

그런데 이 젊은 미인 부자의 생일잔칫날이 되었습니다. 한 마리의 맛있는 생선 조림이 이 여자 주인 앞에 놓여져서, 그걸 먹으려고 배를 가르다 보니, 그 속에서는 뜻밖에도 그 여주인이 으스대느라고 바다에 던졌던 보석 반지가 번쩍이는 빛을 내며 나타나는 것 아닙니까?

바다도 그 여자가 으스대는 걸 그대로 받기가 싫어 이렇게 해서 그 여자에게 되돌려주었던 것입니다.

그 뒤로 이 여자는 하는 일마다 실패만 거듭하다가 드디어는 어쩔 수 없이 알거지가 되었다고 합니다.

이 여자가 바닷가 모래밭에 쏟아 버리게 했던 발트 바닷가의 밀씨에서도 싹이 나서 밀밭이 되기는 했지만, 그 밀 이삭들은 두루 다 속이 빈 쭉정이뿐이었습니다.

거미가 되어 버린 켄데와 씨의 이야기

코트디부아르

하늘나라라는 이름을 가진 높은 사람이 서쪽 아프리카의 코트디
부아르에 살고 있었는데요. 이 하늘나라 씨는 웬만한 개만큼은 큰
아름다운 수탉 한 마리를 자기 친자식이나 다름없이 아끼어 돌보면
서 기르고 있었습니다.

어느 날 한마을에서 살고 있는 켄데와 씨가 그보다 높은 하늘나라
씨를 찾아와서 하는 말이,

"우리 집 신령님께 지성을 드릴 일이 생겼는데요. 지성을 드릴 때
그분을 조각한 상에 붙여 놓을 닭의 깃털 몇 개만 댁의 수탉에게서
뽑아 가게 해 주시어요."

했어요.

하늘나라 씨는 그의 말을 믿고 조심해 뽑아 가라고 승낙을 했는데요.

켄데와 씨가 큰 닭의 아름다운 깃털을 몇 개 뽑으면서 생각해 보니, 이 닭고기가 자꾸만 먹고 싶어졌어요. 그래서 뒤에 슬그머니 몰래 또 여기엘 들어와서 이 닭을 훔쳐 내다가 죽여 마누라를 시켜 요리해 부부가 아주 맛있게 먹어 버렸어요.

하늘나라 씨의 집은 그 닭이 없어진 걸 알자 발칵 뒤집혔어요. 심부름하는 사람들을 풀어 놓아 하늘에다 총을 빵빵 쏘며 마을의 집들을 샅샅이 뒤지게 했고요. 마을 사람들은 또 마을 사람들대로 제각기 하늘나라 씨 댁을 찾아와 닭이 없어진 걸 걱정하는 문안 말씀을 드렸고 또 그걸로도 모자라 모조리 함께 모여 한바탕 위안의 춤까지도 추어 보이고 있었습니다.

그런데 이렇게 하늘나라 씨 댁에 문안을 오고 위안의 춤을 추는 마을 사람들 속엔 그 닭을 훔쳐 간 켄데와 씨와 그의 아들들도 빠짐없이 끼어 있었어요.

켄데와 씨의 큰아들인 아바캉이란 소년은 아직도 솔직한 어린이라 놔서 닭고기를 부모가 둘이서만 배불리 먹고 그의 형제들에겐 나누어 주지 않은 데 대한 원망과 설움이 아직도 가시지 않아서 두 눈 밑에 눈물방울까지 흘려 가며 이 야릇한 춤자리에 끼어 들어와서는,

"응…… 닭고기는 자기들 둘이만 먹고 우리들한테는 맛도 안 보이구선…… 응……"

하면서 혼잣말로 부모들을 원망하며 칭얼거리고 있었지 뭡니까.

하늘나라 씨네 집 심부름꾼 하나가 이 아이의 서러워하는 소리를 바짝 옆에서 귀 기울여 듣고 꼬치꼬치 캐물어 본 결과, 범인은 바로

아이의 아버지인 켄데와 씨라는 게 밝혀지고야 말았습니다.

이 사실을 전해 들어 알게 된 하늘나라 씨의 노여움은 하늘 한복판에까지 치솟아 올라,

"그 켄데와 놈을 잡아 어서 모가지를 끊어 주어라!"
하는 무서운 명령을 내리게 되었습니다.

켄데와 씨를 잡으려고 사람들이 몰려오니 그는 재빨리 몸을 놀려 뺑소리를 칠밖에요. 그러나 기진맥진하여 드디어 뺑소니도 소용없이 되자, 켄데와 씨는 눈 깜짝할 사이에 어디론지 안개처럼 자취를 감추어 사라져 버렸는데요.

뒤쫓던 사람들은 얼떨결에 발견하지는 못했지만 어느 사인지 켄데와 씨는 한 마리의 거미가 되어 풀섶 속에 납작이 달라붙어 있었습니다. 이전에는 그도 이 마을에선 높은 사람 중의 하나였는데 이제는 이렇게 초라하게 되어 버린 것이에요.

이 세상에서 처음으로 불을 만든 이야기

하와이

    이것은 하와이의 섬들에서 뉴질랜드로 가는 사이의 바다에 흩어져 있는 태평양 여러 섬들에서 살아온 폴리네시아 종족들이 만들어 전해 오는 이야기인데요.

    옛날 옛적에 신과 사람만이 아니라 반은 신이고 반은 사람인 그런 것도 살아서 힘을 부리던 아주 먼 옛날에, 하와이 여러 섬들 가운데 마우이라는 섬에 마우이라는 이름의 아주 잘난, 반은 신이고 반은 인간인 사내가 살고 있었습니다.

    그런데 이때까지만 해도 폴리네시아 종족들은 아직도 불을 만들 줄을 몰라서, 먹는 것도 과일이건 감자건 고기건 무엇이건 모두 날로만 먹고 살아야 했기 때문에 아주 불편했어요.

    어느 날 그 잘생긴 반신반인의 사내 마우이는 어머니인 히나에게 어떻게 하면 불을 만들 수 있을 것인가 물었습니다.

그의 어머니는 말씀하시기를,

"너 뜸부기라는 새를 아니? 논에 고인 물속에서 늘 뜸북뜸북 울고 사는 그 새 말이야. 내 생각에는 뜸부기들 중에서 제일 작은 놈이 틀림없이 그 불이라는 걸 가지고 있을 것 같은데, 어디 네가 나가 돌아다니면서 그놈을 한 마리 잡아서 불을 얻어 와 보련?"

하셨어요.

마우이는 그가 살고 있는 마우이 섬을 샅샅이 다 뒤져 보았으나 그런 작은 뜸부기는 보이지 않아, 마침 오아후 섬에까지 들어가게 되었습니다. 오아후라면 우리가 들어서 잘 아는 저 호놀룰루 시가 있는 섬 말씀이지요.

마우이는 이 오아후 섬에서 여러 날을 여러 곳의 논을 찾아 헤맨 끝에 마침내 어느 논둑길에서 바나나를 굽고 있는 작은 뜸부기를 한 마리 간신히 발견하게 되었는데요.

마우이는 이제는 되었구나 싶어, 재빠르게 그 작은 뜸부기를 익은 바나나와 한꺼번에 움켜잡아 못 빠져나가게 잡은 손에 점점 힘을 더했습니다. 그리고 걸어가며,

"네가 가진 불을 나한테 좀 나누어 다오."

하고 사정했더니, 그 뜸부기는

"얘, 너는 너무나 아프게 나를 쥐고 가는구나. 그럼 불은 얻지 못하게 된다."

해서 그 잡은 손의 힘을 좀 늦추어 주었더니요. 그때에야 하는 말이,

"네가 정말 불을 얻고 싶거든 물을 찾아 문질러 봐라."

하는 것이었습니다.

그래 마우이는 뜸부기와 바나나를 움켜 든 채 물가에 나가 물을 손으로 움켜쥐고 비벼 보았지만 아무리 비벼 보아도 불은 생겨나지를 않아, 홧김에 그 뜸부기가 부르르 떨 정도로 꽤나 힘을 더 주어 그 뜸부기를 움켜쥔 다음에,

"어서 바로 대지 못해?"

하고 닦달을 했더니요.

"아이고, 아프다. 이것 좀 놓아라, 놓아."

뜸부기는 사정하면서,

"내가 물이라고 한 건 물나무를 말한 것이니 그 나무를 찾아내서 두 개를 맞대고 문질러 보아."

하고 비로소 바른말을 하게 되었다나요.

그래 그 나무 두 쪽을 마주 대고 문질러서 일으킨 불이 폴리네시아 족속들 사이에선 맨 처음 불의 발견이 되었다고 합니다.

그런데 뜸부기가 솔직하게 바로 불 일으키는 방법을 가르쳐 주지 않은 데에 좀 약이 오른 마우이가 뜸부기의 머리 위를 되게 한 번 꼬집는 바람에 거기서 나온 피가 붉은 볏이 되어, 뜸부기의 후손들에게도 유전으로 전해져 오고 있다는 이야기입니다.

두 마을의 경계선
일본

옛날 옛적에, 땅의 넓이를 재는 측량술도 아직 생기기 전의 일인데요. 어느 넓은 들판의 동쪽 끝과 서쪽 끝에는 각기 큼직한 마을이 있어, 이 두 마을 사람들은 그들이 농사를 짓는 들판의 한가운데에 심은 소나무 한 그루를 표시로 하여 두 마을의 경계선을 삼고 지냈습니다.

그런데 세월이 흘러서 이 소나무도 늙어 죽어, 그 둥치까지도 문드러져 버리게 되었습니다. 마을 사람들은 그 자리에 또 소나무를 심는 대신에, 서로 자기 마을이 조금이라도 더 많이 땅을 차지하고 싶은 욕심들이 앞서서, 한 가지 내기를 하여 경계선을 다시 정하기로 했습니다.

그 내기는 무슨 내기냐 하면, 서로 말을 타고 빨리 달려서 이기기

내기였습니다. 그 방법은, 이 약속을 한 이튿날 새벽 첫닭이 '꼬끼오!' 하고 우는 것을 신호로 양쪽 마을의 선수가 자기 마을을 출발하여 들판을 향해 달려서 서로 딱 만나게 되는 곳을 경계선으로 하자는 것이었습니다.

그래 이런 내기에 이기기 위해서는 으레 먼저 온갖 궁리가 앞서는 것이라, 이 들판의 양쪽 마을 사람들도 있는 대로의 지혜를 다 쥐어짰던 것인데요.

동쪽 마을 사람들 지혜로는 말도 먼저 잘 먹은 뒤라야 힘이 더 나서 더 잘 달릴 수가 있다는 것이었습니다. 그래서 경기 전에 충분히 맛있는 것들을 두루 골라 먹였습니다.

서쪽 사람들의 지혜로는 말 같은 짐승은 배가 고프게 좀 굶겨 놓아야 뒤에 많이 먹을 욕심으로 되도록이면 더 빨리 달려가게 된다는 것이었습니다. 그래서 경기 전의 하룻밤을 탈탈 굶겨 두었습니다.

이튿날 새벽 첫닭의 울음소리가 나는 것을 신호로 하여 두 마을의 선수는 각기 말에 올라 들판을 향해 달려가기 시작했습니다.

동쪽 마을의 선수가 탄 말은 맛있는 콩이라든지 당근이라든지 그런 걸 배가 뿌듯하게 잘 먹어서 그런지, 아주 잘 달려갔습니다.

서쪽 마을의 선수가 탄 말은 온밤을 아무것도 안 먹이고 굶겨 놓아서 배가 고파 그런지, 출발부터 기운을 제대로 내지 못하였습니다. 이 말을 탄 선수가 제아무리 볼기짝을 후려갈겨도 빨리 달리지를 못했습니다.

그래 동쪽 마을의 선수가 이 넓은 들의 8할쯤 서쪽을 향해 달려갔을 즈음에야, 동으로 오고 있는 서쪽 마을 선수를 만나게 되었습니다.

그 만난 자리를 그들 두 마을의 새 경계선으로 정하고, 거기에 또 다시 좋은 소나무 한 그루를 새로 심었습니다.

동쪽 마을 사람들은 좋아서 날뛰며 손뼉을 쳤습니다만, 서쪽 마을 사람들은, "아! 원통해라!" 하며 이를 악물었습니다.

그러나 할 수 있습니까! 내기에 진 서쪽 마을 사람들은 그 뒤 그들을 이긴 동쪽 마을 사람들에게 잘 따르면서 다음 기회를 노리며 열심히 노력할밖에는 딴 수가 없었습니다.

두 알맹이의 수수에서

중국

옛날 중국의 시골에서 농사를 짓고 사는 가난한 형제가 있었는데요. 형은 제 욕심만 차리는 그의 아내의 말만 듣다 보니 그보다도 더 가난한 아우까지도 멀리하게 되어 아우는 형의 집에 잘 가까이 오지도 않게 되었습니다.

여름이 되어 보리를 거두어들이고 그 자리에 수수씨를 뿌려야만 할 때가 되어서 그 수수씨마저도 가지지 못했던 아우는 마지못해 다시 형의 집을 찾아와서 좀 빌려줄 것을 간절히 사정했습니다.

야박한 형수는 먼저 시동생을 골려 줄 생각부터 내서, 산 수수씨가 아니라 삶은 수수 마른 것을 한 그릇 집어 던지듯 시동생의 손에 들려 주었습니다.

시동생은 그런 줄도 모르고 이걸 갖다 밭에 뿌렸으니 거기서 싹이

날 리가 있겠습니까?

그런데요, 이 삶아 말린 수수알들 사이에 어떻게 날수수알 한 알맹이가 끼어들어 가 있었던 것인지 기적같이도 이것에서 싹이 나 꼭 한 그루의 수수가 아주 잘 자라서 가을이 되자 누구의 수수밭의 어느 수수보다도 크고도 보기 좋은 이삭을 늘어뜨렸습니다.

가을의 맑고 밝은 어느 날은 유난히도 크고 고운 새 한 마리가 이 수수 이삭 위로 날아오더니, 그만 그걸 통째로 부리로 잘라 물고 가려 했어요.

마침 근처에서 한참 일을 하고 있다가 이것을 본 아우는

"여보게, 자네 그건 너무하네. 너무해."

하고 한마디 해 주었더니요.

그 새가 하는 말이,

"너무하지는 않을 테니 따라와 보게."

하고 옆으로 와서 사내를 등에 태우곤 멀리멀리 날아갔습니다.

새가 하라는 대로 사내는 두 눈을 꼭 감고 있었는데요. 바람도 바람도 어찌나 센지 귓바퀴가 무너질 것만 같고, 얼마를 또 더 가니 아래가 바다인 듯 파도 소리까지 귀청을 씻으며 울려오더니만, 새가

"다 왔어. 내려."

해서 비로소 눈을 뜨고 둘러보니 정말 아름다운 섬이었어요.

섬 길을 큰 새와 나란히 걸어가면서 보자니까, 이 섬의 땅은 흙보다는 더 많이 금과 은으로 되어 있어서 이때는 밤이었는데도 그저 번쩍번쩍 번쩍번쩍 사방이 두루 번쩍거리고만 있었는데요.

새는 말하기를

"여기 있는 금과 은을 자네 욕심껏 가져가도 좋네. 그래서 자네를 데리고 온 거니까."

하는 것이었습니다.

이 사내로 말하면 욕심도 그리 많지는 못해서요. 그저 몇 주먹만 금과 은덩이를 주워서 가졌어요. 그러고는,

"이만하면 됐네."

했더니, 그 새도

"잘했네. 욕심이 너무 많으면 해도 많이 당하는 거니까."

했습니다.

아우는 다시 해가 뜨기 전에 새에게 업혀 고향 마을로 돌아와서 섬에서 주워 온 금과 은으로 농사 잘되는 논과 밭을 그의 힘으로 지어 낼 만큼 사서, 아내와 자녀들과 함께 오붓하게 살게 되었어요.

동생이 이렇게 살 만하게 된 것을 안 놀부 마음보를 가진 형은 아우를 찾아와서,

"너 어디서 도적질을 해다가 이렇게 떵떵거리고 살게 되었어?"

하고 억지소리까지 하며 못마땅해했습니다.

정직한 아우는 한마디도 거짓이 없이 그가 큰 새를 타고 섬에 가서 몇 주먹의 금과 은을 주워 온 사실을 처음부터 끝까지 쫙 다 이야기해 주었어요.

형은 집에 돌아가서 아내에게 얘기를 했는데요.

"우리도 삶아 말린 수수에 날수수알을 하나만 끼워서 갖다가 밭에

뿌려 놓아 봅시다. 그까짓 일이 무슨 어려운 일이겠어요?"

하는 것이 아내의 생각이어서, 남편은 이번에도 아내가 하자는 대로 그렇게 했습니다.

아닌 게 아니라 때가 되어 밭에서 수수 싹이 나는 걸 보니 역시 그 날 수수알에서 나온 것 딱 하나뿐이었는데, 가을이 되어 그 수수에 좋은 수수 이삭이 나와 여물게 되자, 역시나 가을의 수수 이삭을 찾아서 큰 새가 나타났습니다.

목에 침이 마르도록 기다리던 형은 새 옆으로 바짝 가까이 가서,

"저도 좀 그 금은 덩어리의 섬에 업어다가 주시옵소서."

하고 꿇어 엎드려 사정을 했더니,

"자네는 간사한 사람이라 좀 칙살스럽긴 하지만 그렇게 해 주지."

하고 등에 태워 한밤중에 그 금은의 섬에다가 내려 주었습니다.

섬에 내려서 사방에 돌이나 바위처럼 깔리고 널린 반짝이는 황금 덩이들과 순은 덩어리들을 보자 욕심 많은 형은 금방 다 가지고 싶은 욕심이 솟아올라서 눈앞이 흐려졌습니다.

그래 마구잡이로 금덩이들만 주워 모아 그의 몸보다 더 큰 무더기를 만들어 놓고는 오히려 더 주워 모으려 허둥지둥하고 있었습니다.

"많이 가져가는 건 좋네마는 자네 힘에 부치게 모을 필요는 없지 않을까?"

하고 큰 새가 일깨워 주어도 아랑곳없이 자꾸자꾸 주워 모아 쌓고만 있는 것이었습니다. 그리하여 이 탐욕에 눈이 어두운 사내의 금 줍기는 새벽이 될 때까지도 계속되었는데요.

동쪽이 희번하게 밝아 오는 때가 되자 큰 새는 다시 말하기를,

"여보게, 이 섬에 뜨는 해는 불보다도 좀 더 뜨겁다는 걸 자네에게 미리 알려 둠세. 그러니 해가 떠오르기 한참 전에는 이 섬을 떠나야 지 여기 남았다간 타 죽고 마네. 금은보화도 좋지만 우선 살고 보아 야 할 것 아닌가?"

하고 인제는 그만 떠날 준비 하기를 재촉했습니다.

그래도 금 욕심에 눈이 뒤집힌 사내가 여전히 줍고만 있으니까,

"할 수 없군. 나는 먼저 피해야만 되겠네."

하고 냉큼 날아올라 바닷물 위에 날개를 펴고 헤엄치기 시작했습 니다.

오래지 않아 그 불보다 더 뜨겁다는 해가 떠올랐는데요. 금과 은 과 돌과 흙만 남겨 놓고는 무엇이든지 다 불태워 버리는 이 섬의 뜨 거운 해는 눈 깜짝할 사이에 이 탐욕을 어쩌지 못하는 사내도 한 무 더기의 재만 남게 활활 태워 버리고 말았습니다.

신선 예와 선녀 항아

중국

아주 먼 옛날 중국에서 요라는 임금이 다스리고 있을 때의 일인데
요. 하늘에 해가 열 개나 한꺼번에 나타나 떠 있어서, 사람들이 너무
나 뜨거워 못 견디게 된 일이 있었습니다.

요 임금이 하느님에게 여쭈어 보았더니, 하느님은 하늘나라에서
도 활을 잘 쏘기로 유명한 예라는 신선을 중국에 내려보내어, 열 개
의 해 가운데 아홉 개는 화살로 쏘아 맞혀 떨어뜨리고 한 개만 남겨
두게 하였습니다. 물론 이때 사람이 되어 하늘에서 내려온 신선 예
는 아내인 선녀 항아도 같이 데리고 땅에 와서 살게 되었습니다.

그러나 예가 사람이 되어 땅에서 한동안 지내며 곰곰이 생각해 보
니, 사람이면 누구나 다 늙으면 죽는 것인지라, 영원히 안 죽고 살아
있고만 싶어 영원히 사는 약을 만들 줄 아는 하나뿐인 선녀인 곤륜

산의 서왕모를 찾아가서 그 약을 나누어 달라고 부탁하였습니다.

서왕모는

"그렇지 않아도 당신이 해를 아홉 개나 떨어뜨린 상으로 이미 표주박에 담아 마련해 둔 것이 있지요. 이걸 갖다가 내외가 똑같이 나누어 들고, 두 분이 다 젊은 채로 영원히 사세요. 그렇지만 이걸 혼자서 다 먹으면 안 됩니다. 그러면 혼자만 하늘로 날아가서 하늘의 신선이나 선녀로 다시 살게 되니까요."

하고 말하며 표주박에 담긴 죽지 않는 약을 예의 손에 건네주었습니다.

예는 좋아하며 집으로 돌아와서 그 불사약이 든 표주박을 아내에게 맡기며,

"언제, 좋은 날을 받아서 우리 둘이 함께 먹게 잘 간수해 두시오."

하고 그걸 혼자서 다 먹으면 혼자서만 하늘로 돌아간다는 사실도 일러 주었습니다. 그러고 나서 예는 활과 화살을 메고 산으로 사냥을 떠났습니다.

그런데 속 다르고 겉 다르다는 말이 있듯이 항아는 남편과는 속이 다른 여자였습니다. 사람의 세상에 내려와서 사람 노릇을 하기에 시달리다 보니 하늘나라의 선녀 시절이 무척 그립던 판이라 남편의 당부도 냉큼 무시해 버리고, 저 혼자만 하늘로 다시 돌아가기 위해 표주박에 든 불사약을 몽땅 한꺼번에 먹어 버렸으니까요.

그랬더니 어느 사이엔지 몸은 점점 가벼워지면서 하늘로 둥둥 떠올라서, 마침내 휘영청 떠 있는 달 속으로 빨려 들어가 버렸습니다.

그래 그때부터는 달 속의 항아로 살게 되었는데, 행복은커녕 남편을 배신한 양심의 가책 때문에 서글픈 나날을 보내고 있다고 해요. 계수나무 아래 토끼 한 마리만 벗하고 지내다가 뒤에는 한 마리의 두꺼비가 되었다는 이야기도 있고요.

'욕심이 땅두꺼비다' 하고 전해 오는 말 그대로 된 것일까요?

세 자매의 언약

이집트

옛날 옛적 이집트에 어떤 왕이 계셨는데요.

하루는 대신들에게 다음과 같이 명령을 내렸습니다.

"하룻밤 동안만 나라에 불을 켜지 못하게 해 보시오. 그리고 우리는 거리에 나가 살펴봅시다. 그러면 이 나라 사람들이 얼마나 짐의 명령에 잘 따르는가를 알 수 있을 것이니, 그걸 보고 내 정치에 참고로 삼겠소."

그러고는 불을 모두 끄라는 명령이 실행되고 있는 날 밤에 왕과 대신들은 장사꾼의 옷으로 갈아입고 이 명령이 얼마나 잘 받들어지고 있는가를 자세히 알아보기 위해 거리거리의 뒷골목까지를 샅샅이 엿보고 다녔습니다.

모든 곳이 다 불을 끄고 왕의 명령에 잘 순종하고 있었습니다만,

오직 어느 뒷구석의 한 군데 오막살이에서만은 침침한 대로나마 방에 켠 불을 끄지 않고 있어서 왕은 마음이 대단히 편안치 못해 드디어 동행하던 대신들을 앞세우고 그 집을 찾아갔습니다.

이때 그 오두막집의 방 안에서는 부모를 여읜 세 딸들만이 모여 살며 방에 까는 융단을 짜고 있었는데요. 큰언니가 예쁜 처녀라면 둘째는 보다 더 예쁘고 막내는 더없이 아주 예쁜 처녀였어요.

그들이 방 안에서 도란도란 말하는 소리를 왕과 그 신하들이 밖에서 가만히 엿들어 보니, 그 셋 중의 하나가

"내가 왕비가 될 수 있다면 나는 우리가 끼니때마다 먹는 빵을 아주아주 크게 만들어서 임금님하고 나하고 임금님의 군대들까지 모두 먹고도 남을 만큼 아주 널찍하게 한번 만들어 보겠다, 얘."
하고 말하니까, 또 한 처녀는

"나는 말이야, 언니. 임금님이 나를 왕비로 삼아 준다면 지금 우리가 짜고 있는 이 융단을 나하고 임금님하고 임금님의 군대들이 다 한자리에 앉을 수 있을 만큼 아주 널찍하게 한번 짜 놓아 보지."
하고 말했고, 마지막 또 한 처녀는

"두 언니들은 그런 거나 만들겠지만 나는 옥동자와 선녀 같은 딸을 한꺼번에 낳고 싶어. 머리털에서 금빛과 은빛이 언제나 찬란히 나는 그런 남매를 두 명 나란히 말이야."
하고 말하는 것이었습니다.

그래 왕은 그들에게 아무 탓도 하지 않고 그대로 돌아와서 이튿날 바로 세 자매 중의 큰언니를 궁궐로 불러들이고는 다음과 같이 물었

습니다.

"왜 어젯밤엔 내 명령을 어기고 불을 켰는가? 내 명령이라는 걸 몰라서 그랬나?"

그랬더니 큰언니는

"폐하. 그건 알고 있었지만요, 밤잠도 제대로 못 자고 세 자매가 융단을 열심히 짜야만 그걸 팔아 겨우 먹고살 수 있는 걸 어떻게 합니까? 너그러이 용서해 주세요."

하고 대답하는 것이었어요.

임금님은 그녀를 용서하고 왕비로 맞이해 들여 결혼식을 보기 좋게 끝마쳤는데요. 그 첫날밤에, 왕이 암행하던 날 밤에 밖에서 엿들은 소리를 빌미로 꺼내 가지고,

"그대는 그대 집의 두 여동생 앞에서 만일 왕비가 된다면 왕과 그대와 왕의 군대까지 함께 배부르게 먹을 수 있는 큰 빵을 만들겠다고 했는데, 어디 그걸 이 자리에서 한번 만들어 보여 주시오."

하였습니다.

그러나 그녀는 그걸 만들어 보이는 대신에 겨우 아래와 같은 대답만을 했습니다.

"국왕 폐하. '밤에 하는 말에는 맛있는 버터가 발라져 있지만 해가 떠서 쪼이면 그 버터는 다 녹아 버린다'는 말도 있지 않아요? 그걸 가지고 무얼 그러세요?"

왕은 이 여자를 왕비에서 시녀로 낮추어 버리고 그녀의 둘째 여동생을 대신 불러들여서 다시 결혼하여 왕비로 삼았습니다.

그녀와의 첫날밤이 되자, 왕은 그전에 그녀의 오막살이집 밖에서 엿들은 걸 내세워,

"당신은 우리 내외와 우리 군대가 함께 다 앉을 만한 카펫을 짤 수가 있다고 했는데 어디 그걸 한번 이 자리에서 짜 내 보시구려."
하였습니다.

이번의 이 왕비도 언니나 마찬가지로,

"폐하. 밤에 하는 말이라는 것은 좋은 버터를 바른 빵이나 마찬가지여서요, 바로 먹지 않고 두면 아침에 뜨는 햇빛엔 그만 녹아 버리는 것이지요."
하고 대답했기 때문에 그녀도 언니처럼 낮추어 시녀로 삼고 이번에는 막냇동생인 처녀를 불러들여 결혼해서 왕비를 삼게 되었어요.

그녀는 곧 아이를 가져서 열 달 만에 그녀의 말대로 금빛과 은빛이 찬란한 머리털을 가진 사내애와 계집애 한 쌍을 한꺼번에 낳아 놓았는데요. 걱정거리는, 잠깐씩 왕비였다가 시녀로 낮추어진 두 언니의 질투와 시기였어요.

이 두 여자는 산파와 서로 짜고 흉한 음모를 꾸며 애를 낳은 산모가 정신을 놓고 신음하는 사이에, 어디서 갓 낳은 강아지 한 마리와 고양이 새끼 한 마리를 구해 들여다가 두 애기와 눈 깜짝할 사이에 바꾸어서 그 두 애기를 밖으로 옮겨 단단한 상자에 담아 뚜껑에 못질을 한 다음 강물에 떠내려 보내고 말았습니다.

이런 사실을 전혀 모르는 착한 왕은 그 나쁜 두 여인에게서 왕비가 강아지와 고양이 새끼를 낳았다는 거짓말을 들었을 때에도 그저,

"하늘이 그렇게 주셨으니 기를 수밖에……"

하고 서러워만 했을 뿐이었는데요.

흐르는 강물을 따라 한참을 떠내려가던 상자는 마침 아이를 가지지 못한 어떤 고기잡이 어부의 손에 건져져서 두 아이는 어부 부부의 극진한 사랑과 보살핌 속에 무럭무럭 자라게 되었어요. 부부는 사내아이의 이름을 어진 무함마드라고 붙여 부르고 계집애의 이름은 시텔후슨이라고 지어 불렀는데 어여쁜 아가씨라는 뜻이라고 해요.

그런데요, 시텔후슨이 울기만 하면 맑던 날도 흐려져서 비가 내리고 슬픈 일이 생겼고, 또 누이동생의 울음소리를 오빠인 어진 무함마드는 어디에 가 있거나 잘 알아들을 수가 있었고요. 또 그녀가 행복한 느낌에 웃으면 흐린 날도 금세 활짝 개고 햇빛도 유난히 더 밝아지는 것도 오빠는 잘 알 수가 있었어요.

어느 날은 아파 누운 아버지 대신 무함마드가 바다로 고기잡이를 나갔는데요. 뜻밖에도 맑던 하늘이 흐려지며 비가 내리고, 누이의 울음소리가 하늘에서 들려왔어요. 부랴부랴 집으로 돌아와 보니 양아버지가 금방 숨을 거두려고 하는 고비에 있었는데, 아들을 보자 다음과 같은 유언을 남겼습니다.

"내 베개 밑에 보면 말의 갈기털 두 개가 있다. 무엇이건 네가 간절히 소원하는 일이 생기면 이것 두 개를 서로 맞대고 문지르도록 해라. 그러면 소원이 이루어질 것이다."

또 얼마 뒤에는 양어머니가 세상을 뜨게 되었는데, 그녀는 양딸인 시텔후슨에게 돈지갑 하나를 내어 주며,

"이 돈지갑을 매일 아침마다 열어 봐라. 그러면 날마다 그 속에서 10파운드씩의 돈이 너희 남매의 것으로 나올 것이다."
하는 유언을 또 남기셨습니다.

누이 시텔후슨은 어느 날이나 해가 뜰 때마다 양어머니가 남긴 돈지갑 속에서 10파운드씩 꺼내어 모은 돈으로 드디어 큰 부자가 되었습니다. 그래 바로 이 나라 왕의 궁궐 건너편에 땅을 사고, 마침내 집 짓는 사람들을 불러서 왕궁과 꼭 같은 집을 지으라고 해 일을 시작하게 했습니다.

이 집이 아주 아름답고도 웅장하게 잘 지어졌을 때 이 나라의 왕은 집주인인 무함마드를 불러들여 만나 보게 되었는데요. 몸가짐이나 마음씀이 점잖고도 얌전한 무함마드의 사람됨이 왕은 너무나 좋아서 그 뒤로는 자주 만나 서로 정이 들게 되었고, 드디어는 하루만 못 보아도 보고 싶어 못 견딜 그런 사이가 되었습니다.

그런데 이것을 알고 또 무함마드의 금빛과 은빛 찬란한 머리털빛을 눈여겨보게 된 두 나쁜 이모가 또 문제이군요.

왜 무함마드와 시텔후슨이 함께 어머니의 배에서 갓 태어났을 때 강아지와 고양이 새끼를 그 자리에 갖다 놓고 두 애기는 슬쩍 빼내다가 상자에 담아 강물에 떠내려 보낸 그 못된 두 이모 말입니다.

그들은 왕의 시녀의 자격으로 무함마드의 집 지은 걸 축하한다는 핑계로 찾아와서는 무함마드의 누이인 시텔후슨의 머리털까지도 빛나는 금빛과 은빛인 걸 보고는 이들이 바로 자기들이 버린 두 남매라는 것을 알고 다시 이들을 없앨 궁리를 하기 시작했습니다.

어느 날 그들은 무함마드가 밖에 나가 없는 틈을 타서 홀로 집에 남아 있는 시텔후슨의 옆으로 슬그머니 다가가서,

"당신네 집은 정말로 훌륭하구만요. 그런데 이 댁 뜰에 '춤추는 대나무'가 없어 그게 좀 안타깝군요. 오라버님더러 그걸 구해다 심으시라고 말씀해 보시지요."

하고 말했습니다. 이걸 구하려고 하다가는 죽게 된다는 것을 알고 꾸민 흉계였지요.

그들의 속을 모르는 시텔후슨은 뒤에 돌아온 오빠에게 '춤추는 대나무'를 갖고 싶다고 했더니요. 오빠는 "구해다 주마"고 쾌히 승낙하고 한동안의 먹을 것을 준비한 다음에 말을 타고 '춤추는 대나무'가 있는 곳을 찾아 오직 하느님과 하느님을 믿는 사람들만 믿고 먼 길을 떠났습니다.

어느 곳을 지나다가 늙은 할머니 한 분을 만났는데요. 그녀는

"춤추는 대나무를 찾아가는군요. 거기까지 가려면 보통 걸음으로 꼬박 3년이 걸리는데, 말을 타고 빨리 가면 구할 수는 있겠군. 그걸 가지고 사는 오그르란 신선은 7년 동안은 자고, 7년 동안은 깨어서 지내는데, 지금은 아직도 자고 있는 중이니 빨리 가면 한 그루를 뽑아 올 순 있겠어요."

하고 말해 주었어요.

그래서 무함마드는 그 할머니가 일러 주는 길을 따라가서 드디어 신선 오그르의 화려한 뜰 밖에 도착하여 담장을 넘어 들어갔는데요. 들어가 보니, 정말로 어느 신바람 난 무당보다도 훨씬 더한 멋들어

진 신바람으로 춤을 덩실덩실 추고 있는 대나무들의 넓은 수풀이 거기 있었어요.

무함마드가 그중 한 그루를 뿌리째 뽑아, 그 뿌리만을 잘라 가지고 달아나려고 하니까, 뜰 안 장미밭의 모든 장미꽃들은 사운거리는 말씀으로, 나무마다 앉아 우는 새들은 또 그 울음에 담은 말씀으로,

"낯선 사람이! 낯선 사람이! 도둑이오! 도둑이오!"

하고 소곤거려 댔어요.

이때가 또 마침 이 뜰의 주인 오그르가 7년 동안의 잠에서 깨어날 시간이었어요. 그는 새들과 장미꽃들의 말씀을 들으며 웬일인가 하고 느릿느릿 뜰에 나와 봤는데요. 그때엔 우리 무함마드는 벌써 말 등에 올라 멀찌감치 달아나고 있어서 어찌할 수도 없었습니다.

무함마드는 춤추는 대나무 뿌리를 가지고 누이 시텔후슨 곁으로 돌아와서 뜰에 심어 신바람 난 춤을 추는 것을 보며 사는 재미를 한 가지 더해 지내게 되었는데요.

그런데 마음이 나쁜 두 이모는 무함마드가 살아서 춤추는 대나무를 구해 가지고 무사히 돌아왔다는 기별을 듣고는 또다시 나쁜 마음을 내 무함마드가 집에 없는 틈을 노려서 누이 시텔후슨을 찾아갔습니다. 그래서는 하는 말이,

"하늘과 땅은 춤추는 대나무만 가지고는 아무래도 모자라서, '노래하는 물'을 하늘 밑 어딘가에 만들어 놓았으니 오라버님더러 이번엔 그걸 구해 오시라고 해요. 댁의 뜰의 시냇물에 그걸 한 병만 갖다 부어 넣으면 어느 명창도 따라가지 못할 늘 새롭고도 아름다운 노래

를 두고두고 듣고 즐길 수가 있을 텐데요."
하는 것이었습니다.

그래 언제나 신바람 나게 사는 걸 좋아하는 이 누이는 오빠가 집으로 돌아오자 다시 또 그걸 구해 달라고 했더니, 이번에도 오빠는 기꺼이 승낙하고 말에 올라 다시 나그넷길을 떠났습니다.

여러 날의 여행 끝에 다시 또 춤추는 대나무 있는 곳을 가르쳐 주던 그 할머니가 있는 곳에까지 왔는데요. 그녀가

"응, 이번에는 노래하는 물을 찾아 나온 거지? 거기까지 가려면 나그네의 걸음으론 꼭 7년이나 걸리니 이번에는 좀 더 멀다우. 이 샘물은 춤추는 대나무 숲의 임자인 오그르의 어머니인 오그레스의 것이야. 그녀도 아들이나 마찬가지로 7년은 자고 7년은 깨서 지내는데, 지금은 자기 시작한 뒤니 되도록 빨리 가서 잘해 보시구려."
해서, 무함마드는 있는 힘을 다해 말을 달려 드디어 오그레스의 찬란한 궁전 앞에 다다랐습니다. 그래 아주 키 큰 사람의 키로 열 길이나 되는 담장을 넘어, 그 노래하는 시냇물이 흐르고 있는 뜰에까지 가게 되었어요.

그가 너무나 반가워서 신비한 노래를 부르는 시냇물을 준비해 갔던 물병에 하나 가득히 채우고 있자, 냇물은 즉시 부르던 노래를 멈추고 춤추는 대나무 수풀 때나 마찬가지로,

"낯선 사람이! 낯선 사람이! 도둑이오! 도둑이오!"
하는 소리를 연거푸 내고 있었고, 또 이 뜰 안에 있던 새들과 꽃들은 물론 탐스럽게 익은 여러 가지 열매까지 그 냇물이 하는 말을 받아

되풀이하고 있었습니다.

이번에도 무함마드는 비호같이 날쌔게 굴러, 누이의 소원인 노래하는 물을 담은 병을 잘 간직해 가지고 와서, 그걸 다시 뜰의 샘물에다 풀어 넣어 노래하는 샘물을 만들어서 이것까지도 날마다 듣고 즐기며 살게 되었습니다.

이 두 남매를 살려 두면 언젠가는 그들이 지은 죄가 탄로 날 것을 너무나 많이 염려한 두 이모는 이번에도 무함마드가 안 죽고 살아 돌아왔다는 소식을 듣자, 또다시 그 누이 시텔후슨이 혼자 집을 지키고 있는 틈을 노려 찾아와서 아양을 떨며 말하기를,

"노래하는 샘물까지 갖게 됐으니 복이 대단하시군요. 하지만 '말하는 종달새'가 이 세상 어디엔가 있다고 들었는데, 그것까지만 구해서 갖게 된다면 이 하늘 아래에서는 가장 행복한 집안이 될 것입니다만……"

하고 또 한 번 시텔후슨의 마음에 부채질을 해 보았습니다.

그 까닭은 이 '말하는 종달새'를 구하러 나섰던 사람은 아직 하나도 살아 돌아온 일이 없다는 걸 이 못된 여자들이 들어서 잘 알고 있기 때문이었습니다.

그것도 모르는 시텔후슨은 다시 그녀의 오빠에게 사람의 말을 하는 종달새를 갖고 살기를 소원하여서 누이를 너무나 사랑하는 어진 무함마드는 그걸 찾으러 또 먼 나그넷길을 떠나게 되었는데요.

세 번째로 그는 늙은 할머니를 찾아가 만나서 찾아온 이유를 말했으나 이번에만은 그녀도 모른다고 잡아떼고,

"누가 당신을 죽게 하려고 그런 소리를 한 것이니, 어서 빨리 집으로 돌아가시오."

하는 것이었습니다.

무함마드는 할 수 없이 혼자서 이 궁리 저 궁리 해 보다가 문득 양아버지가 돌아가실 때 그에게 남긴 '두 개의 말 갈기털'을 그의 윗옷 속주머니에 아직도 간직하고 있는 걸 생각해 내고, 그걸 꺼내 그 두 개를 맞대고 가만히 비벼 보았습니다.

그랬더니요, 그의 앞에는 뜻밖에도 아주 늠름하게 잘생긴 큼직한 말 한 마리가 꿈속에서처럼 나타나서 그를 보며,

"저는 진이라는 왕의 아들이었는데요. 제 힘으로 어쩔 수 없는 마술에 걸려 아직도 말 모습으로 살고 있습니다. 저는 당신의 명령에 따르라는 누군가의 부탁으로 여기 이렇게 와 있으니, 어서 무엇이든 부탁해 보시지요."

하는 것이었습니다.

그래 무함마드가 '말하는 종달새'가 있는 곳을 찾는다고 했더니 그 말은 말하기를,

"거기는 알고 있으니 태워다 드리기는 하겠지만 그 집 속까지 같이 들어가지는 못하니 그리 아세요. 그 종달새는 움이시아오르라는 이름의 머리털이 아주 긴 부인의 궁궐 뜰에 있는데요. 그곳에 들어가기란 정말 어렵습니다. 그 궁궐 밖의 풀밭에서 풀을 뜯어 먹고 있는 양들이 보일 것이니 당신은 그중의 한 마리를 죽여 네 토막으로 내서 들고 궁궐 문으로 걸어가세요. 그러면 대문간에서 궁궐을 지

키는 두 마리의 사자가 보일 것이니 그 둘에게 각기 한 토막씩 두 토막의 양고기를 던져 주고 문 안으로 들어가세요. 그러나 이 사자들이 사람 말로 반가운 인사말을 해도 거기에 절대로 뭐라고 대답해서는 안 됩니다. 당신이 무슨 말이건 한 마디만 해도 당신은 그 자리에 선 채로 바로 바윗덩이가 되어 버리고 말 것이니까요. 그리고 이 궁궐의 두 번째의 출입문 앞에서 당신은 또 두 마리의 사나운 개를 만날 것이니 그들에게도 남은 양고기 두 토막을 주세요. 그러나 그들이 사람의 말로 뭐라고 하건 여기에도 대꾸해서는 안 됩니다. 만일 당신이 뭐라고 대꾸하다간 당신은 그 개들한테 발기발기 찢기어 죽고 말 테니까요. 이 두 군데 관문을 무사히 통과해 들어가서 뜰의 안쪽으로 가면 거기에 앉아 쉬고 있는 그 집의 주인인 움이시아오르 부인을 비로소 만나게 될 테지만 그녀의 무슨 말에도 대꾸를 해서는 안 돼요. 한 마디라도 당신이 말하면 여기서도 또 당신은 금세 굳은 바위가 되고 말 것이니까요."

했습니다.

무함마드는 그 말을 타고 가서 움이시아오르 부인의 궁궐 앞에서 내려, 그 말이 하라는 대로 조심해 두 군데의 대문을 통과해 마침내 안뜰에 앉아 있는 움이시아오르 부인 앞에 서게 되었는데요.

아닌 게 아니라 듣던 그대로 길게 길게 길러 늘인 머리채가 발뒤꿈치까지 치렁치렁한 움이시아오르 부인은 무함마드를 보자,

"나는 당신을 좋아해요, 어진 무함마드 씨. 그리고 여기 오신 목적도 다 잘 알아요. 또 당신의 두 이모가 당신의 누이한테 한 말까지도

두루 다 잘 알고요."

하고 말하는 것이었습니다.

　그러나 그는 진이라는 왕의 아들의 당부를 지켜 거기에 한마디도 대꾸하지 않고, 뜰의 가운데 쪽으로 묵묵히 걸어가고 있었는데요.

　이 뜰의 바로 한가운데의 대리석 받침 위에 그가 찾는 '말하는 종달새'의 새장이 놓여 있어서, 때마침 그 새장 밖으로 나와 앉아 있던 그 새는 무함마드에게 말을 거는 것이었습니다.

　"어진 무함마드! 왕의 아들! 왕의…… 왕의…… 왕의……"

하고요. 그러고는 무척 피곤한 듯

　"아! 피곤해. 더는 말을 못 하겠다. 누구 뭐라고 좀 대답해 줄 사람 없어? 정말로 없어?"

하며 곧 숨이 넘어가는 듯한 표정을 했습니다.

　무함마드는 이 말하는 새가 걱정이 되어 저도 모르게 그만,

　"진정하세요. 좀 조용히 쉬시지요."

그 말이 나오자마자 무함마드는 한 개의 바윗돌로 변해 버리고 말았습니다.

　이때에 집에 있던 무함마드의 누이동생 시텔후슨이 가만히 마음속으로 짚어 보니 말하는 종달새를 찾아 나그넷길에 오른 오빠에게 큰 위험이 닥쳐온 걸 알았습니다.

　눈에 안 보이는 먼 데서 생긴 일도 마음속으로 깊이 짚어 보고 잘 알아차리는 지혜를 가진 사람들이 우리나라에도 옛날에는 더러 살고 있었다고 전해 오는데요. 이집트에서도 그건 그래서 오빠보다도

이런 마음속 눈이 더 밝은 시텔후슨은 그렇게 재빨리 알아차린 것입니다.

시텔후슨은 곧 나그넷길에서 먹을 간단한 것들을 준비해 가지고 그녀의 말에 올라 오빠를 찾아서 번개처럼 달려가기 시작했습니다.

그래서 그녀의 오빠가 바윗돌이 되어 갇혀 있는 머리털이 너무나 긴 움이시아오르 부인의 궁궐 밖에 이르러서는 오빠가 했던 대로 풀밭에 있는 양들 중의 하나를 잡아 그걸 네 쪽으로 나누어 들고 첫째 대문에서 두 사자에게 두 쪽, 둘째 대문에서 두 사나운 개에게 또 두 쪽을 던져 주고 드디어 이 집의 주인 움이시아오르 부인이 앉아 조용히 즐기고 있는 아름다운 뜰에까지 들어가게 되었습니다.

그녀는 갖은 어려움을 뚫고 마침내 그녀가 갖기를 바라던 말하는 종달새 앞에 서게 되었는데요. 그 종달새는 이때에 열린 새장 문밖에 나와 앉아서 맑고 밝은 자유를 즐기고 있다가 그녀를 보자 그녀의 오빠 때나 거의 마찬가지로 사람의 말로,

"여, 시텔후슨! 아버지는 왕이고 어머니는…… 어머니는…… 어머니는……"

하고 조잘대고 있었습니다만, 여기에 대꾸하면 돌이 된다는 걸 잘 알고 있는 그녀는 단 한 마디의 말도 하지 않고 바위처럼 침묵만을 지켰어요.

드디어 그 새는 새장 속으로 들어가서요, 시텔후슨은 냉큼 새장문을 닫아 잠그고 한 손으로 집어 들었습니다.

그랬더니요, 갑자기 여기에 큰 기적이 일어나서 이 궁궐 안팎의

여기저기에 놓여 있던 바윗돌들은 모조리 다 잘생기고 잘 차린 사람들이 되어 이 뜰 안으로 몰려들어 와서 시텔후슨에게 정말로 고맙다는 말씀을 하는 것이었어요.

그리고 그녀의 바로 옆에 바윗돌로 놓여 있던 오빠 무함마드도 눈 깜짝할 사이에 다시 살아 나왔는데요. 그녀가 남자 옷차림이라 처음에는 알아보지 못하고 높임말을 쓰며 감사 말씀을 올리는 걸,

"오빠! 저예요!"

하고 그녀가 바짝 가까이 가 그 얼굴을 똑똑히 보여 주고서야 알게 되었지요.

두 남매는 비로소 서로 끌어안고 다시 만난 기쁨을 나눈 뒤에 진이라는 어느 나라 왕의 아들이 둔갑해서 된 그 말을 함께 타고 집으로 돌아갔는데요.

그들이 가지고 간 그 '말하는 종달새'가 두 주인 남매에게 말하기를,

"이 나라 임금님 내외분을 초대하는 큰 잔치를 한번 벌이세요. 그리고 그 자리에는 임금님의 중요한 신하들과 군대의 지휘관들도 데리고 오시라고 하시고, 또 임금님의 아들과 딸이 되어서 호강하게 된 그 개와 고양이도 꼭 데리고 나오시도록 하시고, 또 당신들이 태어날 때 당신들을 받았다는 산파와 주인님 두 분의 이모들인 두 옛 왕비도 꼭 참석게 해 달라고 하십시오."

했어요.

어진 무함마드는 임금님에게 간절히 말씀드려 허락을 받아서 드

디어 큰 잔치를 벌이게 되었어요.

　이 자리에 참석한 왕께서는 무함마드에게,

　"이 잔치를 연 특별한 목적이라도 있는가?"

하고 물으셨어요.

무함마드가 자기 옆에 있는 새장 속의 '말하는 종달새'를 가리키며,

　"국왕 폐하 내외분 다음으로 이 새를 위해서입니다."

했는데요. 왕이 깜짝 놀라,

　"고작 새 한 마리를 위해서 이런 잔치를 다 벌여야 한단 말인가?"

하니까 이번에는 그 새가 직접 입을 열어,

　"부디 만수무강하시옵소서, 어지신 국왕 폐하 그리고 왕후 폐하!"

하고 아름답고도 뚜렷한 사람의 말소리로 먼저 인사부터 했습니다.

　그러고는 무함마드의 이모들인 두 옛 왕비들이 산파와 짜고 음모를 꾸미며서 어진 무함마드 왕자와 시텔후슨 공주가 한때에 태어나실 때 왕비 폐하가 실신하신 틈을 타서 몰래 갓 난 강아지와 고양이 새끼를 들여다가 이것들을 왕비께서 낳으신 것처럼 거짓으로 꾸며 놓고, 진짜 왕자님과 공주님은 감쪽같이 밖으로 빼내다가 단단한 상자에 담아 강물에 띄워 보냈다는 사실을 쭈욱 알리고, 또 두 아기가 어느 착한 어부 내외의 손에서 잘 자랐다는 것도 알려 드렸습니다.

　그러자 가장 먼저 새파랗게 질린 건 그때의 그 나쁜 산파였어요.

　"살려 주세요! 살려 주세요! 폐하! 저는 그저 두 분이 하라는 대로 심부름만 했을 뿐이옵니다!"

하면서 말입니다.

그래서? 그래서 어찌 되었겠습니까?

물론 무함마드 남매의 그 흉악했던 두 이모와 산파는 이 나라의 법대로 불더미에 던져져서 타 죽게 되고 왕과 왕비는 그들의 아들인 어진 무함마드와 딸인 시텔후슨을 새로 만나 모두 행복하게 살았다는 이야기입니다.

살림이 아주 어렵게 되었을 때

이스라엘

살림이 아주 어렵게 된 유태인 사내 하나가 그들 유태교의 우두머리를 찾아가서 통사정을 했습니다.

"사는 것이 점점 더 어려워만지는군요. 저희는 너무나도 가난합니다. 여편네하고, 여섯 명이나 되는 아이들하고, 거기다가 사위들 식구까지 한방에서 모두 우글거리고 지내는데요. 이들이 모두 제각기 제멋대로만 굴어서 난장판이 되어 싸우지 않는 날이 없게 되었어요. 아무래도 이 지옥에선 더 이상 견딜 수가 없어 상의 말씀 드리러 왔습니다. 어쨌으면 좋겠는지요?"

유태교의 우두머리인 지도자께서는 엄숙하게 깊이 생각한 끝에,

"나 하라는 대로만 하면 썩 잘될 것일세만, 어떤가? 내가 하라는 대로 어디 한번 해 보겠나?"

하고 물어서, '예' 하는 대답을 얻자,

"말해 보게. 자네 집에 가축은 무엇무엇이 있지?"

하고 또 물었습니다. 그래

"암소 한 마리하고, 염소 한 마리하고, 닭이 몇 마리 있지요."

하고 사내가 대답했더니, 유태교의 지도자 즉 랍비께서는

"그래? 좋지. 그럼 오늘부터는 그 가축들까지 한방에다가 모두 들여놓고 같이 한번 지내보게나."

했습니다.

그 말씀을 들은 사내는 하도 어이가 없어 말문이 막혔지만 하라는 대로 하겠다고 약속을 한 터라, 집에 돌아가자 소와 염소와 닭들까지를 그들의 방에 끌어들이고 같이 하룻밤을 지내봤는데요.

이렇게 하여 보니, 이건 더 못 견디겠어서, 이튿날은 또 부리나케 그 지도자님 랍비를 찾아갔지요. 그래 펄쩍펄쩍 뛰면서,

"더 못 살겠어요! 영 더 못쓰게 되었어요!"

하고 오두방정을 한바탕 떨었어요.

랍비는 웃으면서,

"그럼 오늘은 우선 닭들이나 밖에다 도로 내놓고 지내보게."

해서 그렇게 해 보았는데요. 아직 염소와 소가 남아서 법석을 떠니 그게 못마땅해 다음 날 또 랍비님을 찾아갔지요.

"아이고, 염소하고 소란 놈 때문에 못 살겠네요. 정말로 못 살겠네요."

그랬더니 랍비께서는

"그럼 오늘부터는 염소나 밖에 내놓고 지내보시지."

하셔서요. 집에 돌아가 또 그렇게 했지만, 그다음에는 그놈의 소가 마음에 걸려서 또 참을 수가 있어야지요.

그래서 또 한 번 더 랍비 선생 댁을 찾아갔지요.

랍비께서는 이번에는 보기 좋은 턱수염을 점잖게 쓰다듬으면서,

"그럼 오늘부터는 그 소도 밖에다 내놓고 지내보게나."

하셨어요. 사내는 그 말씀대로 소까지 밖에다 내놓고 하룻밤을 지내 보니, 이건 정말 딴 세상같이 기분이 좋아지는 것이었어요.

그래 이튿날은 제법 반반한 얼굴이 되어 랍비를 찾아뵈었습니다.

"방도 훨씬 넓어지고 조용해지고 깨끗해져서 이제야 겨우 살맛이 납니다."

하고요.

1년 열두 달과 소녀 마르시카

체코

체코슬로바키아라는 나라를 아시지요? 좋은 바이올린을 잘 만드는 나라, 또 조용한 시인 라이너 마리아 릴케의 고향이 있는 나라 말입니다.

이 나라의 어느 산골에 마르시카라고 불리는 착한 소녀가 새어머니와 새어머니가 낳은 딸과 함께 셋이서 살고 있었는데요. 마르시카의 새어머니와 그 딸은 마르시카를 늘 구박하고, 고된 일은 모두 그녀에게만 시키고 지냈습니다.

어느 몹시 추운 겨울날이었는데요. 새어머니와 그 딸 호레나는 마르시카를 못살게 굴기 위해 아주 추운 밖으로 내몰면서, 어디 가서 오랑캐꽃(제비꽃) 한 다발만 구해 오라는 것이었습니다. 때는 1년 열두 달 중에서도 가장 추운 정월이었는데 말입니다.

그렇지만 마음이 착하기만 한 마르시카는 못 하겠다는 말 한마디 없이, 눈발이 몰아치는 추운 밖으로 나가 울면서 헤매다가 깊은 수풀 속에 이르렀는데요. 장작불이 활활 타오르는 곳이 보여서, 그쪽으로 터벅터벅 발길을 옮겼습니다.

가 보니, 그 따뜻한 장작불 가에는 열두 명의 잘생긴 어른들이 뺑둘러앉아 있었는데요. 알아보니 그들은 정월부터 섣달까지 1년 열두 달의 일을 각기 한 달씩 맡아보는 열두 명의 신선이었습니다.

"무슨 일로 오셨나요, 아가씨?"

가장 나이가 많아 보이는 1월 담당의 수염이 하얀 할아버지 신선께서 미소를 띠고 물었습니다.

"오랑캐꽃 다발을 만들려고 찾아 나왔는데요."

하고 마르시카가 대답했더니,

"그래? 그럼 그 꽃이 피어나게 해 주지."

하고 그 정월의 신선은 그의 다음다음 자리에 앉아 있는 아직 젊은 3월의 신선보고,

"어서 그렇게 해 주게."

하고 부탁을 했습니다.

그래 그 3월의 신선이 보기 좋게 일어서서 지팡이를 내둘내둘하니까, 그 근처에 쌓인 눈이 사르르 다 녹아 버리고 푸른 풀들이 금세 새로 돋아나면서 그 속에서는 보랏빛 오랑캐꽃들도 꽤나 많이 피어났습니다.

그리하여 마르시카는 그것들을 꺾어 모아 꽃다발을 만들어 들고,

집으로 돌아올 수가 있었어요.

　그러나 새어머니와 친딸 호레나는 그것으로 만족하지 않고 이튿날엔,

　"이번에는 딸기나 한 광주리 가서 따 오지그래."

하고 그녀를 다시 추운 밖으로 몰아냈습니다.

　그녀는 할 수 없이 다시 수풀 속 열두 달의 신선들을 찾아가서 이번에는 6월 신선의 도움으로 철 아닌 딸기를 한 광주리 그뜩 얻어다가 고약한 모녀를 맘껏 먹게 해 주었는데요. 마르시카에게는 한 개도 먹어 보라고 주지도 않았다는군요.

　그러고서는 또 그다음 날은 마르시카보고 이번에는 사과를 구해 오라고 했습니다.

　그래 이것도 역시 그 열두 달 신선들 중 9월 신선의 도움을 얻어 새어머니와 그 딸에게 각기 한 개씩 아주 좋은 사과를 갖다가 주었는데요.

　새어머니의 딸은 그게 너무 적으니 제가 직접 많이 많이 구해 오겠다고 큰 광주리를 들고 밖으로 나와 수풀 속으로 들어갔는데, 때마침 몰아닥친 눈보라에 묻혀 얼어 죽고, 그 딸을 찾아 나간 새어머니도 역시 다시는 돌아오지 못하고 말았습니다.

거북이와 난쟁이
그리스

옛날 그리스의 어느 바닷가 마을에 한 가난한 홀아비 어부가 살고 있었습니다. 하루는 바다에 고기잡이를 나갔으나 아무것도 잡지 못했는데, 오직 거북이 한 마리만이 그물에 걸리자 버리기가 아까워 집에다 갖다 두었습니다.

그랬더니 그 뒤부터는 누가 그러는 건지, 집 안 청소도 언제나 깨끗하게 잘 이루어지고, 끼니때가 되면 음식도 고루 잘 만들어 놓고, 또 입을 옷의 빨래도 말끔하게 잘해 놓고 해서 홀아비는 매우 의아하게 여겼습니다.

어느 날은 가만히 숨어 누가 그러는가 엿보았더니, 거북이의 속에서 아주 예쁜 젊은 여자가 슬그머니 나와서 그러고 있는 것을 발견하게 되었습니다.

그걸 본 홀아비 어부는 그 미인을 꽉 붙들어 잡고, 다시는 거북이의 속으로 못 들어가게 껍질을 깨 버렸습니다. 그리고 자기와 같이 부부가 되어 살자고 사정해 승낙을 얻어서, 사이좋은 부부가 되어 행복한 나날을 보내게 되었습니다.

그런데 '좋은 일엔 마귀가 낀다'는 말이 있지요.

이 나라의 왕도 마침 홀아비 신세였는데, 그는 특히 여자들이 바늘에 꿴 비단실로 한 바늘 한 바늘 떠서 놓는 아름다운 자수를 특별히 좋아해서 그 수를 제일 잘 놓는 예쁜 처녀를 얻어 왕비를 삼기로 작정하였습니다.

그리하여 나라 안의 모든 처녀들에게 엷은 면사포를 한 장씩 내어 주며 거기에 수를 놓아 바치라고 명령을 내렸는데, 어부의 새 아내에게도 그 한 장이 나누어진 것입니다. 그 여자가 너무나 젊고 아름다워서, 이 일을 맡은 사람들의 눈에는 처녀로 보였던 것이라나요.

거기다가 이 어부 아내의 자수가 일등으로 뽑혀서 그녀는 할 수 없이 왕의 앞에까지 불려 나가게 되었습니다.

그 여자가 공손히 왕의 앞에 나가 얌전히 인사를 올리고 나자, 왕은 그 여자와 그가 놓은 면사포의 자수를 한동안 번갈아 살펴보더니 마침내,

"천하일색이요, 제일 좋은 솜씨로다! 여러 말 더 할 게 없다. 곧 왕비로 삼을 터이니 그리 알아라!"

하는 것이었습니다.

그 말에 어부의 아내는 몸 둘 바를 모르고 당황해하면서,

"대왕 폐하! 저는 남편이 있는 몸입니다."

하고 왕의 귀에 잘 들리게 분명히 말해 자신의 입장을 알렸으나, 그것도 '쇠귀에 경 읽기'였습니다.

"그래? 일이 그렇게 되었단 말이지? 그게 무슨 대수로운 일인가? 어서 가서 네 남편더러 되도록 빨리 짐을 찾아와 뵈라고 말해 주어라! 그까짓 게 무슨 걱정이야."

왕은 이렇게 아주 뻔뻔하게 나오는 게 아닙니까.

그리하여 어부가 아내에게서 왕명을 전해 듣자마자 왕을 찾아갔더니, 왕은

"그 여자는 생긴 것이나 솜씨가 모두 네 아내가 되기에는 아까운 여자야. 그러니 내게 양보해야만 되겠다. 네가 짐의 군대 모두에게 한 끼니의 생선 요리 대접을 충분히 해낼 수가 있겠느냐? 그런 재주나 가졌다면 다시 생각해 보지."

하고 어부에게 태연히 말하는 것이었습니다.

왕의 명령을 들은 어부의 걱정은 태산 같았습니다.

집에 돌아와 아내에게 그 말을 했더니, 아내는 웃으면서 걱정 말라고 남편을 안심시키고,

"당신이 그물로 저를 잡아 올리던 그 바닷가에 가서 우리 어머니를 불러내세요. 그래 나오시거든 작은 냄비 하나만 달래서 가지고 오세요."

하고 말했습니다.

어부는 아내가 말한 대로 바닷가에 나가 그의 장모님에게 냄비를

얻어 가지고 돌아와서,

"이 작은 냄비로, 생선 한 마리도 없이 어떻게 그 많은 군인들을 다 대접하지?"

하고 걱정을 하니, 아내는 이번에도 눈웃음을 치며,

"염려 마세요. 이 냄비 하나로 이 나라 군대의 열 배의 수라도 넉넉히 배부르게 먹일 수가 있으니까요."

하고 대답하는 것이었습니다.

그리하여 그 남편은 곧 왕을 찾아가, 왕과 그의 군대를 초청해서 생선 요리를 대접했는데, 바다의 온갖 맛난 것으로 그들은 모두 배가 터질 만큼 잘 먹고 일어섰습니다.

그랬는데도 염치없는 왕은 이튿날 다시 어부를 불러들여 앞에 세우고는 또,

"이 사람아! 아무리 생각해 보아도 자네 아내는 자네에겐 과분한 것 같아. 그러니 여러 말 말고 나한테 넘기는 게 좋겠어. 하지만 이 추운 겨울에 나와 나의 군대 모두에게 맛 좋은 포도 대접을 실컷 시켜 줄 수 있다면 그때엔 또다시 생각해 보지."

하고 말하는 것이었습니다.

그래 또 어부는 할 수 없이 아내에게 돌아가서 왕의 말을 전했더니, 이번에도 아내는 눈웃음을 살짝 치며,

"그럼 다시 우리 어머니를 찾아가, 포도 한 광주리만 달래서 가져오세요."

하고 말했습니다.

그래 그의 아내는 드디어 그 포도 한 광주리를 가지고 많은 포도가 쏟아져 나오게 하여, 이번에도 어김없이 그 고약한 왕과 그의 군대를 배부르게 잘 먹여 주었어요.

그 이튿날 왕이 또 어부더러 오라고 해서 갔더니, 이번에는 또 느닷없이,

"여보게, 내 손으로 두 뼘 길이의 키에, 수염 길이만큼은 세 뼘이 되는 그런 난쟁이를 보고 싶군. 그런 난쟁이를 자네가 내 앞에 데려올 수만 있다면, 자네 아내를 내게 양보하라는 요구는 더 하지 않겠네. 어때, 한 번 더 노력해 보겠나?"

하는 것 아닙니까?

그리하여 어부는 울며 겨자 먹기로 꾹 참고 아내에게 가서 또 그 말을 전했습니다. 그의 아내는 웬일인지 소리 내어 깔깔거리고 웃으며,

"그것 참 잘되었군요. 사실은 제 사내 동생 하나가 꼭 그만한 키에 그만한 수염을 달고 있거든요. 어서 빨리 바다에 나가 우리 어머니를 만나, 그 동생을 불러 달라고 해서 데리고 오세요."

하고 말했습니다.

그래 어부는 아내가 시키는 대로 해서, 그의 처남들 중의 하나인 긴 수염 난 난쟁이를 데리고 왕에게 가게 되었는데요. 이 난쟁이는 이상하게도 크고 힘세어 보이는 붉은 수탉을 타고 있었습니다.

"왜 저를 부르셨나요?"

하고 난쟁이가 왕에게 물으니,

"네 꼴을 좀 보고 싶어서……"

하고 왕이 대답했습니다.

　그러자 난쟁이는 큰소리로,

　"자, 그럼 실컷 보았니?"

하며 그가 타고 있던 수탉에게,

　"그럼, 인제는 네가 날아가서 저 못된 왕의 두 눈을 사정없이 쪼아 버려라!"

하고 말하여 그렇게 만들어 버렸습니다.

　이 난쟁이도, 수탉도 이미 악명 높은 왕의 고약한 짓을 들어 잘 알고 있었던 것이죠.

바위가 된 젊은이

몽골

　이것은 옛날, 하늘의 신들과 땅 위의 사람들이 서로 가깝게 관계를 맺고 지내던 시절에 중국의 북쪽에 있는 몽골이라는 나라에서 생긴 이야긴데요.

　몽골의 하늘에서는 하늘을 다스리는 하느님과 땅을 통치하는 여신 부부가 한집에 같이 살면서 천지의 모든 일을 보살피고 있었습니다. 어느 날, 하늘을 다스리는 남편 신은 늘 하늘만 다스리기가 좀 심심하여서,

　"여보 마누라, 내일 하루만은 우리 일을 바꾸어 내가 땅에 내려가서 땅의 일을 한번 맡아 보기로 합시다."

하고 제안해서, 아내인 땅의 신의 승낙을 얻어 그렇게 하기로 되었습니다.

그래 하느님은 이튿날 땅의 여러 가지 형편을 구경도 할 겸 몽골의 어느 산속으로 내려가서 한 마리의 산토끼로 둔갑해 수풀 속 길을 달리고 있었는데요. 여기에 마침 이 나라의 왕이 신하들을 이끌고 사냥을 나왔다가, 왕이 쏜 화살이 그 토끼를 맞히고 말았습니다.

그러나 하느님은 재주를 부려, 그 화살을 냉큼 빼서 옆에 서 있는 바위에 꽂아 놓고, 자기는 한 마리의 금빛 털로 된 염소와 한 초라한 늙은이의 두 몸으로 둔갑하여 왕의 앞에 나타났습니다.

이것을 본 몽골의 왕은 그 금빛 털의 염소를 가졌으면 좋겠다고 탐내고 있었는데, 금빛 염소 옆의 초라한 늙은이는 말하기를,

"임금님. 저는 지금 매우 시장한 나그네이오니, 먹을 것과 말 한 마리만 베풀어 주시옵소서. 그러면 요기를 하고 고향으로 돌아가겠나이다. 그 대신 여기 이 귀중한 금빛 염소를 보답으로 드리지요."

하는 것이었습니다.

그러나 왕은 탐욕이 너무나 많은 사람이어서, 금빛 염소도 가지고 싶고, 또 말 한 마리도 아깝기는 하고 해서, 초라한 늙은이를 죽이고 그 금빛 염소를 공짜로 차지하고 싶었습니다.

왕은 옆에 차고 있던 칼을 빼어 들고 그 늙은이의 목을 내리쳤습니다.

그랬더니 이게 웬일입니까?

왕의 칼이 늙은이의 목을 내리치는 순간 늙은이도 금빛 염소도 눈 깜짝할 사이 자취를 감추고, 그 자리에는 보기에도 무서운 큰 호랑이가 한 마리 나타나서 사나운 이빨을 드러내고 으르렁거리며, 날카

로운 발톱을 치켜들고 왕에게 대들어 왕을 죽이고 말았습니다.

그래 이런 일을 겪고 하늘로 돌아간 하느님은 아내인 땅의 신을 불러 옆에 앉히고,

"땅에 사는 사람이란 것들은 왕부터가 그렇게 악독하기만 하니 영 쓸모가 없다고 생각하오. 그러니, 온 땅을 두루 다 덮을 만한 큰 홍수를 지게 해서 모조리 다 물에 빠져 죽게 하겠소."

하는 것이었습니다.

그러나 아무리 그게 남편인 하느님의 화난 생각이라고는 해도, 땅 위의 좋은 사람들을 너무나 많이 사랑하는 땅의 여신은 어떻게라도 해서 그 착한 사람들을 살려 내야겠다는 마음이 들어, 큰비로 땅에 홍수가 나기 전에 서둘러서 몽골 땅으로 내려갔습니다.

몽골 땅에 내려온 땅의 여신은 사람들에게 그의 본모양이 탄로되지 않게 거지 할머니로 둔갑을 한 다음에, 착한 사람들을 찾아 어느 마을로 들어갔습니다.

여신이 처음 들어선 집은 잘사는 사람의 호화로운 집이었는데, 이 집 주인은 거지 할머니를 보자,

"재수 없이 웬 할미 거지가 다 왔어?"

하며 하인들을 시켜 대문 밖으로 쫓아내 버렸습니다.

그래 두 번째, 세 번째 부잣집들을 찾아가 보았으나, 그들은 모두 한 끼니 요기를 할 밥도 대접하는 일이 없이, 모진 욕을 하면서 쫓아낼 뿐이었습니다.

그다음에는 어떤 가난한 사람이 사는 오막살이집을 찾아가 보았

더니, 이 집 주인은 가난하기는 하지만 마음은 어진 듯, 이 할머니를 따뜻한 말씨로 맞이해 들이고는 자기들이 먹고 사는 대로 두루 갖추어서 상을 보아다가 정성껏 대접해 주었습니다.

할머니는

"이 마을 앞 냇물을 건너서 건넛마을로 가려는데 좀 건네줄 수 있을는지요."

하고 마음을 떠보았더니, 그는 이번에도 마다하지를 않고,

"그럽시다."

하며 앞장을 서는 것이었습니다.

드디어 마을 앞 시냇가에 오자 그는 허리띠를 풀어 배를 바짝 더 조여 매고서는 비로소 이 할머니를 건네주기 위해 등에 업었는데, 이 걸로 보면 그 자신도 배불리 먹고 살지도 못하는 형편이었던 것이죠.

이것을 땅의 여신이 모를 리가 있겠습니까?

개울 건너 호젓한 곳에 내리자, 이 착한 가난한 사내의 사람됨을 잘 알게 된 땅의 여신은 잠시 그 의젓한 본색을 나타내어,

"나는 너희들 사람들의 일을 맡아보는 땅의 여신이다. 너는 믿을 만하기에 말하는 것이지만, 내일 아침 해가 뜰 때부터 하늘은 엄청난 비를 퍼부어, 하늘 밑 땅이란 땅은 모조리 깊은 홍수에 잠기게 될 것이다. 나쁜 자들이 빠져 죽는 것은 모르지만, 어진 사람이 화를 당하는 것만은 그대로 둘 수 없어서 너 하나는 살려 주고자 하니, 너는 되도록이면 가장 높은 산꼭대기로 미리 올라가 피난하고, 홍수가 물러가거든 내려오너라. 하지만 이것은 절대 비밀이니 누구에게도 말

해서는 안 된다. 만일 이걸 어기면 너는 한 덩어리 바위가 되고 말리라. 알았느냐?"

하고 말하고는 어느 사이엔지 자취도 없이 사라지고 말았습니다.

그러나 이 사내는 정이 많은 사람이라, 자기 혼자만 살아남고 많은 사람들이 물에 빠져 죽을 걸 생각하니 도무지 그대로 모른 체하고 있을 수는 없어, 자기가 아는 되도록 많은 사람들을 찾아가 홍수가 몰아닥칠 사실을 알려 두루 높은 산에 오르게 했습니다.

사람들이 모두 산으로 올라간 뒤에 마음이 어진 사내는 마지막으로 줄달음질을 쳐 산으로 올라가는 판인데, 이미 거기까지 밀려오는 홍수의 물결 속에서,

"아이고, 날 살려!"

하고 아우성치는 걸음이 불편한 노인을 보았습니다.

그는 노인을 자기의 어깨 위에 올려놓고 산길을 올라가려 하는데, 그 순간 여신이 한 말 그대로 한 덩이의 큰 바위가 되어 버렸습니다. 그러나 이 바위의 소원으로 바위는 점점 더 키가 커져서 그 노인을 산꼭대기에까지 올려놓았다는 이야기입니다.

그 뒤로 사람들은 이 바위에 해마다 제사를 올렸습니다.

두 딸이 탄 상

핀란드

먼 옛날 핀란드의 어떤 사내가 부인과의 사이에서 딸 하나를 얻고, 부인이 세상을 떠나자 다시 장가를 들어 두 번째 부인에게서 딸 하나를 또 얻어 두 딸을 데리고 살고 있었는데요.

새로 맞이한 아내는 자기가 낳은 딸만을 사랑하고, 첫 번째 부인의 딸은 아주 미워하고 학대를 했습니다. 그래 그 어머니와 한통속이 된 그의 친딸도 덩달아서 언니에게 함부로 굴었습니다만, 언니는 착하고 순하기만 하여 계모와 그 친딸이 무엇이든 하라는 대로 따르고만 지냈습니다.

어느 날도 계모가 하라는 대로 우물가에서 털실을 감는 일을 열심히 하고 있었는데, 우물둔덕에 놓아두었던 실감개를 실수하여 그만 우물 속에 빠뜨리고 말았습니다.

가엾은 이 소녀는 우물 속으로 뛰어들어 가서 실감개를 찾아보았으나 어디로 갔는지 흔적도 없이 사라지고, 우물 속에는 난데없는 길이 나 보여, 한정 없는 그 길을 따라서 다시 실감개를 찾아 나섰습니다.

그런데 얼마만큼 가니까 그의 앞에는 암소 한 마리가 두 뿔에 우유통 하나를 걸치고 오며,

"아가씨, 아가씨, 예쁜 아가씨. 내 뿔 사이에 있는 우유통에다가 내 젖을 짜 담아서 다시 두 뿔에다 매달아 주세요. 반쯤은 땅에 흘려도 좋습니다."

하고 간곡히 부탁하는 것이었습니다.

그래 그렇게 해 주고 또 얼마만큼을 갔는데, 이번에는 웬 수컷 양 한 마리가 주춤주춤 걸어오며,

"여보세요, 여보세요, 착한 아가씨. 내 두 뿔 사이에 매달아 둔 가위로 내 털들을 좀 깎아 주세요. 깎은 털은 모아서 묶어 내 목에다 걸어 주시면 됩니다. 웬만큼 땅에다 흘려도 괜찮아요."

하고 통사정을 했습니다.

그래 그 양의 뿔들 사이를 보니 그의 말대로 좋은 가위가 매달려 있어, 그는 가위로 털을 말쑥하게 잘 깎아서 묶어 목에 매달아 주고, 가위도 먼저 있던 자리에 보기 좋게 매달아 주었습니다.

그리고 또 얼마만큼을 가니까요, 길가에 주렁주렁 예쁜 사과들이 많이 열린 한 그루의 큼직한 사과나무가 서 있었는데요. 그 사과나무가 또 소녀에게 말을 걸었습니다.

"아가씨, 아가씨, 날 좀 봐요, 아가씨. 올해는 내 열매가 어찌나 많이 달렸는지 무거워서 무거워서 꼼짝을 못하겠네요. 어서 좀 나를 마구 흔들어 열매들이 우수수 떨어지게 해 주세요. 땅에 떨어지는 건 그대로 두고, 아가씨 머리를 맞히는 것은 우리 아가씨가 먹어도 좋겠네요."

그래 또 이번에는 그 사과나무를 흔들어 사과들을 많이 떨어지게 해서 가볍게 해 주었습니다.

그런 다음 또 걸어가는데, 이번에는 웬 머리털이 하얀 할아버지가 나타나서,

"아가씨, 거 마음씨가 곱겠군. 내가 오래 목욕을 못해 더러우니, 내 목욕하는 것 좀 도와줄래? 땔나무 대신에 여기엔 새똥들이 많으니 그걸 모아 때서 물을 데우고 물이 귀하니 물 대신으로 우리 집 말 오줌을 받아서 쓰는 게 좋겠어."

하며 그의 목욕 시중을 부탁하는 것이었습니다.

그러나 이 소녀는 할아버지 생각보다는 낫게, 먼 곳까지 가서 물을 길어다가 솥에 붓고, 어렵게 땔나무를 구해 그걸로 불을 때서 물을 끓여서 할아버지를 아주 깨끗하게 목욕시켜 드렸습니다.

그랬더니요, 할아버지는 예쁜 상자 한 개를 상으로 주고 또 우물 밖에까지 데려다주었는데요. 집에 가서 열어 보니 그건 세상에서도 가장 값지고 귀한 보석들이었습니다.

첫 번째 부인의 딸인 언니가 우물 속에 실감개를 빠뜨리고, 그걸 찾으러 들어갔다가 엉뚱한 세상에서 보물들을 얻어 온 것을 보고 시

새움을 견디지 못한 둘째 부인의 딸은 저도 한번 그렇게 해 보아야 겠다고 작정을 하고, 실감개를 들고 가서 일부러 우물 속에 떨어뜨린 다음에 용기를 내어 우물 속으로 풍덩 뛰어들었습니다.

그 실감개가 우물 속에 잠긴 채 그대로 있는 것을 보고도 줍지 않고 잠시 기다리고 있었더니, 아닌 게 아니라 그에게도 우물 속의 길이 열리어, 그 길을 따라서 걸어가 보았습니다.

얼마 안 가서 이 소녀의 앞에도 한 암소가 두 뿔에 우유통을 매달고 나타나서, 전에 그의 언니에게 말한 것처럼

"내 뿔에 걸린 우유통에 내 젖을 짜 담아서 다시 걸어 주시렵니까? 반쯤은 땅에다 흘려도 괜찮습니다."
하고 말했습니다.

그러나 이 소녀는 암소를 도울 마음이 조금도 없었고, 오직 상으로 탈 보석만이 목적이어서,

"그럴 틈이 어디 있어요? 어서 가서 보석 상자를 얻어야지요."
하고는 암소를 본체만체하고 빨리 걸어 나갔습니다.

그래 이번에는 자기 털을 깎아 달라는 양을 만났는데도 그럴 틈이 없다고 거절하였고, 다음에는 사과나무가 자기를 좀 흔들어서 너무나 많이 달린 열매들을 떨어지게 해 달라고 간절히 부탁하는 것도 똑같은 대답으로 돌보지 않고 지나쳐 나가기만 했습니다.

마침내 그는

"내 몸이 때가 끼어 더러워졌으니 목욕을 좀 시켜 다오."
하는 할아버지 앞에 왔습니다.

할아버지는 그의 언니에게 했던 것과 마찬가지로,

"여긴 물이 귀하니 우리 집 말의 오줌을 받아서 끓이고, 이걸 끓이는 데 쓸 땔나무도 귀하니 이곳에 많은 새의 똥들을 모아서 때면 돼."

하고 말하였습니다.

그런데 그의 언니가 애써서 좋은 물과 땔나무를 구해 그분의 목욕물을 끓여 드렸던 것과는 달리, 그는 그저 보석 상자를 어서 타고 싶은 욕심만이 앞을 가렸기 때문에, 할아버지가 농담으로 일러 준 대로 아주 더러운 물로 목욕을 시켜 드리게 되었습니다.

할아버지는 그에게도 상자 한 개를 상으로 내주며,

"이건 네 차지다."

하고는 그를 우물 밖까지 데려다주었습니다.

그래 그는 가족들 앞에서 상으로 탄 상자를 열어 보았는데, 이것 참 큰일이 났습니다. 그 속에는 꺼지지 않고 타기만 하는 새빨간 불이 들어 있어서 이 불은 순식간에 그 집과 식구들을 모조리 태워 버렸다고 합니다.

마침 첫 번째 부인의 딸만은 그 자리에서 밖으로 쫓아냈었기 때문에 살아남게 되었답니다.

여기까지가 핀란드 사람들 사이에 전해 오는 이야기인데, 내 생각 같아서는 그 소녀에게 내린 벌이 너무 지나친 듯하군요. 어떻게라도 해서 잘 좀 깨우쳐 주었어야 하지 않을까요?

백월산의 힘

한국

옛날 옛적에 해와 달빛이 지금보다 몇 갑절 더 밝게 비치던 때에 어느 달 밝은 밤, 중국의 임금님이 뜰에서 산책을 하고 계셨습니다.

맑은 못물가에 와 문득 그 속을 들여다보니, 거기엔 그가 아직껏 본 일이 없는 새로운 산봉우리 하나가 어리어 비쳐 있었습니다. 그건 그로서도 이 세상에서 처음 보는 아름다움과 매력을 그 물속의 그림자에서까지도 삼삼히 풍겨 내고 있는 것이었습니다.

이튿날 임금님은 신하들을 모아, 그게 어디에 있는 어떤 산인지를 밝혀내라고 하셨습니다.

신하들은 여러 날을 두고 연구에 연구를 거듭한 끝에 그것이 중국에 있는 산이 아니라, 옛날의 우리나라 곧 신라에 있는 백월산이란 것을 알아내게 되었습니다.

이 산이 풍기어 낸 무슨 큰 힘은 어떤 것으로도 막아 낼 수가 없어서, 이 산의 그림자가 황해 바다를 건너 중국 임금님의 뜰의 못물에까지 가서 비치었던 것이지요.

그래 이 산 그림자의 매력에 대한 궁금증이 나날이 더해만 가던 중국의 임금님은, 드디어 신하들을 시켜 신라로 이 산을 찾아가 보게 하셨습니다.

이 산이 왜 이렇게 힘이 있는 것인지 그 까닭도 알아 오게 하셨으며, 또 산의 꼭대기를 오른 표시로 등반 대장의 신발 한 짝을 산봉우리의 맨 꼭대기에 잘 걸어 놓아두라고도 하셨습니다.

중국의 황제가 보낸 백월산 등반대가 마침내 정상에 올라 거기 대장의 신발 한 짝을 걸어 놓자, 그것까지도 중국 왕궁의 못물에 똑똑히 잘 드러나 비쳐서, 그걸 기다리던 중국의 임금님도 잘 볼 수 있게 되었습니다.

또 때가 되어서 돌아온 사신들에게서 얼추 다음과 같은, 백월산이 힘을 가지게 된 까닭을 담은 이야기를 들을 수가 있었습니다.

백월산에서는 사람이 바르게 사는 도리만을 닦고 지내는 두 사람의 수도자가 있었는데, 하나는 마음 씀씀이나 말씀이나 행동이 단단하고 빡빡한 데가 많다 하여 '단단빡빡'이라는 이름으로 불리었습니다. 또 다른 하나는 반대로 그것들이 두루 다 노글노글하고 부드럽기만 해서 '노글부들'이라는 이름이 붙여져 있었습니다.

그런데 어느 날 해 질 무렵에 이 산의 한쪽에 살고 있는 단단빡빡이의 단칸방뿐인 집 앞에, 모든 게 아주 예쁘게 생긴 아가씨 한 사람이 나타났습니다.

아가씨는 주인에게 용서를 빈 뒤에 간절하고도 품위가 높은 말로 하룻밤만 재워 줄 것을 부탁했습니다.

"산을 넘어 먼 길을 가는 나그네입니다. 해도 이미 저물어 가고, 달리 묵을 곳도 없어 찾아뵈었으니, 그 어디에든 하룻밤만 눈 붙여 가게 해 주실 수 없을는지요?"

단단빡빡이로 말하면, 자기도 겨우 방 하나뿐인 데다가 또 그 성질이 너무나도 에누리를 모르는 빡빡하기만 한 사람이어서,

"어떻게 새파랗게 젊은 아가씨가 남의 사내 혼자 자는 데 끼어들어 와서 자는가? 그건 안 되지, 안 돼요."
하고 딱 잡아떼어 거절을 해 버렸습니다.

그래 그 예쁜 아가씨는 단단빡빡이의 집에서 그리 멀지 않은 곳에 자리잡고 있는 또 한 사람의 수도자인 노글부들이의 집으로 찾아갔습니다. 여기도 방은 주인 쓰는 것 단 하나뿐이었습니다.

그는 성질이 부드러운 사내라, 이 여자의 딱한 형편에 동정해서,

"그럼 들어오시지요. 불편한 대로 하룻밤 같이 지낼밖에요……"
하며 맞이해 들여 방 아랫목에 자기의 이부자리를 펴 손님을 모셨습니다. 그리고 그 자신은 윗목의 책상 가에 앉아, 읽던 책을 이어서 읽는 데만 골몰하고 있었습니다.

이 여자 나그네로 말하면 옛날부터 내려오는 이야기로는, 어떻게나 예쁘게 생겼는지 그가 조용히 말할 때에는 그 말에서도 아름다운 난초꽃 향기 같은 무슨 향내가 싸아 하니 풍겨 나왔다고 합니다.

우리 노글부들님은 이렇게 꽃다운 아가씨의 아름다움에도 마음이 따로 흔들리는 일도 없이, 이걸 하늘이 주시는 새로운 복으로만 여겨 빙그레 미소하면서 오히려 책 읽기를 한결 더 마음 편하게 잘해낼 수가 있었습니다.

그런데 그 시간이란 것이 아주 고요하고 맑은 냇물 흐르듯 소리도 없이 흘렀습니다.

이 두 남녀만의 방에 깊은 한밤중이 깃들어 오자, 방 아랫목에 조용히 누워 있던 여자가 뜻밖에 신음하는 소리를 내며,

"아이고 배야! 아이고 배야!"

외치는 것이었습니다.

노글부들이가 그 까닭을 물으니 뜻밖에도

"제가 오늘 밤, 여기서 아기를 낳으려나 봐요."

하는 것이 그 대답이었습니다.

노글부들이는 잠깐 동안은 두 눈을 동그랗게 떴으나, 이내 새로 일어나고 있는 일에서 자기가 해내야 할 것을 알아차려 이해하게 되었습니다. 그리고 그의 얼굴에는 너그러운 이해의 깊은 미소가 다시 어리기 시작했습니다.

그는 새로 태어나는 아기를 받기 위해 필요한 볏짚이라든지, 가위라든지, 수건이라든지, 그런 것들을 삽시간에 두루 다 찾아 준비해 놓았습니다. 아궁이에 불을 때어 아기를 목욕시킬 따뜻한 물까지 다 끓여 놓았습니다.

드디어 여자 나그네가 아기를 낳게 되자, 그 준비한 물건들을 써

서 탯줄을 잘랐습니다. 흐르는 피도 받고 닦아 내기도 하고 나서, 아기와 아기 어머니의 목욕시키는 일까지 모두 감쪽같이 도와 마쳐 냈습니다.

아기 어머니는 아기를 안고 한동안 말이 없더니, 드디어 빙그레 웃는 얼굴로 노글부들이를 보며,

"아직도 따뜻한 물이 조금 남았을 텐데 당신도 좀 씻으시구려."

마치 아내와 같은 소리로 권했습니다.

그래 노글부들이는 아기 어머니가 씻고 난 목욕통의 밍근한 물에 자기도 대충 몸을 씻고 나서 거뜬한 기분으로 앉아 있었습니다.

그동안에 어느 사인지 밝은 아침이 되어서, 마침 노글부들이에게 아침 인사를 왔던 친구 단단빡빡이가 그를 보았습니다.

그런데 그는 그전의 노글부들이가 아니라 몸에서 금빛 찬란한 빛을 내어 비치고 있는 부처님이신 노글부들이었습니다.

이 노글부들이의 힘으로 그가 사는 백월산 그림자는 먼 중국 황제의 못물에까지 가서 비쳤던 것인데, 새로 난 아기와 그 어머니는 노글부들이의 곁에선 어느 사인지 보이지 않게 되었다고 합니다.

이 여자 나그네는 사실은 관세음보살님이었다고 해요.

한 입어치를 주면 한 입어치를 받는다

사우디아라비아

이것은 중동의 아라비아에서 옛날부터 내려오는 이야긴데요. 사우디아라비아만이 아니라 온 아라비아 반도에 널리 통하던 이야깁니다.

옛날 옛적에 아라비아에 외동아들을 가진 홀어머니가 살고 있었는데요. 그 아들은 당나귀 등에 물건들을 싣고 사막을 건너다니면서 장사를 하는 대상들 중의 한 사람으로, 집을 떠난 뒤 여러 해 동안 소식이 끊겨 죽었는지 살았는지조차 알 길이 없었습니다.

어느 날은 이 가난한 어머니가 끼니때가 되어 겨우 한 입밖에는 안 되는 먹을 것을 간신히 만들어 가지고, 막 입에다 몽땅 집어넣으려 하고 있자니 때마침 웬 거지가 찾아들어서 "적선합쇼" 하는 바람에 자기 입으로 가져가던 그것을 성큼 거지에게 주고 말았습니다.

그래 그 어머니는 완전히 굶주리게 되었지요.

그런데 며칠 뒤에 장사를 나갔던 아들이 살아 돌아와서 말하기를,

"어머니, 저는 다 죽은 목숨을 겨우 살아 돌아왔습니다. 그건 '한 입어치를 주면 한 입어치를 받는다'는 우리 아라비아의 속담을 큰 소리로 외치던 사내가 저를 살려 주었기 때문이었어요."

했는데요. 그의 이야기를 들어 보니 아래와 같은 것이었습니다.

그는 여러 해 동안 사막의 당나귀 대상들을 따라다니며 장사를 해 보았으나 잘되지 않아 고생을 하던 끝에, 얼마 전에는 그의 짐을 실은 당나귀를 타고 터벅터벅 어느 덤불 속 길을 가고 있었는데요.

큰 사자가 나타나서 그를 당나귀 등에서 두 앞발로 채어 내려 입으로 윗옷의 등솔기께를 물고는 질질 끌며 깊은 덤불로 들어가 내려놓고, 두 앞발을 높이 들어 바야흐로 그를 발기발기 찢어서 먹으려고 으르렁거리고 있었습니다.

이때 마침 어디서 어떻게 왔는지도 모를 매우 힘이 센 큼직한 사내 하나가

"한 입어치를 주면 한 입어치를 받는다! 이놈!"

하고 크게 소리치며 나타나서, 그만 그 무서운 사자를 발톱이니 이빨 할 것 없이 모조리 싸잡아 움켜 들어서 조그만 차돌로 팔매를 쏘듯 멀리멀리 내던지는 바람에 다시 살게 되었다는 것이었어요.

사자가 어찌 되었는지는 그것이 되돌아오지 않아서 모르겠고, 다시 살게 된 다행으로 자기 몸을 자세히 살펴보았으나 별 상처랄 것도 눈에 뜨이지는 않더라는 것입니다.

그래 고맙다는 말씀이라도 가만히 여쭈려고 그 힘센 사내를 찾았으나, 사내의 자취는 이미 사막 위에는 물론 하늘의 어느 귀퉁이에도 보이지 않더라는 것이에요.

이렇게 해서 살아 돌아온 아들의 이야기를 듣고 어머니가

"그 힘센 분이 '한 입어치를 주면 한 입어치를 받는다'고 하던 그 날 그때가 언젠가를 자세히 좀 돌이켜 생각해 봐라."

하셔서, 아들은 그때를 기억해 내 어머니께 일러 드렸는데요.

어머니가 아들의 대답을 듣고 잘 헤아려 보니 바로 며칠 전에 자기 입으로 가져가던 마지막 먹을 것을 거지에게 주었던 그때에 해당하는 것이었습니다.

어진 여자와 야박한 여자가 받는 보상

스위스

이것은 옛날 스위스의 깊은 산골에 사는 사람들 사이에서 전해져 내려오고 있는 이야긴데요.

어느 해 질 무렵에 기독교의 주님 예수 그리스도와 그의 제자 베드로가 함께 스위스의 어느 산골 마을로 걸어 들어오셔서, 크마르자코마라는 야박한 여자의 집에 들러 하룻밤만 재워 주기를 간절히 부탁했습니다.

이 여자는 사는 형편이 넉넉한 편인데도, 두 나그네의 몰골이 너무나 초라한 걸 눈여겨보고는 딱 잡아떼고 문을 콱 닫아 버렸습니다.

예수님과 베드로는 할 수 없이 두 번째로 또 한 집을 더 찾아가셨는데요. 이 집은 카딘이라는 여자의 집으로, 매우 가난하게 살고 있었습니다만 아주 친절하게 이 고단한 두 나그네를 맞이해 들이고는

정성을 다해 저녁을 대접하고 또 침대는 없지만 고슬고슬 잘 마른 풀을 간 자리를 권해 드리며,

"사나운 늑대들의 목구멍 속보다도 더 어두운 밤인데, 이렇게라도 하룻밤 주무시고 가셔야지요."

하고 말했습니다.

이튿날 아침 두 분이 이 집을 떠나게 되었을 때 예수님께서는

"부인, 부인이 오늘 시작하는 일을 하루 종일 끝까지 정성껏 잘 해 내십시오."

당부하시고는 떠나셨습니다.

그래 이 집 주인 카딘은 이날은 옷감으로 쓸 삼베를 짜기로 작정하고 있던 터라, 바로 베틀에 올라가서는 마음을 다해 삼베를 짜 나갔습니다. 그런데 이게 웬일입니까? 그녀의 정성이 훨씬 더 간절해진 때문인지 나그네의 부탁이 힘이 된 것인지 이 두 가지가 합친 힘 때문인지 이날 그녀가 짠 삼베의 양은 엄청나게도 불어나서 온 방 안에 그득히 쌓여 창밖으로 불거져 나갈 정도가 되었습니다.

이 소문이 산골 마을에 퍼지자 그 야박한 여자 크마르 자코마도 소문을 듣고 시새워하는 마음이 치밀어 올라서 카딘 부인을 찾아와 꼬치꼬치 캐물어 그게 어제의 그 두 나그네의 힘 때문이라는 걸 눈치채고는,

"두 나그네가 또 오걸랑 내게로 보내. 이번엔 잘 대접하고 나도 그 혜택을 좀 받아 봐야지."

하고 신신당부를 해 두었습니다.

그래 두 분의 나그네가 다시 카딘 부인 댁을 찾아오셨을 때 부인은 그분들에게 말씀드려 크마르 자코마의 집을 다시 찾게 했는데요.

그 야박한 여자는 이번에는 그 전과는 달리 온갖 친절한 언사를 모두 동원하여 갖은 수다를 다 부리며, 아닌 게 아니라 대접도 필요 이상으로 너무나 잘 했습니다. 물론 욕심내는 게 따로 있어서였죠.

이튿날 예수께서는 이 집을 떠나시면서도,

"부인, 부인이 오늘 시작하는 일을 하루 종일 끝까지 정성껏 잘 해 내십시오."

하셨습니다.

그런데 제 욕심만 많은 이 야박한 여자는 카딘보다 몇 갑절 더 삼 베를 짤 욕심을 먼저 내고 그러자면 한번 올라간 베틀에서 다시 내려오지 않게 먼저 뒤를 단단히 보아 두어야 할 것을 생각하고, 뒷간으로 달려가서 누기 시작했는데요. 웬일인지 그게 도무지 멎지를 않아, 거기 온 하루를 앉아 있어야만 하게 되었습니다.

한 30분쯤 앉았다간 뛰어나와 봐도 다시 곧 또 마려워 못 견디어서 거듭거듭 다시 들어가 있어야만 했던 것입니다.

늑대와 사자와 메추라기

알제리

옛날 아프리카 대륙 북서부의 알제리와 모로코 국경의 산악 지대에 한 마리의 늑대와 한 마리의 사자가 살고 있었는데요.

하루는 늑대가 어디서 소가죽 한 조각을 구해 그걸로 신발을 만들어 신고 언덕 위에 올라가서 껑충거리며 으스대고 있는 것을 그 옆을 지나가던 사자가 보고 부러워서,

"얘, 그것 내게도 한 켤레 만들어 신겨 다오."

하고 명령을 내렸습니다.

여우의 간사한 성질과 늑대의 흉악한 성질을 아울러 가진 자칼이란 이름의 이곳 특수한 늑대는

"아무려면요. 지어 올리구말굽쇼. 그렇지만 저의 신발을 만들고 남은 소가죽은 너무나 **빳빳하게** 말라 버려서 꿰매기가 어렵사오니,

가죽 좋은 암소 한 마리만 잡아다가 주시옵소서. 그 말랑말랑한 가죽으로 대왕님의 발에 아주 잘 맞게 맵시 있게 지어 드리옵지요."
하고 굽실굽실 아첨을 떨었습니다.

그래 사자가 살찐 암소 한 마리를 어디서 잡아 죽여 끌어다가 늑대에게 맡겼더니요. 이 늑대는 암소의 가죽을 벗겨 신발을 만들기에 적당한 연한 부분을 도려내 가지고 앉아서 사자에게 또 말하기를,

"대왕님, 그런데 신발을 꿰매는 데 필요한 바늘과 실이 없는뎁쇼."
해서 사자는 또 그것들도 어떻게 간신히 구해다가 주었어요.

그런데 이 자칼이란 늑대는 사자의 신발을 어떻게 꿰맸느냐 하면, 제 것처럼 따로 신발을 꿰매 신고 벗게 한 것이 아니라, 그냥 바로 사자의 발에다 가죽을 갖다 붙여 대고는 사자의 발가죽까지 아울러서 꿰매 가고 있었습니다. 그러니 뭇 짐승들의 왕의 체면도 있고 하여 엉엉 울지는 못했지만 사자인들 오죽이나 아팠겠어요?

"다 되었사옵니다, 대왕마마. 어디 한번 걸어 보시지요."
하고 드디어 자칼이 말해서 사자가 일어서서 발걸음을 옮겨 보았습니다만, 발바닥이나 발등 할 것 없이 두루 꿰매 붙여 놓은 이 신발의 아픔은 너무나 대단해서 몇 걸음을 옮기다가 사자는 도저히 참을 수 없는 발악이 터져 나와 주위의 산들을 두루 무너뜨릴 듯이 크게 울부짖으며 움츠리고 있는 자칼 늑대를 한입에 삼킬 듯이 덤벼들었습니다.

그러나 약고도 고약한 늑대는 재빨리 몸을 피해 뺑소니를 쳐 버리고, 사자만이 홀로 남아 무진 고통을 당하게 되었는데요. 시간이 지

날수록 발에 붙은 신발의 물기가 말라 들어 오면서 아픔은 점점 더해 가서 사자의 이마에서는 식은땀이 줄줄 흘러내렸어요.

이때 산에서 날아온 메추라기 한 마리가 가까이 와서 사자의 그 고통의 까닭을 물어 알게 되자,

"대왕님, 제가 다시는 안 아프게 고쳐 드릴 수는 있는데요. 그 대신 이제부터는 대왕님은 무슨 일이 있어도 저희 메추라기들은 해치지 않는다는 약속부터 먼저 해 주셔야 하겠네요."

하고 사자의 약속을 받아 내고는, 사자의 그 신발 벗겨 내기 작업에 착수했는데요.

먼저 메추라기는 샘물을 찾아가서 두 날개에 그득히 물을 축여다가는 사자의 발들을 적시고 또 적시기를 거듭한 끝에, 드디어 사자의 발과 신발들이 젖은 물기로 부드러워지자 그 서슬에 꿰맨 실들을 부리로 물고 천천히 잘 풀어 뽑아내 주었어요.

그래 며칠을 더 누워서 쉬고 난 사자는 다시 사막과 산과 언덕의 짐승들의 왕 노릇을 계속하게 되었는데요. 이때부터 메추라기들만큼은 절대로 해치지 않고 부드러운 눈초리로 바라보고 지내는 사자의 새 습관이 생겼다나요.

달나라의 연못가에 핀 하얀 달꽃

브라질

이것은 남미 브라질에 사는 흑인들이 만들어 낸 이야기입니다.

옛날에 옛날에, 아무도 기억해 낼 수 없는 아주 먼 옛날 어느 곳에 아들만 삼 형제를 둔 아주 큰 부자인 추장님이 계셨는데요. 이 추장님은 여러 추장들 중에서도 더 높은 우두머리여서, 말하자면 이 깜둥이 족속의 왕이었습니다.

그런데 이 흑인들의 대추장은 이미 많이 늙어서 머지않아 세상을 떠나야 할 나이가 된지라, 세 아들 중의 누구에게 그의 지위와 중요한 재산을 물려줄 것인가 하는 문제를 확정지어 놓아야 할 고비가 되어 이리저리 머리를 써 보았으나, 세 아들은 그에겐 모두 귀중하기만 하여서 그중의 누구 하나를 골라내기가 참으로 어려워, 그 결정을 적당한 사람에게 맡기기로 하고 생각한 끝에, 그의 족속 중의 늙은 마법사들에게 그 일을 맡기기로 해 그들을 불러 모았습니다.

그러나 그들의 의견을 들어 보니,

"저희만 가지고는 이런 큰 문제는 결정할 수가 없사오니, 산 위에서 혼자 살고 계시는 저희들의 어른님께 가셔서 상의하셔야만 하옵니다."

하는 것이어서, 어쩔 수 없이 대추장이 스스로 마법사들의 어른이라는 늙은이를 산 위로 찾아가야만 하게 되었습니다.

이튿날 아침 이 흑인들의 대추장님은 당나귀에 안장을 놓아 점잖게 올라타시고, 스부라는 이름의 막내아들은 당나귀의 고삐를 잡고 따르게 하고, 큰아들 보바와 둘째인 보파는 여행 중에 먹을 음식과 아버지의 무기들을 들고 뒤를 따르게 하여 길을 떠났습니다.

하루 종일을 걸어서 큰 수풀 하나를 헤쳐 나왔는데, 해는 이미 꼬빡 저물고 있어서 아버지는

"여기서 하룻밤 묵어가자."

하여 등 뒤의 수풀에서 그리 멀지 않은 곳에서 야영을 하게 되었는데요. 수풀 속에서는 맹수들도 많이 살고 있는 걸 그들은 잘 알고 있었기 때문에 이 맹수들의 접근을 막기 위한 모닥불을 밤새 이어서 피워 놓으려고 아버지인 대추장은 세 아들에게 모닥불에 쓰일 나무들을 모아 오라고 명령을 내렸습니다.

그래 세 아들은 모닥불로 사를 나무들을 모아 오려고 등 뒤의 수풀 속으로 다시 들어갔는데요. 그들이 한참 동안을 수풀 속에서 땔나무를 모으다 보니, 함정 속에 빠져서 처량한 소리로 도움을 호소

하고 있는 큰 코끼리 한 마리를 발견하게 되었습니다.

그러나 인정이 없는 보바와 보파는

"그까짓 코끼리쯤 죽으면 어때?"

하고 본체만체 비켜 갔지만 막내아우 스부만큼은 인정도 풍부한 사내라 불행하게 된 코끼리가 함정에서 빠져나올 수 있게 온갖 노력을 다해 도와주었습니다.

그랬더니 함정을 벗어난 코끼리는 무척 고마워라고 큰 콧구멍을 벌름거리며,

"이제 제 도움이 필요하게 되면, '유이! 유이! 유이! 유이!' 하고 저를 불러 주십시오."

하고 열 번도 더 절을 하면서 물러갔어요.

스부는 형들보다는 좀 늦게나마 좀 더 많이 불 피울 나무를 해 가지고 와서 잠이 들었습니다.

그래 대추장의 네 부자는 이튿날도 꾸준히 여행을 계속해서 이날 해 질 녘에는 그들의 목적지인 큰 산 밑에까지 이르렀습니다만, 그 높은 산봉우리에 있는 마술사 우두머리의 집을 찾아가는 것은 다음 날로 미루기로 하고, 여기에서 또 하룻밤을 야영할 작정으로 대추장은 다시 아들들에게 밤새 모닥불을 이어서 피울 나무들을 나가서 또 모아 오라고 했습니다.

막내아들 스부는 형들과 헤어져서 혼자서 나뭇가지들을 주워 모으며 가고 있었는데요. 큰 호랑이의 슬픈 울음소리가 들려와서 소리가 나는 곳으로 더듬어 찾아가 보니, 그건 또 함정에 빠져 있는 아주

큰 불호랑이로, 스부를 보더니만 눈물까지 몇 방울 흘리며,

"여보게 총각, 나 좀 살려 주게. 은혜는 평생 절대로 잊지 않겠네."

하고 애원하는 것이었습니다.

그래 그 불쌍하게 된 호랑이를 도와주고, 땔나무들을 모아 들고 아버지와 형들이 있는 모닥불가로 돌아왔는데요.

형들이 말하는 걸 들어 보니 그들도 역시 함정에 빠져 있는 호랑이를 두 군데서나 보았지만 무서워서 내버려 두고 도망쳐 왔다고 해서요. 스부는 다시 이 두 마리의 호랑이가 빠져 있는 함정들을 찾아나서, 또 이들도 도와 빼내 주어서 그의 친구를 만들어 놓았습니다.

이튿날 이들 네 부자는 마법사들의 늙은 우두머리가 살고 있다는 그 높은 산봉우리를 향해 하루 종일 비탈길을 오르고만 있었는데요. 나귀를 타고 갈 수 없는 너무나 가파른 비탈길을 만나 아버지가 어려운 발걸음으로 걷기 시작하자 스부는 아버지를 등에 업고 아무 탈 없이 산을 오를 정도로 힘이 세기도 했습니다.

그래 온 하룻낮을 산 타기에 소비하고 황혼에야 겨우 산 위에 올라서기는 올라섰는데요. 마법사들의 우두머리가 살고 있다는 화산의 분화구는 어딘지, 이미 캄캄하게 어두워지자 찾을 길이 없어 또 하룻밤을 이 산 위에서 야영하며 날이 밝기만을 기다릴 수밖에 없었습니다.

세 형제의 아들들은 다시 모닥불에 쓰일 나무들을 구하러 나돌아다녀 보았는데요. 여기는 산봉우리라서 나무들은 아주 드물어, 두 형들은 겨우 마른풀만 한 아름씩 베어 들고 돌아왔어요.

그러나 이걸로는 하룻밤 동안의 모닥불을 이어서 피울 수는 없어, 막내아들 스부는 사방을 구석구석까지 샅샅이 뒤지고 다니다가 남들보다 미리 그 마술사들의 왕이 있는 곳으로 들어가는 화산의 분화구를 찾아내게 되었어요.

분화구 조금 아래로 내려가다 보니까 어둠 속에서도 무슨 나무 넌출들이 칙칙하게 우거져 있는 게 보여서 그걸 낫으로 척척척척 베어 내고 있었는데요. 그 속에서는 뜻밖에도 웬 원숭이 한 마리가 낑낑 낑낑 소리치며 뛰어나와서는,

"아이, 고맙기도 하셔라. 제가 큰 실수를 해서 넌출에 걸려 못 나오게 된 걸 구해 주셨으니 이 은혜는 기어코 갚아 드려야지."

하는 것이었어요. 이런 걸 일석이조라고 하는 것이죠.

하여간 이날 밤도 그 나무 넌출들로 모닥불을 사르면서 무사히 넘길 수가 있었습니다.

이튿날에야 그들은 마법사들의 우두머리 늙은이가 사는 화산 봉우리의 분화구 속의 괴상한 집을 찾아들 수가 있었는데요. 그 늙은 마법의 왕은 아무도 딴 목숨은 없는 곳에 혼자 앉아서 끓이고 있던 죽 냄비의 죽을 여전히 젓기만 하며,

"당신이 오실 줄 알고 있었어요. 후계자가 될 아들을 골라 달라는 것이지요? 그런 얘기를 하자면 당신의 아들들은 들어서는 안 될 테니 밖으로 잠시 다 내보내시지요."

하고는, 대추장의 아들들이 아버지의 명령으로 밖으로 나가자 대추장의 바짝 가까이로 와 앉으며 나직한 소리로,

"그야 당신이나 나나 당신의 어느 아들이 후계잣감인지 잘 알고 있지만, 그렇다고 우리가 우리 마음대로 그걸 정해 버리면 떨어진 두 아들의 시샘이 두고두고 염렷거리가 될 것이니, 그러지 말고 셋이서 스스로 그들의 능력을 겨루어 보도록 하는 게 좋겠어요. 달나라에를 가면요, 연못가에 달나라의 자랑인 하얀 달꽃이 참 예쁘게 음력으로 보름날마다 피어나는데요. 그 꽃을 먼저 꺾어 오는 아들을 당신의 후계자로 하면 어떨까요. 일이 밉지 않은 일이니까 그렇게 한번 해 보시죠."

하고 말하는 것이었습니다.

대추장도 그게 괜찮게 느껴져서 그렇게 하기로 작정하고 세 아들을 다시 불러들여 그 결정을 알리고 곧 그들을 출발시켰습니다.

대추장의 세 아들은 달나라를 가자면 어디를 어떻게 거쳐야 하는지를 이 화산 위의 마법사에게 먼저 물었더니, 그는

"달나라? 거기를 가자면 먼저 이 세상에서 제일 높은 산꼭대기를 찾아 올라가야지요. 거기 가면 크나큰 황새가 엄청나게 크고 높은 나무에 둥지를 치고 살고 있는 게 보일 겁니다. 그 황새는 달이 그득히 온몸을 다 드러내고 떠오르는 음력 보름날마다 달나라에 한 번씩은 반드시 다녀오는 습관을 가지고 있으니 황새더러 좀 업어다 달라고 사정해 보시구려. 하지만 달나라의 연못까지 간다손 치더라도 예쁜 달꽃에 손을 대 보기란 하늘의 별을 만져 보는 것만큼이나 어려울 겁니다. 왜냐하면 그 연못가의 언덕에서는 하늘과 땅에서 가장 크고 독이 많은 독사가 불을 뿜는 두 눈을 뜨고 늘 지키고 있어 한번

물렸다 하면 살려 낼 약은 그 누구도 가지지 못했으니까요. 매우 조심해야 하지요."

하고 대충 가르쳐 주어서, 그 가르침대로 먼저 이 세상에서 가장 높은 산을 찾아 발걸음을 옮겨 갔는데요.

갖은 고생을 다 겪으면서 여러 날 만에 세상에서 제일 높은 산 바로 밑에 겨우 도착했을 때 그들 중의 맏이인 보바는

"나는 죽어도 더 이상은 걷지를 못하겠다."

하고 풀밭에 가 사지를 뻗고 나자빠져 버려서, 할 수 없이 그는 거기 놓아두고 보파와 스부 형제만이 높은 산을 타고 오르게 되었어요.

그래 며칠이 걸려서 산봉우리 위에까지 간신히 오르긴 올랐는데요. 아, 이게 또 웬일입니까? 그들이 올라온 산이 세상에서 가장 높은 산인 줄만 알았는데 눈앞 저 멀리에는 그들이 올라 있는 산보다 몇 갑절은 더 높은 산이 솟아서 어서 오라는 듯이 뭉클한 기운을 풍겨 보내는 것이었습니다. 더구나 그 산까지의 사이에는 넓으나 넓은 허허벌판이 펴져 있고, 그 속에서는 맹수들이 으르렁거리는 소리가 들려오는 것이었습니다.

그러자 스부의 둘째 형 보파도 기겁을 해서,

"나는 그냥 되돌아가겠다."

하고 오던 길을 되짚어 가 버렸습니다.

이제는 막내인 스부만이 홀로 남아, 멀리 바라보이는 처음 보는 높은 산을 향해 맹수들이 우는 거친 벌판을 뚜벅뚜벅 곁눈질도 안 하고 꾸준히 걸어 나갔는데요. 어느 큰 수사자는 그의 옆에 와서 코

를 바짝 옷자락에 대고 냄새를 맡아 보기도 했습니다만, 그가 하도 태연하기만 한지라 그만 조용히 비켜 가 버렸습니다.

드디어 그는 정말로 이 세상에서 가장 높은 산 바로 밑에 당도하게 되었는데요. 꼭 아주 높은 탑처럼 생긴 이 산은 너무나 가파른 데다가 또 유리벽처럼 미끄러운 데가 많아서, 스부는 해가 지도록까지 그 산의 아래에서 이어 미끄럼만 타고 지내야 했습니다.

그런데 어디서 어떻게 알고 왔는지, 이 자리에는 전날 스부가 나무 넌출에 걸린 걸 구해 주었던 원숭이가 나타나서 앞장을 서 그 손으로 스부의 손을 잡고 끌어 올려 주는 바람에 며칠을 걸려서 드디어 산꼭대기에 오를 수 있었습니다.

그래 이 세상에서 정말로 제일 높은 산의 가장 높은 나무를 찾아 그 나뭇가지에 둥지를 치고 사는 큰 황새를 뵙고, 안내자인 원숭이가

"황새 아저씨. 오늘이 음력으로 보름날이니 달에 갔다 오시는 날이지요? 다 알고 왔으니 이 사람을 좀 업고 가서서 달나라의 연못가에다가만 내려놓아 주세요."

하고 사정을 하니, 점잖은 이 황새는 아무 말도 없이 머리만 두어 번 끄덕여 승낙의 뜻을 표시하고 얼마 뒤엔 그를 그 하이얀 등에 태우고, 보름날이 되어 곧 떠오를 달을 향해 날기 시작했습니다.

마침내 달나라의 연못가에서 황새의 등에서 내린 우리 스부는 무엇보다도 먼저 황홀한 본고장의 달빛 속에서 그의 눈에 비쳐 오는 언덕 위의 달꽃의 매력에 이끌려 '야!' 소리를 치며 저도 모르게 두 손을 벌리고 꽃 있는 쪽으로 달려가고 있었습니다만, 이 언덕엔 말

로 듣던 그대로 크나큰 독사가 있어 그 독한 이빨들을 드러내고 번개처럼 빨리 쫓아오는 바람에, 그저 물려서 죽어 주는 길밖에 없게 되었습니다.

그런데 '번개에다가 콩 볶아 먹기'란 말이 우리나라에도 있는 것처럼 마침 이 자리에 번개같이 빠른 독사보다도 한결 더 빠른 놈이, 그것도 한꺼번에 세 마리나 몰아 닥쳐왔으니, 그건 누구겠습니까? 전날의 어느 밤에 함정에 빠져 곧 죽게 된 걸 우리 스부가 구해 주었던 그 세 마리의 호랑이들이었던 것입니다. '비호같이'가 아니라 정말 비호들이 날아 닥친 것이죠.

이 세 마리의 큰 호랑이들이 그 크고도 무서운 독사에게 한꺼번에 달려들어 서로 어우러져 이빨로 물어뜯고 발톱으로 할퀴고 하는 사이에 우리 스부는 그 목적한 달꽃을 간신히 손에 넣을 수가 있었습니다. 달꽃 한 송이만을 꺾어 가진 게 아니라 한 포기 전부를 그 야단법석 속에서도 여유 있게 잘 캐어 모셔서 말입니다.

그래 가지고는 재빨리 이 연못 언덕에서 떠나 멀리 달려갔는데요. 독사는 따라오지 않았습니다. 세 호랑이에게 입은 상처도 상처지만 이 독사는 원래부터 이 연못가에서만 지키기로 되어 있었다나요.

천신만고 끝에 달꽃을 손에 넣은 우리 스부는 연못가의 독사를 겨우 피해서 어느 한적한 곳에 자리를 잡고 앉아 있었습니다만, 달나라를 떠나 집으로 어떻게 돌아갈 것인가 그 방도가 아무래도 생각이 안 나서 걱정만이 점점 더 쌓일 뿐이었습니다.

그런데 바로 이때에 말입니다. 코끼리의 코를 박 넝쿨만큼 가느다

랗게 늘인 듯한 것이 스부의 바로 코밑까지 뻗쳐 와서는,

"여보시오, 나요. 당신이 전날 함정에서 구해 준 그 코끼리라니까요. 내 코를 재주껏 좀 길게 늘여서 이렇게 닿아 온 것이니, 염려 마시고 어서 이걸 타고 슬슬슬슬 달나라에서 내려오시오."
하고 간절한 말씀으로 귀띔을 해 주는 것이었습니다.

그래서 물론 눈치 빠른 우리 스부는 대뜸 그 코끼리의 늘어 나온 코에 매달려 타고 슬슬슬슬 달나라에서 내려가고 있었는데요. 코끼리의 늘어난 코의 뿌리께에 당도해 보니, 코끼리는 또 그 몸을 어떻게나 크게 부풀게 해 놓았는지 큰 산만 한 몸통이 되어 있는 것이 보였습니다.

드디어 스부는 목적했던 달나라의 달꽃 포기를 안고 자기 집으로 돌아와서, 아버지의 칭찬을 받으며 달꽃을 뜰의 가장 좋은 곳에 심어 두고 정성껏 물을 주었는데요.

달나라에서 음력 보름날 피었던 꽃은 어느 사인지 시들어 버리더니, 그다음 달 보름날이 되자 거기에서는 또 새로운 달꽃이 이 세상에는 더없는 아름다운 모양과 빛깔과 향기로 피어나면서 무척 고운 여자의 소리로 부르는 다음과 같은 노래가 들려 왔습니다.

나의 이름은 달꽃이에요

내 빛을 보시면 아실 거예요

보름날에 이내 몸을 꺾어 주시면

그분을 행복하게 해 드리지요

거듭거듭 몇 번을 되풀이해 부르는 이 아름다운 노래를 이어서 듣고 있는 동안에 우리 스부는 인제는 딴 일은 아무것도 더 생각할 수도 없게 되어서 어떻게 하면 좋을까를 그의 아버지에게 상의해 볼 수밖에 없었습니다.

그랬더니 그의 아버지는

"역시 이 일도 산꼭대기의 분화구를 찾아가서 그 마법사에게 물어봐야만 할 것 같다."

하시어서 우리 스부는 다시 그 마법사의 우두머리 노인을 찾아가게 되었는데요. 그 노인은

"달꽃의 선녀가 노래에서 말한 대로, 요다음 보름날에 또 노래하거든 그 달꽃을 꺾어 주어라. 꺾어서 너의 집 뜰의 못물 위에 띄워 주면 돼. 그러면 선녀가 그 꽃에서 나타나 올 것이니, 그녀하고 그만 결혼을 하렴. 너와는 인연이 닿아 있다."

하고 일깨워 주어서, 그렇게 하여 이들은 마침내 결혼을 하기에 이르렀다는 이야깁니다.

북두칠성이 생긴 이야기

러시아

　소련이라면 그것은 20세기에 와서야 생긴 사회주의 연방 국가를 줄여서 부르는 말이고, 이 나라의 옛 이름은 러시아지요.

　이 러시아 사람들이 사회주의라는 걸 꿈에도 생각할 줄 모르던 옛날 옛적, 어느 지방에 가뭄이 오랫동안 계속되었습니다.

　들에 심은 작물들은 두루 다 말라 죽고, 개울물과 샘물까지도 거의 다 말라붙어, 사람들이 마실 물도 없어 허덕이는 일이 생기게 되었습니다.

　그런데 어떤 아주 가난한 오막살이에 병이 든 어머니를 모시고 효녀 심청이 같은 소녀 하나가 살고 있었습니다.

　이 집에도 마실 물이 완전히 동나서,

　"물! 물!"

하며 물만 찾고 누워 있는 병든 어머니의 딱한 모습을 보고만 있을 수 없던 소녀는 부엌에서 자루 달린 물바가지를 찾아 들고 어디론가 정처도 없이 푹푹 찌는 마을 길로 나섰습니다. 저녁때였습니다.

물이 있을 만한 곳은 모두 다 찾아 다녀 보았으나 허탕만 치고 빈 바가지만 그대로 들고 돌아오다가, 하도 기가 막혀 땅바닥에 털썩 두 다리를 뻗고 주저앉아,

"어머니! 어머니!"

하고 불쌍한 어머니를 부르며 목 놓아 울고 있었습니다.

그러다가 어머니한테로 가려고 다시 일어서면서 무심결에 손에 쥔 바가지를 보니, 이게 웬일입니까? 거기에는 가득히 맑은 물이 담겨 있는 것이 아닙니까?

소녀는 오직 하느님께 감사하면서, 이 물을 한 방울도 안 엎지르려고 조심조심 걸어가고 있었는데, 뜻밖에도 발끝에 무엇이 걸리는 게 있어 그 바람에 그만 무릎을 꿇고 나자빠져 버렸습니다.

그래 소녀는 내동댕이쳐진 물바가지의 물이 다 엎질러졌을 것만을 걱정하면서 땅바닥에서 바가지를 다시 주워 들었는데, 그 속을 들여다보니 물은 고스란히 담겨 있었습니다.

그래서 비로소 발에 걸렸던 게 무엇인가를 이미 깜깜해진 어둠 속에서 자세히 살펴보았더니 그것은 뜻밖에도 가뭄에 물도 못 마시고 지쳐 누운 한 마리의 개였는데요. 애원하는 눈초리로 그 물바가지만 쳐다보고 있는 것 아닙니까?

소녀는 너무나도 그 개가 가엾어서 자기 손바닥에 바가지의 물을

조금 따라 개에게 먹여 주었습니다.

　그러고 나서 집으로 가면서, 물바가지가 좀 무겁다는 느낌이 들어 바라보니, 이건 또 웬일입니까? 그 바가지는 어느 사이엔지 반짝이는 은바가지가 되어 있었습니다.

　어머니 곁으로 돌아온 소녀는 물론 어머니에게 먼저 물바가지의 물을 마시게 했습니다.

　그러나 어머니는 두어 모금만 겨우 마시고는,

　"너도 목마를 텐데……"

하시며 굳이 물바가지를 딸 쪽으로 떼밀었습니다. 그러자 이 물바가지는 또 찬란한 황금바가지로 변했습니다.

　이때에 문득 어디서 어떻게 왔는지도 모르게 머리털과 수염이 하얀 할아버지 한 분이 그들의 앞에 나타나서,

　"어디, 그 물 나도 좀 얻어 마셔 봅시다."

하고 빙그레 웃는 낯으로 말하였습니다.

　그래 소녀가

　"여기 있어요, 할아버지."

하며 황금 물바가지를 드렸으나 노인은 그걸 마시지 않았습니다. 그노인은,

　"이 바가지의 물은 아무리 마셔도 마르지 않을 것이니 염려 마라."

하고는 소녀더러 그 속을 한번 들여다보라고 하였습니다.

　소녀가 들여다보니 거기엔 일곱 개의 눈부신 다이아몬드가 깔려 있었는데요.

눈 깜짝할 사이에 할아버지가 어디론지 사라져 버리자, 바가지 속의 일곱 개의 다이아몬드들도 하늘을 향해 날아갔습니다.

그리고 북두칠성이 되어 자루 달린 물바가지로 모양을 만들며, 서로 가까이 박혀 비치기 시작했습니다.

카리 공주와 푸른 소

노르웨이

옛날 노르웨이의 숲속에 살던 가난한 여자들은 옷감으로 만든 치마 대신에, 나무의 껍질이나 목재를 만들 때 버린 찌꺼기 같은 걸 주워 모아 꿰매어서도 치마를 만들어 입었던 듯합니다.

이 이야기의 주인공 카리 공주도 몹시 고생살이를 할 때에는 이것을 입었으니까요. 자, 그럼 이야기를 시작합니다.

아주 먼 옛날, 어떤 왕에게는 죽은 왕비에게서 낳은 아름답고 마음씨 착한 공주가 있었는데요. 뒤에 새 왕비로 맞아들인 딴 나라 왕의 미망인에게도 데리고 온 딸이 하나 있어, 이 딸과 그 어머니는 성질이 매우 고약하고 사나웠습니다.

왕은 카리 공주를 유난히 사랑하였지만, 왕이 안 보는 데에서 계모 모녀의 카리 공주에 대한 구박은 사사건건 지독하여서 참고 견디기가 어려웠습니다.

왕이 딴 나라와의 전쟁으로 오랫동안 왕궁을 떠나 지내게 되자, 이 악독한 모녀는 카리 공주를 왕궁 목장의 소몰이꾼으로 삼아 외진 들판에서 소들을 지키게 했습니다. 먹을 것도 아주 형편없는 것을 조금씩밖에 주지 않아, 늘 굶주림 속에서 시달려야 했습니다.

그런데 착한 공주가 마음을 다해 늘 친절히 돌보아 주고 있는 소들 가운데는 털이 푸르고 두 눈이 영특해 보이는 잘생긴 수소가 한 마리 있었는데요. 이 소가 하루는 바위에 앉아 있는 카리 공주의 옆으로 오더니,

"여보세요, 공주님. 제 왼쪽 귀 속을 좀 들여다보세요. 거기 아주 조그마한 식탁보가 들어 있는데, 그걸 꺼내어 펴면 그 위에 잡수실 것은 언제나 넉넉히 나타날 거예요."

하고 말하는 것이었습니다.

이 소의 덕으로 카리 공주는 그 뒤부터 먹을 것을 충분히 잘 먹고 지냈기 때문에 얼굴도 다시 좋아지고 건강도 회복되었는데, 이것을 안 계모와 딸은 누가 남몰래 도와주고 있을 것이라고 짐작하고 부하를 시켜 숨어서 염탐하게 했습니다.

그래 그것이 푸른 소의 짓이라는 걸 알게 되자, 왕비는 왕궁의 의사와 짜고, 왕이 돌아오자 큰 병이 든 것처럼 꾸미고 자리에 누워 그 의사를 불러들여 보이게 했습니다.

의사는 왕비와 짜 두었던 그대로,

"폐하, 왕비마마의 병환에는 꼭 푸른 수소의 고기를 약으로 써야만 하옵니다."

하고 왕에게 아뢰어 그 귀한 푸른 수소를 죽이라는 명령을 내리게 했습니다.

이 사실을 전해 들은 카리 공주와 푸른 소의 슬픔이 오죽이나 컸겠습니까? 카리 공주와 푸른 수소는 한동안 울고 있다가 마침내 소가 먼저 말했습니다.

"저만 죽이려는 게 아니라 머지않아 공주님도 죽일 것이니, 우리는 오늘 밤에 여기서 도망쳐야 합니다."

그리하여 할 수 없이 그날 밤 공주는 소의 등에 올라타 끝없는 나그넷길을 떠나야만 했습니다. 카리 공주를 태운 푸른 소는 여러 나라를 거쳐 어느 울창하고 넓은 숲속에 들어섰는데요. 이 숲의 나무들은 나무둥치나 잎이나 꽃들이 구리로 되어 있었습니다.

숲에 들어서자 푸른 소는 나직한 소리로,

"이 숲속을 지나갈 때에는 조심해서 나뭇잎 한 개라도 다치게 해서는 안 됩니다. 그렇지 못하면 우리는 위험하게 돼요. 이 숲의 주인은 머리가 세 개나 달린 도깨비인데 힘이 아주 센 놈이랍니다."

하고 공주님에게 말했습니다.

그러나 빽빽이 들어찬 구리 나무들을 헤치고 나가다 저도 모르게 공주는 어느 나무의 잎사귀 하나를 손아귀에 쥐게 되었습니다.

그걸 보고 푸른 소는 걱정을 하며,

"조심하시라니까 그랬습니까? 잎사귀 한 개를 딴 대가로 우리는 이 숲속의 도깨비와 목숨을 건 싸움을 한바탕 치러야 되겠습니다."
하고 말하는 것이었습니다.

수풀 끝에 당도하니, 아니나 다를까 푸른 소가 말한 세 개의 무서운 머리가 달린 도깨비는 이미 싸울 준비를 갖추고 공주와 소를 기다리고 있다가 숲을 건드려 상하게 한 자가 누구냐고 물었습니다.

"수풀이라는 건 네 것만이 아니야."
하고 푸른 소가 맞서서 대답하니, 저편에서는 마침내

"그럼, 우리 한번 실력을 겨루어 보자!"
하고 덤비어 와서, 죽느냐 사느냐 하는 싸움이 벌어지게 되었습니다.

소는 있는 힘을 다해 두 뿔로 들이받고 뒷발로 걷어차기도 하며 열심히 싸웠으나 상대편도 만만치 않아, 이 싸움은 꼬박 하루가 걸렸습니다. 마침내 승리는 푸른 소의 것이 되었으나, 싸움에서 입은 상처를 치료하기 위해 소와 공주는 이 숲속에서 또 하루를 쉬어야만 했습니다.

그런데 죽은 도깨비가 허리에 차고 있던 주머니 속에는 고약이 들어 있었는데요. 그걸 꺼내다가 발랐더니 감쪽같이 잘 나았습니다.

그래 그다음 날부터 다시 여행을 계속하여 여러 날 만에 또 다른 큰 숲에 들어섰는데, 이 숲의 나무들은 모두가 번쩍이는 은으로만 되어 있었습니다.

"여기서도 조심할 것은 구리 숲에서나 마찬가지예요. 하지만 여기 주인은 머리가 여섯 개나 달린 더 무서운 도깨비니 싸우게 되면 더 위험합니다."

소가 또 조심을 시켜 주어서 공주는 더 마음을 써서 수풀을 헤쳐 갔습니다만, 여기서도 깜빡하는 사이에 한 개의 은잎사귀를 또 손에 따 들게 되었습니다.

그래 또 할 수 없이 머리가 여섯 개 달린 도깨비와 힘든 싸움을 벌여 사흘이나 걸려서 겨우 이기고, 여기서 입은 상처를 그 괴물이 가지고 있던 고약으로 치료하는 데 또 며칠이 걸렸습니다.

그러고 나서 다시 또 큰 숲에 접어들게 되었는데, 이곳의 나무들은 모두 눈부시게 반짝이는 황금으로만 되어 있었습니다.

푸른 소는 여기에 들어서자 또,

"여기의 주인은 흉한 머리가 아홉 개나 달린 아주 센 놈이니, 나뭇잎을 따지 않도록 특히 조심하셔야 합니다."

하고 카리 공주에게 단단히 조심을 시켰습니다.

카리 공주는 무성한 황금의 숲에서 나무를 다치지 않으려고 유난히 조심을 했는데도, 그 눈부신 아름다운 수풀을 다 헤쳐 가는 동안에 황금 능금 하나를 손에 따 쥐고 말았습니다.

그랬더니 그 숲이 끝나는 곳에는 머리가 아홉 개나 달린 흉악한 도깨비가 쓰윽 버티고 서 있어서 푸른 소는 그와 맞붙어 또 한 번 힘겨운 싸움을 벌이게 되었습니다.

푸른 소는 먼저 도깨비의 두 눈을 뿔로 찔러 앞을 못 보게 하고, 또 그 배때기를 찔러 창자가 불거져 나오게 했으나, 이건 세상의 도깨비들 중에서도 가장 힘이 센 놈이라 아주 숨이 넘어가게 하는 데는 꼬박 일주일이 걸렸습니다.

그래 이 괴물에게 입은 상처를 고치기 위해 푸른 소와 공주는 황금의 숲에서 꼬박 3주일을 쉬어야 했습니다.

그러고 나서 카리 공주는 다시 푸른 소를 타고 여러 개의 숲이 무성한 산을 넘어서 어떤 높은 산모퉁이의 넓은 바위 위에 서게 되었는데, 소가

"밑을 잘 내려다보세요. 무슨 궁전 같은 게 보이지 않습니까?"

해서 공주가 자세히 내려다보니, 아니나 다를까 거기에는 큼직하고 찬란한 궁전이 꿈속에서처럼 솟아 있는 것이 보였습니다.

공주가 큰 궁전이 보인다고 하자, 소는 그곳이 바로 목적지라고 하면서 말을 이었습니다.

"저 궁전 쪽을 향해 내려가다가 보면 돼지들을 기르는 돼지막이 보일 것입니다. 그 속에 들어가면, 버린 나무 찌꺼기들을 꿰매서 만든 치마 하나가 보일 테니 그걸 입으시고, 왕궁을 찾아가 요리장을 만나서 일자리를 부탁하세요. 그리고 이름을 묻거든 '카리 호르츠로크'라고 하세요. '버린 나무 찌꺼기로 만든 치마를 입은 카리 공주'란 뜻이 되지요. 그런데 그 일을 하기 전에 먼저 해야 할 일이 있는데요, 그건 제 목을 공주님의 주머니칼로 찔러 죽이고 제 가죽을 말끔하게 벗기는 일입니다. 그리고 그 가죽에 공주님이 세 군데 도깨비들의 숲에서 가지고 온 구리와 은의 잎사귀와 황금 능금을 싸서 이 근처의 어느 으슥한 곳에다 감추어 두는 일입니다. 이렇게 하시는 것만이 제가 공주님에게 헌신한 데 대한 진정한 보답이 되는 것이니, 이 일을 하면서 서러워하거나 망설일 필요는 조금도 없습니다. 이 산을

조금 내려가다가 보면 절벽 아래에 곧은 지팡이가 하나가 꽂혀 있는 것도 보일 겁니다. 저한테 무얼 부탁할 일이 생기면 그 지팡이를 빼어 들고 바위 한쪽을 똑똑똑 두들기기만 하면 됩니다.”

그리하여 카리 공주는 푸른 소의 부탁을 하나도 빠뜨리지 않고 행한 뒤에, 산 밑의 돼지우리에서 나무 찌꺼기로 만든 허름한 치마를 꺼내 입고 왕궁으로 식당의 요리장을 찾아갔습니다.

궁전 식당의 요리장은 카리 공주가 입은 나무 치마를 보자 픽 하고 웃었으나, 그래도 그 식당 주방에서 그릇을 씻는 일이라면 시켜줄 수도 있다고 하여, 바로 이날부터 공주는 주방에서 일을 하며 살게 되었습니다. 그리고 이름이 무어냐고 하는 요리장의 물음에 카리 호르츠로크라고 대답하여 여기에서는 그렇게 불리게 되었습니다.

일요일이 되자 왕궁 안은 다른 날보다 한결 더 분주해졌습니다. 일요일엔 찾아오는 귀한 손님이 많기 때문이었습니다. 하나뿐인 왕자도 이날은 아침 일찍 일어나 세수를 하는데, 카리 공주는 자기가 그 세숫물을 갖다 드리겠다고 사정해 겨우 승낙을 얻었습니다.

공주는 나무 조각 치마의 절거덕거리는 소리를 내며, 세숫물을 공손히 떠받들고 왕자 앞에 나아가게 되었습니다.

그러나 왕자는 카리의 나무 치마 꼴을 보자 깔깔거리고 너털웃음을 지으며,

“누가 너보고 내 세숫물을 나르라고 했느냐?”

하고 고함을 치고는, 세숫대야를 받아 그 물을 카리의 머리에 뒤집어씌우며 또 웃었습니다.

그러나 카리 공주는 그것을 꾹 참아 내고, 교회에 예배 보러 갈 시간이 되기 전에, 전날 푸른 소가 일러 준 대로 절벽 밑으로 가서 거기 꽂혀 있는 지팡이를 빼어 들고 절벽의 바위를 똑똑똑 두들겼습니다.

곧 그의 앞에는 점잖게 생긴 사내가 나타나서 소원하는 것이 무엇이냐고 물었습니다. 그래 카리 공주가

"교회에 가야겠는데 입고 갈 옷도 없고, 타고 갈 마차도 없어요."

하고 말하자 신기하게도 바로 그 자리에는 구릿빛으로 된 값진 옷들과 두 마리의 말과 마차가 나타나서, 공주는 품위 있는 옷들을 차려입고 말 두 마리가 끄는 마차를 타고 왕의 딸다운 차림새로 교회에 나갈 수 있었습니다.

교회에 모인 사람들은 왕자를 비롯해서 이 너무나 환하게 생긴 처음 보는 귀한 손님을 주목하게 되었는데요. 특히 왕자는 그 여자의 잘나고 예쁜 모습에 반해서, 그녀가 교회에서 떠날 때에는 마차 옆까지 바짝 다가가서,

"어디서 오신 누구신지요?"

하고 정중히 허리를 굽히며 물었습니다.

그러나 공주는

"세숫물의 나라에서요."

하는 한마디만을 남기고는 간 곳을 모르게 그 자리에서 사라져 버렸습니다.

왕자의 손에는 공주가 떠나려 할 때 왕자가 악수를 하며 붙잡았던 손의 장갑 한 짝만이 벗겨져 남아 있을 뿐이었습니다. 왕자는 그 귀

한 여자 손님이 온 곳이 어딘가를 여러모로 알아보도록 해 보았으나 헛일이었습니다.

그럭저럭 또 한 주일이 지나 그다음 일요일이 되었는데요. 이날 아침에는 누가 왕자에게 새로 빤 손수건을 갖다 드릴 것인가 하는 게 문제가 되었을 때, 공주 카리 호르츠로크는 또 사정사정하여 그 일도 자기가 맡기로 승낙을 받았습니다.

카리 공주는 나무 찌꺼기로 된 치마를 덜그럭거리며 손수건을 갖다 드리려고 왕자의 앞에 나아갔는데요.

왕자는 이번에도 카리의 초라하고 궁상스러운 모양에 기분이 상하여 받아 든 손수건을 카리의 머리 위에 내던지며,

"네 더러운 손이 닿은 손수건을 왕자인 내가 받아 쓸 것 같으냐?"

하고 역정을 냈습니다.

그래도 그녀는 그저 꾹 참고, 왕자가 교회에 나갈 채비를 하자 바로 푸른 소가 일러 준 절벽 밑으로 가서, 거기 꽂힌 지팡이로 바위를 또 똑똑똑 가벼이 두들겼습니다.

그러자 그의 앞에는 또 먼저 주일처럼 그 점잖은 사내가 나타나서 허리를 굽히며,

"공주님, 이번엔 무엇을 시키시렵니까?"

하고 물었습니다.

그래 카리가 입고 갈 옷과 말과 마차를 달라고 했더니, 이번엔 모든 것이 은빛으로 빛나는 좋은 옷들과 말과 마차가 즉시 앞에 나타나서, 카리 공주는 두 번째로 교회의 예배에 참가하게 되었습니다.

카리 공주가 교회 안에 들어가 앉으니, 그 아름다움에 모든 사람들의 눈길과 관심이 그에게로만 또다시 집중되어, 목사의 설교를 듣는 것도 소홀히 하는 꼴이 되었습니다.

특히 그립던 그녀를 다시 보게 된 왕자의 흥분과 열중은 이만저만이 아니어서, 공주가 이 교회에서 떠날 때는 그녀가 탄 마차의 말 앞에 가 막아서며,

"어디서 오셨나요, 아가씨?"

하고 또 물었습니다.

그렇지만 이번에도 공주는

"손수건의 나라에서요."

하고 단 한마디 말만 남기고 안개처럼 사라졌기 때문에, 왕자의 안타까움과 그리움은 한결 더 달아오르기만 했습니다.

그러고 나서 그다음 주일날이 되었는데요. 이날 아침에는 왕자에게 머리 빗는 빗을 가져가게 되어, 이것도 카리가 간절하게 원하여 가지고 갔는데, 이번에도 왕자는 그 빗만 겨우 받고는,

"꺼져 버려!"

하고 소리쳤습니다.

카리 공주는 섭섭하게 물러나서, 교회에 갈 시간이 가까워지자 다시 그 절벽 밑에 가 서게 되었습니다.

그래 거기 꽂힌 지팡이로 절벽의 바위를 때렸더니, 또 그 점잖은 사내가 나타나서, 이번에는 굉장히 반짝이는 진짜 황금빛의 옷들과 말들과 마차를 마련해 주었습니다. 그래서 그걸 입고 타고 하여 교

회에 나가서 뜨거운 환영을 받았지요.

그런데 이런 카리에 홀딱 반해서 어쩔 바를 모르던 왕자는 카리가 마차를 타러 가는 길에다 미끄러운 타르를 부어 놓고, 그녀가 미끄러지면 그녀를 붙잡고 자기의 그리움을 호소하려고 했었습니다만, 카리는 거기서 잠시 미끄러질 듯 갸우뚱하면서 황금의 신 한 짝만 빠뜨리고 달아나서, 이 신 한 짝을 주워서 가슴에 안은 왕자의 그리움은 멎을 길이 없이 치솟아 오르기만 했습니다.

드디어 왕자와 그의 아버지인 이 나라 왕은 사방에 영을 내리어 그 황금 신발의 임자를 찾았는데요. 이거 보세요, 여기에는 카리 공주를 이렇게 만든 장본인인 계모의 딸도 자기의 신발이라고 하며 나타났다고 하는군요.

그래 처음엔 모두 속아 넘어갔는데 뒤에 알아보니 억지로 발을 줄여 신 속에 피가 고인 게 들통났다나요.

그러고는 어떻게 되었느냐고요? 그야 물론 뻔하지요.

마지막엔 왕궁 주방에서 일하는 카리 호르츠로크에게도 그 황금 신 한 짝을 신어 볼 기회는 와서, 신어 보니 과연 딱 들어맞고, 또 그의 한쪽 발에 이미 신고 있었던 또 한 짝의 신발도 사람들의 눈에 드러나게 되어서, 드디어 왕자와 그녀는 결혼을 하게 되어 행복한 나날을 보냈다는 이야기입니다.

옥수수밭 이야기
멕시코

옛날 옛적, 미국의 바로 남쪽에 있는 멕시코에 아들 삼 형제를 데리고 옥수수 농사를 지으며 살아가고 있는 농부가 있었는데요.

어느 날 밤 옥수수밭에 도둑이 들어 옥수수들을 훔쳐 가자, 주인인 아버지는 세 아들을 불러 앉히고 특히 밤에 밭을 잘 지켜 줄 것을 간절히 당부했습니다.

첫날 밤은 큰아들이 먼저 옥수수밭을 지키러 나가게 되었는데요. 이 사내는 게으름뱅이고 잠꾸러기여서, 밭에 가다가 우물물을 퍼서 양껏 마셨습니다. 그러고는 아직 초저녁인데도 그 자리에 납작 나자빠져 쿨쿨 코를 골기 시작했습니다.

개구리 한 마리가 옆에 와서 '개굴개굴 개굴개굴' 울어 대는 소리에 잠시 잠을 깼더니,

"보세요. 나를 데리고 가면 나도 도둑 잡는 걸 도울 수 있는데요."
하고 개구리는 똑똑하게 말했습니다. 그렇지만,

"무얼 네까짓 게……"
하면서 게으른 사내는 개구리를 옆의 우물 속에다 던져 넣어 버리고
는 다시 자기 시작하여 해가 뜨기까지 일어날 줄을 몰랐습니다.

그래 그날 밤에도 도둑은 옥수수를 손쉽게 훔쳐 갈 수 있게 되었
던 것이지요.

이튿날 밤에는 둘째 아들이 지키러 나갔는데요. 이 사내는 성질이
급하고 건방진 데다가 또 얼뜨기였습니다. 그가 우물에서 밤에 마실
물을 길어 물통에다 붓고 있을 때, 우물 속의 개구리가

"나를 데리고 가시면 도둑 잡는 걸 도와 드릴 수가 있다니까요."
하고 분명히 말했습니다.

그런데도 그는

"뭐라고? 건방진 것 같으니!"
하며 무시해 버리고는, 온밤을 뜬눈으로 옥수수밭 머리에 엎드려서
손에 든 총의 방아쇠만을 만지작거리고 있었습니다.

그러는 동안에 밤이 이슥해지자, 아주 크고 아름다운 새 한 마리
가 옥수수밭에 날아들어 왔습니다. 그는 새를 향해 '땅땅!' 이어서
총을 쏘기는 했지만 그 새는 겨우 날개깃을 두어 개 떨어뜨리고는
도망쳐 버렸어요. 그래 이 둘째 아들의 도둑 잡기도 허사로만 돌아
가고 말았습니다.

셋째 날은 이 집의 막내인 셋째 아들 차례가 되었는데요. 그는 침

착하고도 성실하고 꾸준한 사내여서, 밤이 되자 먼저 요기를 든든히 해 두어야 할 걸 생각하고, 우물가에 앉아서 준비해 간 빵을 잘 깨물어서 천천히 먹고 있었습니다.

이때에 엊그제 두 형들에게 퇴짜를 맞은 개구리가 옆으로 다가오는지라, 그에게도 먹을 만큼 빵을 나누어 주었습니다. 개구리는 그걸 받아 맛있게 먹고 나서 말하기를,

"잘 들어 두세요. 도둑이라고 소란을 떤 것은 어젯밤에 당신 둘째 형이 본 큰 새 한 마리뿐입니다. 그리고 그 새는 본래 아주 예쁘고 마음씨가 좋은 처녀였습니다. 그런데 우리 옆에 있는 이 우물의 귀신이 무엇이 못마땅했던지 마법으로 그렇게 큰 새로 둔갑시켰습니다. 그러니 당신이 이 우물에 간절히 사정을 하면 새는 다시 그 본래의 모습을 나타내게 될 것입니다. 이 우물은 당신 같은 사람을 아주 좋아하니까, 그 처녀하고 같이 살 좋은 집도 한 채 장만해 주십사고 우물 귀신께 빌어 보시죠."

하는 것이었습니다.

그래 그 착한 개구리의 말대로 하여 이 셋째 아들은 좋은 아내에 좋은 집까지 얻어 아주 행복하게 살게 되었다는 이야기인데, 개구리도 이런 개구리면 참 좋겠네요.

영원히 살 자격이 있는 사람의 모습
한국

우리나라 통일신라 때에 김문량이라는 마음씨가 너그러운 사내가 지금의 경주에서 살고 있었습니다.

어느 날 밤엔 밤이 깊도록까지 이 생각 저 생각에 잠을 이루지 못하고 있다가, 문득 어디선지 들려오는 한 여자의 너무나 서러운 울음소리에 마음이 쏠려 자기도 그 슬픔에 함께 잠겨 있었습니다.

날이 밝자 그는 사람들을 시켜 그 서러운 여자가 누군가를 수소문해 알아내게 했더니, 그 여자는 멀지 않은 이웃에 사는 가난한 과부였습니다. 아직도 소년인 외아들 하나만을 의지하고 지내다가 그 아이가 병으로 그만 죽게 되어, 그 때문에 슬픔을 참지 못해서 깊은 밤에 그렇게 통곡하고 있었던 것이라고 했습니다.

그 외아들은 어린 소년인데도 잘사는 남의 집에 가서 심부름을 해 주고 날마다 좁쌀이라도 한 됫박씩 벌어다가 어머니와 둘이서 목숨을 이어 가고 지냈다는 것입니다. 그런 아들이 죽어 버려서 홀로 남은 과부는 그렇게 서러워 울고 있었던 것이라고 했습니다. 그리고 죽은 소년의 이름은 대성이라는 것도 알게 되었습니다.

그래 이 사실들을 두루 다 안 김문량은 저절로 깊고도 넓은 여러 가지 생각에 잠기게 되었는데요. 그는 불교를 믿는 사람이었던 만큼 그 생각과 느낌은 불교의 그것과 일치하는 것이었습니다.

즉 불교에서는 사람이나 짐승의 목숨이라는 걸 한 번 생겨나서 살다가 죽는 그 일생 동안만을 두고 제한하지 않습니다.

살아 있는 동안에 한 짓을 따라 좋은 일을 하고 죽으면 다시 태어날 내생(오는 세상에 다시 태어날 일생)에서도 좋은 목숨으로 생겨나서 살게 되고, 나쁜 일을 하다가 죽은 사람의 내생은 나쁜 목숨으로 나타나게 되어, 이것이 한두 번에 그치고 마는 게 아니라 영원히 그 원인과 결과의 인과관계를 따라 이어져 간다고 생각해 온 것입니다. 거기에 맞춘 우리 김문량의 생각은 다음과 같은 것이었습니다.

'저 불쌍한 과부의 죽은 외아들은 어머니에게 그처럼 효도를 다 하다가 죽었으니 반드시 행복한 목숨으로 다시 태어나야 한다. 그렇다면 그 아이를 잘사는 우리 집 아들로 맞이하면 어떨까? 그렇게 하자.'

그가 이렇게 마음속에서 결정한 까닭은, 마침 그의 아내가 아이를 배고 있었는지라 머지않아 태어날 그 아이의 목숨을 죽은 소년 대성이의 내생의 목숨으로 삼으면 되겠다는 생각 때문이었습니다.

이렇게 생각을 굳힌 김문량은 먼저 그 의지할 곳 없는 과부의 생활을 돌보아 주다가, 아내가 아이를 낳자 그 이름을 죽은 소년 대성이의 이름 그대로 붙이고, 과부는 또 그렇게 되니 새로 생겨난 새 대성이의 전생의 어머니로 모셔지게 되었고, 새 대성이가 성장함에 따라 점점 더한 효도를 받게 되었습니다.

　경주 불국사 위의 토함산에 있는 석굴암은 그렇게 새로 태어난 김대성이 그의 전생의 어머니가 이 세상을 뜨시자 명복을 빌기 위해 세운 것인데요. 여러분도 한번 가 보세요. 거기 새겨 놓은 부처님이나 보살님들은 영원히 영원히 서로 도우며 살아 있을 만한 자격을 갖춘 사람들의 모습입니다.

불편한 산 헐어 내기
중국

멀고 먼 옛날에, 어느 높고도 큰 산 밑에 고집이 세기로 이름난 아흔 살짜리 할아버지 한 분이 살고 있었습니다.

어디 다른 마을을 가려 해도 그 험한 산을 넘어 다니거나 돌아서 다녀야 하기 때문에 많이 불편했습니다. 또 이 큰 산 밑엔 곡식을 가꾸어 먹을 논이나 밭이 너무나 적어서, 그 두 가지 일을 좋게 해결하기 위해 궁리한 나머지, 드디어 그 산을 헐어 내기로 작정을 하였습니다.

그래 온 가족들을 한군데에 불러 모으고 그 뜻을 말씀한 뒤에 찬성해 줄 것을 부탁했더니, 그가 낳은 자손들은 두루 다 동의했습니다.

그러나 그의 늙은 아내만은

"아이구, 당신 나이가 올해 몇이신데 그러슈? 더구나 그 헐어 낸 것들은 또 어디에 갖다가 다 쌓아 놓으시려구요?"

하며 반대했습니다.

　그러나 이 할머니를 뺀 온 식구들이 할아버지 편이 되어서,

　"저 산을 헐어 낸 것들은 먼 바닷가의 넓은 모래밭 위에 날라다가 옮겨 놓으면 되지요."

하고 주장하여 다수결로 결국 이 일은 곧 시작하게 되었습니다.

　언제나 이런 일이 이런 이유로 시작되는 날에는 누구보다도 어린 이들이 제일 먼저 좋아하는 것이라, 옆집 과부의 아홉 살짜리 아들도 이 일에 대찬성을 해서 같이 하자고 나섰습니다. 이제야 겨우 이를 새로 갈기 시작한 아이였는데, 그 새로 나는 이를 드러내고 아주 환하게 웃으면서 말입니다.

　그런데 산을 헐어 낸 흙이며 돌들을 들것에 담아 메고 먼 바닷가에까지 가서 한 번을 버리고 돌아오는 데도 그것은 너무나 많은 시간이 걸리는 먼 거리였습니다.

　이 일의 까닭을 들어서 아는 사람들은 이들의 들것을 볼 때마다 너털거리며 놀려 댔고, 또 그 고집쟁이 할아버지를 보고는 비웃었습니다.

　"어리석은 영감님. 당신 생전에 그 큰 산 귀퉁이를 대체 얼마나 헐어 보겠다고 그 안간힘이슈? 이 세상에서 어리석다 어리석다 해도 당신보다 더 어리석은 사람은 아마 없을 겁니다."

　그러나 아흔 살 먹은 고집쟁이 할아버지는 지지 않고 대답하는 것이었습니다.

"맞다. 내 나이는 아흔 살이니까, 물론 내 생전엔 이 산을 쪼끔밖에 헐지 못할 것이다. 그렇지만 내게 아들들이 없느냐, 손자들이 없느냐, 증손자들이 없느냐? 또 그 증손자들은 고손자들을 낳을 것이며, 그 고손자들도 다시 자녀들을 낳을 것이고 하여, 내 자손들은 영원히 이어서 이 땅 위에 살아갈 것이다. 그까짓 산 덩어리 하나가 제 아무리 크다 해도, 그건 그저 정해진 크기 아니냐? 그게 어떻게 우리 자손들의 안 끝나는 힘을 당해 낼 수 있단 말이냐?"

들어 보니, 멋도 모르고 얕잡아 보고 비웃었던 사람들도 더는 여기에 대꾸할 말이 없어, 그저 침묵하는 수밖에는 별 도리가 없었습니다.

불편한 산을 허는 일은 나날이 계속되었으니, 이건 언젠가는 편리한 논과 밭이 될 것입니다.

악마 입에서 나온 말씀

미국

이것은 미국의 플로리다 주에 살던 흑인들이 꾸며서 전해 내려오는 이야긴데요.

어느 날 지옥의 우두머리가 지옥을 한 바퀴 쭈욱 둘러보고는 생각하기를 '이렇게 구원의 손이 너무나 모자라서야 어디 쓰겠나?' 하고 곧 하늘에 올라가서 천사들을 좀 훔쳐 오기로 작정하고 하늘을 향해 길을 떠났습니다. 그의 지옥이 있는 미국 플로리다 주의 마이애미에서 그 지옥을 보충해 보려구요.

이 지옥의 우두머리는 하늘의 시골 쪽으로 올라가서 천사님들이 떼 지어 날아다니고 있는 뒤켠으로 스며들어 가 한 2천 명을 그 커다란 아가리를 벌려 입에다 머금고, 몇백 명씩은 그의 두 겨드랑이에 끼고, 또 나머지 천 명은 꼬리로 감아서 모시고 쏜살같이 지옥을 향해 내려갔습니다.

그런데 그가 지옥에 가까이 날아와 나지막이 땅에 가까이 떠서 내릴 곳을 찾고 있을 때, 땅 위의 어느 곳에 서서 이걸 바라보고 있던 어떤 사람이 큰 소리로,

"여! 지옥의 대왕님! 자네, 거 천사님들을 어디서 어떻게 구해 그렇게 한 짐 잔뜩 짊어졌나? 그래 아직도 더 날아가야 하는가?"
하고 고함을 쳤습니다.

이 지옥의 왕은 거기 대답할 양으로 아가리를 벌려,

"그렇다네!"
하고 한마디를 내뱉었는데요.

그 서슬에 그의 입속에 들어 있던 조그만 천사님들은 모조리 입 밖으로 풍겨 나와서 두루 다 그들의 하늘나라로 돌아가 버렸습니다.

그 놓친 천사님들을 잡으려고 지옥의 왕이 안간힘을 쓰다가 보니, 두 겨드랑이에 끼고 있던 천사님들도, 꼬리에 말아 모셨던 천사님들도 뿔뿔이 다 빠져나가 하늘로 날아가시고 말았습니다.

그래 지옥의 우두머리는 후일을 기약하고 이번만큼은 헛되이 그의 지옥으로 돌아가야만 하게 되었는데요.

그가 또다시 땅 가까이 나지막이 날아가고 있는데, 땅 위에서 아까 그 사나이가 다시 묻고 서 있는 것이었습니다.

"여보게! 지옥의 총통! 내가 보니, 자네는 또 딴 천사님들을 업은 것 같은데?"

그래 그 지옥의 총통은 머리를 끄덕이고는 아까 입을 벌려 당한

일을 생각하며 이번에는 입을 앙다문 채 바로 이어서 한마디 말을 웅얼거렸는데 그것은 '응, 홍' 하는 소리로, 요새도 우리가 가끔 건성으로 웅얼거리는 바로 그 말소리였습니다.

용기와 희망

개구리가 코끼리 딸과 결혼한 이야기

브라질

이것은 남미 브라질에 살고 있는 흑인들 사이에서 언젠가부터 만들어져 내려온 이야기라는데요.

옛날에 개울에 살고 있던 개구리 총각 하나가 큰 코끼리 딸한테로 장가를 들고 싶은 생각을 내게 되었어요. 그래 큰 코끼리를 찾아가서 그의 딸을 자기의 아내로 달라고 사정을 했지만,

"쬐끄만 똘마니 녀석이 까부는군."

하고 무시를 당했기 때문에, 마술을 썩 잘하는 도깨비 아저씨를 찾아가 상의해 보기로 했습니다.

그래 그 도깨비 아저씨의 딸이 물동이를 들고 개울로 물을 길러 온 사이에 물동이 속으로 슬쩍 들어가 숨어서 도깨비 아저씨의 댁을 방문하게 되었는데요.

도깨비 아저씨는 개구리 총각의 소원을 들어 보고 말씀하시기를,

"네놈 소원이야 그렇겠지만 내 소원으로 말하면 큰 악어의 알을 한 개 통째로 잡수어 보는 것이다. 그러니 여러 말 말고 그 악어 알을 아주 큰 걸로 하나 구해 온다면, 네가 코끼리의 딸한테 장가갈 수 있는 방법을 가르쳐 주마."

하는 것이었습니다.

그래 그 도깨비의 딸에게 다시 개울로 데려다 달라고 해서요. 개울물을 헤엄쳐 꼬박 한 달에서 하루가 모자라는 동안이 걸려, 아주 큰 강 밑바닥의 무서운 악어님의 댁을 찾아들었는데요.

"제가 취직할 일자리 하나 없을까요? 저는 이리 보여도 요리 솜씨도 있긴 하옵는데요."

하고 개구리가 말했더니만, 마침 악어님은 기분이 괜찮던 판이라,

"그래? 어디 네놈 음식 만드는 솜씨부터 한번 볼까? 허지만 맛있게 음식을 만들지 못하면 네놈을 먹어 줄 테니 고건 알아 두어라."

해서, 이 개구리는 있는 재주와 지혜를 다해 음식 한 접시를 우선 악어의 비위에 맞게 만들어 먹이고, 여기 눌러붙어 있게 되었다나요. 그래 눈치껏 짬을 보고 있다가 좀 무거웠지만 그 알 하나를 훔쳐 업고 달아났다나요.

그래 두 달에서 이틀인가 모자라는 동안을 걸려서 무거운 악어알을 업고 강을 헤엄쳐 나와, 그걸 도깨비 아저씨께 갖다 드리고 지시를 기다렸는데요.

도깨비가 악어알을 정말 맛있게 먹고 나더니, 수염을 한 번 쓰다

듣고 말했습니다.

"이놈아. 등잔 밑이 어둡다더니, 네놈은 그래 네 선조 할아버지도 찾아갈 줄 모르냐? 엥? 요 아래 강물이 흘러 내려오는 근원을 찾아 멀리멀리 헤엄쳐 거슬러 올라가거라. 그곳에 가면 코끼리 백 마리만큼은 큰 네 선조 할아버지가 거기 우두커니 앉아 있을 것이니, 꽉 붙들어 잡고 사정하면 좋은 수가 있을 것이다."

개구리는 장가가고 싶은 마음에 이번에는 3년에서 사흘이 모자라는 동안이라던가를 걸려서 강물의 근원을 차지해 맡고 있는 선조 할아버지를 찾아뵙게 되었는데요.

후손인 이 총각 개구리의 소원에 대찬성을 한 개구리들의 선조가,

"좋다! 그럼 내가 이 나라의 온갖 강의 시작인 이곳 물부터 싸악 말려 버리지! 그럼 제까짓 코끼리 놈이라도 목마른 거야 참질 못하겠지?"

하고 바로 모든 강의 근원의 물을 들이마시어 말려 버린 때문에 한동안 모든 사람들과 동물들은 목이 말라 견디지를 못하게 되어, 그 이유가 된 코끼리를 찾아가 되게 몰아세우는 바람에 그 코끼리도 마지막엔 할 수 없이 슬그머니 그 아까운 딸을 개구리 총각에게 내맡기게 되었다는 이야깁니다.

그런데요, 그 부부 사이에서 생긴 아들딸들은 또 하마의 선조가 됐다고 하네요. 하마의 생긴 꼴을 잘 보면 아닌 게 아니라 코끼리와 개구리 양쪽을 다 닮은 데가 있기는 있는 것 같죠?

씩씩한 수탉

오스트리아

아주 오랜 옛날 오스트리아의 어느 시골 마을 농부의 집에서는 백 마리의 암탉과 한 마리의 수탉을 기르고 있었는데요. 이 수탉은 백 마리나 되는 암탉들이 늘 알을 낳게 하면서도 건강이 좋고 씩씩하였 습니다.

어느 날 수탉은 너무나 심심한 그 시골구석을 떠나서 넓은 세상을 두루 구경하며 경험해 보고 싶은 생각이 나자, 그의 뜻을 백 마리의 암탉들에게 알리고 그들의 찬성을 얻어 넓은 세상 견학의 길에 나서 게 되었습니다. 물론 수탉이 그 대장이 되었지요.

그래 어느 날 새벽 먼동이 틀 무렵에 백한 마리의 견학 부대는 그 들의 우리를 출발해 먼 탐구의 길을 떠나게 되었는데요.

그들은 얼마만큼을 걸어가다가 푸른 벌판에서 풀을 뜯고 있는 한 마리의 큰 수소를 만났습니다.

이 명랑하게 신바람 나 보이는 백한 마리 닭의 부대를 보자 그 수소는 "야!" 하고 감동하며,

"어디서 어디로 가시는 신바람이신지요?"

하고 호감 있는 미소로 물었습니다.

그래 그 신바람 부대의 대장인 수탉이 예쁜 날개를 몇 번 푸드덕 푸드덕 치면서 "꼬끼오! 꼭" 하고 정말 멋들어지게 한바탕 목청을 뽑고 나서,

"우리는 이 넓은 세상에서 무슨 일들이 일어나고 있는지 도무지 궁금해서 그걸 경험해 보려고 떠나가는 중입니다요. 어때요? 생각이 있으면 따라나서시지요."

하니, 그 소도 그 생각은 역시나 가지고 있던 터라,

"거 좋지요."

하고 대뜸 따라나섰습니다.

그래 그 소를 신입생으로 환영해 데리고, 또 얼마만큼을 걸어가노라니까 이번엔 언덕에서 풀을 뜯다가 하품을 하고 있는 염소를 한 마리 만나게 됐는데요. 그 염소도 수탉의 말씀을 들어 보고는,

"심심해서 못 견디겠던 판인데, 그것 좋겠소이다."

하며 냉큼 따라나섰습니다.

그리하여 일행은 점심때쯤에는 어느 못가에 이르게 되었는데요. 그 못에선 몇 마리의 거위가 웬일인지 밝지 못한 얼굴을 하고 꾸무럭꾸무럭 헤엄을 치고 있다가 수탉의 말씀을 듣자,

"역시나 그게 좋겠소이다."

하고 또한 모조리 이 여행 부대에 가담해 주었습니다.

그래 그다음 판에는 아주 서러운 얼굴을 한 고양이를 한 마리 만났는데요.

"왜 그렇게도 처참한 낯빛인가요?"

하고 수탉이 물으니, 고양이는

"말도 마시오. 내가 인제는 늙어서 쥐도 전처럼 잘 잡지 못한다고 주인이 나를 그만 쫓아내 버렸어요."

하며 눈물짓는 것이었습니다. 그래 그도 수탉의 말을 들어 보고는,

"같이 갑시다."

하고 따라나서게 되었어요.

그리하여 일행은 이어서 그들의 길을 가다가 해 질 무렵이 되었는데, 이때 문득 개 한 마리가 또 나타나서 수탉의 주장을 듣고는,

"주인이 사업에 실패했다고 요즘은 먹을 것을 거의 주지 않아서 그렇잖아도 뺑소니를 치려던 판이었어요."

하며 선선히 또 따라나서 주었습니다.

그래 그들은 지는 해를 등에 업고 좀 더 걷다가 보니, 드디어 해는 꼬빡 지고, 아주 깊은 수풀 속에 들어서게 되어서 앞길을 분간하기도 어렵게 된지라 어쩔 수 없이 이 숲속에서 하룻밤을 묵기로 작정을 했습니다.

그리하여 이 특별난 세계 탐험대의 대장인 수탉은 높은 나무 맨 위의 가지에 올라가서 '어디에서 적이 오지나 않는가?' 또는 '어디에

하룻밤 묵어갈 만한 집의 불빛이라도 보이지 않는가?' 살펴보고 있었는데, 어느 한쪽을 내려다보니 마침 어떤 사람의 집인 듯 불빛이 반짝반짝 비쳐 나오고 있는지라, 무척 반가워 "꼬끼오!" 소리치고 내려와서 그의 대원들에게 그리로 가 보자고 하고 앞장을 섰습니다.

그들이 어두운 숲속 길을 더듬거려 헤치고 나가서 당도해 보니, 그곳은 어떤 농부의 외딴집이었는데요. 주인인 농부를 만나 하룻밤 묵어가게 해 달라고 대장인 수탉이 사정했더니, 농부는

"그건 어려운 일이 아니지만, 우리 집엔 밤마다 큰 늑대 두 마리가 들릅니다. 큰 빵 덩어리를 문간에 놓아두면 그걸 먹고는 가지요. 그렇지만 그걸 놓아두지 않으면 무엇이든지 닥치는 대로 먹어 버려요. 그러니 그 늑대들이 그대들을 보게 되면 좋지 않을 텐데요."
하는 것이었습니다.

그러나 우리 용감한 수탉은 '꼭꼭꼭꼭!' 하면서 몇 바퀴 돌며 잠깐 동안 생각해 보고는,

"그까짓 늑대 두 마리쯤이야 누워서 떡 먹기니 아무 염려 맙쇼."
하고 주인을 먼저 안심시킨 다음 그의 단원들을 모아 놓고 두 마리 늑대와 싸워 이기기 위한 작전명령을 내렸습니다.

"거위들은 이 집 문간을 지키고, 고양이는 가마솥 앞을, 수소는 곳간, 염소는 마당을, 개는 퇴비 더미 옆을 지키도록 해요. 용기를 다해서 말입니다. 나는 우리 암탉들하고 함께 지붕을 지키리다."

그래 이 작전명령을 따라 신속한 배치가 끝나자 오래지 않아, 아니나 다를까 두 마리의 사나운 늑대는 어슬렁어슬렁 이 집 문간으로

들어서서 거기 놓아둔 빵을 향해 주둥이들을 갖다 대려 하고 있었는데요.

이때 여기를 지키던 거위들이 어떻게 했는지는 정말 이 이야기를 들으시는 여러분에게도 알려 드리고 싶군요. 조용히 엎드려 있던 거위들은 "슛!" 소리를 내며 날개를 일제히 벌리고 날면서 늑대들에게 대들어 그 날개들로 세게 내리치는 바람에, 난데없이 얻어맞아 놀란 늑대들은 어디가 어떻게 다쳤는가를 보기 위해 불을 환히 지펴 놓은 아궁이 앞으로 기어들었는데요.

여기서는 또 가마솥을 지키고 있던 고양이가 "야옹!" 하고 뛰어나와 두 늑대의 눈퉁이들을 야박스럽게 할퀴어 놓았고,

"아이고 죽겠다!"

고 소리를 지르며 늑대들이 마당으로 뛰어나가니까 여기서는 또 염소가 뛰어나와 그 뿔로 늑대들의 등때기를 되게 아프게 찔러 대서 마당 한쪽 구석에 있는 퇴비 더미에 가 나동그라져야 했습니다.

그리고 퇴비 더미 그늘에서는 또 개가 나와서 사정없이 도망치는 늑대들의 뒷발을 물어뜯었고, 마지못해 곳간 속으로 도망쳐 들어갔더니 거기서는 큰 수소가 덤벼 날카로운 두 뿔로 여지없이 마구 찔러 대서 늑대들은 그야말로 혼비백산이 되었습니다.

그래 늑대들은 되도록이면 빨리 뺑소니를 치는 게 상책이라 생각하고 문밖으로 달려 나가고 있는데, 지붕 위에서는 닭들이

"그놈들을 이리 던져 올려요."

하고 고함을 치고 있었습니다.

이렇게 하여 늑대들이 다시는 이 농부의 집을 침범하지 못하게 만들어 놓고 탐험대 일행은 다시 그들의 먼 나그넷길을 떠났는데, 다음에는 또 어떤 일들이 벌어졌는지 궁금하군요.

귀뚜라미의 점괘

칠레

옛날 칠레의 어느 마을에 귀뚜라미라는 별명으로 통하는 구두 만드는 사내가 살고 있었는데요. 이 사내는 사는 게 하도 답답하면 자기 운명을 점쳐 보는 일에도 꽤나 습관이 들어 있었습니다.

어린 아들 하나와 부부, 세 식구만의 살림살이였지만,자기 나라에서 사는 게 어렵게만 생각되자, 어느 날은 그의 아내에게

"자식 하나 있는 거라도 제대로 가르쳐 내려면 여기 이렇게만 있어서는 안 되겠는데…… 유럽으로 건너가서 하다못하면 점쟁이 행세를 해서라도 한몫 벌어 올 테니, 고생스럽더라도 아이 데리고 참고 기다려요."

하고 간절히 부탁하곤 먼 유럽으로의 나그넷길을 떠났습니다.

그래 유럽의 어느 나라 수도에 닿아, 여기저기 구둣방에 일자리를

찾아보았으나 그 일자리도 보이지 않고 하여, 길거리를 방황해 다니고 있었는데요.

이 사내가 어느 날 우연히 이 나라 왕이 사는 궁전 옆을 지나다 보니 왕궁의 겉벽에 '왕궁의 보물을 훔쳐 간 도둑을 알려 주는 사람에겐 후하게 상을 주겠다' 하는 광고가 붙어 있었습니다.

사내는 무엇보다도 배가 고파 더 참기가 어렵던 판이라, 속으로 생각하기를 '사흘 동안만 누가 실컷 먹여 준다면 그다음 날엔 죽어도 여한이 없겠다. 왕을 만나서 제가 찾아 드립지요 하고 한 사흘 우선 잘 얻어나 먹고 보자' 하고, 왕궁으로 왕을 찾아가서 자기 이름을 밝히고 그렇게 여쭈었더니, 아닌 게 아니라 그의 예상대로 그는 사흘 동안을 아주 썩 잘 먹고 마시게 되었습니다.

그러신데요, 그 좋은 사흘 동안의 음식 대접의 첫날에는요. 왕의 예쁘장한 시녀들이 잘 만든 음식들을 어떤 깜둥이 하인 하나가 공손히 받쳐 들고 드나들며 시중을 들고 있었는데요. 이놈이 사실은 왕의 보석을 훔쳐서 감춘 이곳의 세 명의 깜둥이 하인 중의 한 놈이었습니다. 그러나 굶주렸던 사내가 그것까지 알 리가 있습니까?

그래 이날 저녁 식사까지를 잘 얻어먹고 난 귀뚜라미라는 사내가 입에서 저절로 나오는 혼잣말로,

"아, 참 과연 감쪽같이 잘 먹었다. 인제 셋 중에 하나는 끝나고 마는구나!"

하고 사흘 중에 하루가 끝난 것이 무척 섭섭해 중얼거리고 있었는데요. '도둑놈 제 발 저리듯이'란 말이 있듯이 시중들던 깜둥이는 도둑

놈 저를 두고 하는 말인 걸로 착각하고, 여기에서 물러나자 두 일당 옆으로 가서,

"나는 인제 그 점쟁이에게 발각되었으니 끝났네! 자네들이나 잘 피해 보게!"

하고 늘펀히 나자빠져 버렸습니다.

그래 이튿날에 시중하던 둘째 깜둥이도 저녁 식사 뒤에 이 사내의 '셋 중 하나는 또 감쪽같이 끝나고 마는구나!' 하는 혼잣말을 듣고는 기겁해 물러나서 또 나자빠지게 되고, 셋째 날에 시중들던 녀석도 또 그렇게 되고 하여, 드디어 제 발이 많이 저려 더 이상 견딜 수가 없이 된 세 깜둥이 도둑들은 함께 귀뚜라미라는 별명의 실직한 구두 장이, 가짜 점쟁이 앞에 함께 나타나 무릎을 꿇고 엎드려서 싹싹 빌며, 왕의 보물들을 훔쳐 숨겨 둔 곳을 자백할 수밖에 없었습니다.

숨겨 둔 곳은 왕궁 앞뜰에 있는 가장 큰 은행나무 밑 땅속이라고 했습니다.

그리하여 운수 좋게도 이 엉터리 점쟁이는 왕에게 가서 사실을 알리고 은행나무 밑의 보물은 이튿날 파내기로 하고, 기뻐하는 왕에게 우선 얼마만큼의 용돈을 얻어 시내 구경을 나가게 되었는데요.

시내의 어느 곳을 지나가자니까,

"제비 점이오! 제비 점이오! 한 제비에 한 폰드요!"

하고 제비 점쟁이의 외치는 소리가 들려서 한 폰드 돈을 주고 한 제비를 뽑아 펴 보았더니 거기에는 아래와 같이 쓰여 있었습니다.

'새것을 위해서 옛것을 버리지 마라.'

그래 용돈 있겠다 또 한 장을 뽑아 보니 거기에는

'자기에게 상관없는 일은 묻지를 마라.'

또 한 장을 더 뽑았더니 거기에는

'확실히 알지 못하는 일의 소문을 믿지 마라.'

이렇게 적혀 있었습니다.

이 점쟁이가 된 구두장이는 그 세 개의 제비 점괘를 그의 장래를 위해 호주머니에 담고, 어디 여관에 가서 하룻밤을 묵은 뒤에 이튿날 아침은 일찍이 왕과 약속한 대로 도둑맞은 보물을 파내기 위해 왕궁에 들어가 왕의 앞으로 나아갔습니다.

그는 왕의 앞에 왕의 보물 도둑인 세 명의 깜둥이 하인들을 불러내 그들과 함께 삽, 곡괭이 등의 연장을 준비해 가지고 왕궁 앞뜰에 서 있는 큰 은행나무 밑으로 가서, 왕 내외분이 보시는 앞에서 이 도둑이 감쪽같이 숨겨 둔 보물들을 드디어 파내게 되었는데요.

물론 왕과 왕비의 기쁨이란 이만저만이 아니어서, 왕은 이 실직한 구두장이 떠돌이에게 자그마치 두 마리의 당나귀가 겨우 싣고 갈 만큼의 금돈 두 보따리와 은돈 두 보따리를 사례로 주고, 또 그가 타고 갈 썩 좋은 말 한 마리와 두 사람의 하인도 주어 돈 실은 나귀를 몰고 가게 해 주었습니다.

그 전송의 자리에는 왕과 왕비도 참석해 계셨는데요. 때마침 왕의 옆에서 귀뚜라미 한 마리가 뛰어가는 것이 보이자 왕은 그걸 재빨리 잡아서 주먹 속에 감추어 쥐고 그 주먹을 귀뚜라미라는 별명의 사내 앞에 내밀며,

"자, 이것은 무엇인가?"

하고 깔깔거리며 물었습니다. 물론 이것은 왕이 맨 처음 이 사내를 만났을 때 그의 별명이 귀뚜라미라는 것까지도 잘 들어 기억하고 있었던 때문이죠.

그래 그 귀뚜라미라는 별명의 떠돌이가 왕비 쪽을 보고 웃으며,

"귀뚜라미란 놈이 어떻게 그것을 알아맞힐 수가 있겠나이까?"

하니, 왕과 왕비도 크게 웃음을 터뜨리는 것이었습니다.

그리하여 이 재수 좋은 귀뚜라미는 말에 올라 일행을 거느리고 자기 나라 칠레로 가기 위한 머나먼 귀국길에 올랐는데요.

큰길을 가다가 보니 그 옆에 수풀로 들어가는 좁은 길이 보여서, 같이 가던 하인에게 물으니,

"이게 항구로 가는 옛 지름길입니다."

하여 그리로 갔는데, 이 선택도 또 매우 운수가 좋은 것이었어요.

왜냐면 이 재수 좋은 귀뚜라미의 소문을 듣고 그 나귀 등의 금돈과 은돈을 노려 미리 와서 숨어 있던 큰 도적의 떼가 있었는데, 그자들은 이 운수 좋은 당당한 일행이 으레 큰길로 갈 줄로 알고 큰길 쪽에 숨어 있었다니 말입니다.

'새것을 위해 옛것을 버리지 마라'라는 거리의 제비 점쟁이의 점괘가 맞은 거라고 뒤에 또 귀뚜라미 떠돌이 사내는 생각하게 되었다나요.

그런데 이 재수 좋은 떠돌이 사내의 일행이 수풀 길을 거쳐 나가서 또 꽤 오랫동안을 가니, 거기는 또 다른 나라였는데요.

이 나라 임금님은 귀한 나그네가 이 나라 왕궁 옆을 지나가면 언제나 초청해 들여서 이야기를 나누며 식사를 같이하는 습관이 있어서 우리의 재수 좋은 떠돌이도 거기 뽑혀 초청을 받는 영광을 차지하게 되었어요.

왕의 초대를 받아 우리 떠돌이가 잘 차린 식탁에 앉아서 보니, 그 자리에는 왕과 왕비 외에 검정빛의 잘생긴 암캐 한 마리가 함께 앉아 있어서, 우리 떠돌이는 '저 개는 웬 것입니까?' 하고 묻고 싶은 생각이 간절했습니다만 '자기에게 상관없는 일은 묻지를 마라' 했던 제비 점의 점괘를 생각하며 꾹 참고 있었습니다.

그래 마음을 단단히 먹으면서 그런 눈으로 다시 한 번 그 개를 거들떠보았더니, 아, 이건 또 웬일입니까? 그 검은 개는 자취도 없어지고 그 자리에는 참으로 아름다운 갓 젊은 여자 하나가 잘 차려입고 점잖게 앉아 있는 것이 아닙니까?

뿐만이 아니라, 왕은 또 뜻밖에도 너무나 반가워 어쩔 줄을 모르는 낯으로 우리 떠돌이 옆으로 와서는 그를 덥석 끌어안고,

"여보시오, 고마운 노형. 당신이 내 인생에서 제일 큰 은인이오!"
하는 것이었습니다. 이어서 왕은 얼떨떨해 있는 우리 떠돌이에게 그 까닭을 설명해 주었는데요, 그것은 아래와 같은 것이었습니다.

이 왕의 가장 아끼는 잘생긴 무남독녀 외동따님이 그녀를 무척 시새워하는 못된 어떤 암도깨비의 마술에 걸려서 여태껏 꼼짝달싹 못하고 한 마리 개 노릇을 하고 지내 왔다는 것입니다.

그래 왕은 그의 왕궁 옆을 쓸 만해 보이는 나그네가 지날 때마다

초청해 들여 이 마술을 풀어 주기를 바랐으나, 아무도 그러지를 못했는데 당신이 그것을 깨끗이 풀어 주었으니, 내 너무나 고마운 답례를 받아라, 당나귀 두 마리에 그득 실은 은전을 받아라, 하는 것이었습니다.

그래 억세게 재수가 좋은 이 칠레의 엉터리 떠돌이는 드디어 그의 고국으로 가는 배가 있는 항구로 나와서 귀국길에 오르게 되었지요.

그런데요, 그가 칠레의 고향 마을 가까운 곳까지 와서 강을 건너니 아주 좋은 물고기들을 잡아 놓고 팔고 있는 사내가 있어서, 그중에서 가장 크고 맛좋아 보이는 고기를 한 마리 골라잡고,

"이건 얼마요?"

물었더니만,

"그건 이미 예약해 놓은 임자가 있어서 못 팔겠소. 건넛마을 신부님의 애인이 잡수실 것이라서요."

하고 그 고기 장수가 대답해서, 모처럼만에 만나는 식구들끼리 좋은 물고기 찌개를 한번 같이 나누어 먹어 본다는 게, 이것만큼은 허사가 되었어요.

그러신데, 이때 이 떠돌이의 머릿속에선 묘하게도 '확실히 알지 못하는 일의 소문을 믿지 마라'고 했던 길거리의 제비 점쟁이의 점괘가 기억에 떠올라서, 그걸 명심하며 그의 옛집엘 찾아들었는데요.

그의 집에선 이때 마침 어느 신부님의 결혼식이 있다고 왁자지껄해서, 혹시나 그의 아내가 어느 신부님과 재혼하는 날이 아닌가 하는 의심에 우리 떠돌이는 잠시 피가 머리로 치솟아 올랐으나, 이것

도 알고 보니 그 신부님은 딴 사람이 아닌 바로 그의 하나뿐인 아들이었습니다. 제비 점괘의 나머지 하나는 여기에 또 척 들어맞은 것이지요.

그래서요? 그래서 물론 그 식구들은 다시 재수 아주 썩 좋게 만나 재미나게 살게 되었지요.

손짓으로만 하는 수수께끼 내기

이스라엘

옛날 옛적 이스라엘에 이 나라의 종교 행사의 대표이고 또 큰 권력가인 제사장이 하나 있었는데요. 로마에서 임명되어 온 그는 이 나라 사람들을 사랑하기보다는 함부로 잔인하게 다루는 좋지 않은 사람이었습니다.

하루는 이 제사장이 백성들의 장로들 중의 대표자를 불러들이고는 아래와 같은 명령을 내렸습니다.

"내가 너희들 유태인 중의 하나와 말없이 손짓으로만 생각을 나타내는 수수께끼 시합을 하려 한다. 유태인이면 누구든지 도전해 와도 좋다. 이제부터 꼭 30일 뒤에는 이 내기를 벌일 것이니 거기에 너희들이 아무도 나타나지 않는다면 너희 유태인들을 모조리 죽여 없애 버릴 것이니까 그리 알기 바란다."

그래 유태인 장로들의 우두머리는 돌아가서 유태인들을 불러 모으고, 그들에게 단식을 하고 기도를 하며 깊이 생각하고 각오할 것을 당부했습니다.

그러나 그로부터 1주일이 지나고 2주일이 지나고 또 3주일이 가고 4주일째로 접어들었습니다만, 용감하게 그 제사장에게 도전하겠다고 나서는 사람은 보이지 않았어요.

어느 날, 닭을 팔고 다니던 사람 하나가 시장이 모두 닫힌 걸 보고 그의 집으로 돌아가 보니, 그의 아내와 아이들이 굶고 기도하며 울고 있는 게 보여서, "왜 이러느냐?"고 묻게 되었지요.

그랬더니 그 아내가

"흉악한 제사장 놈이 글쎄 우리 유태인들을 모두 죽이려 하고 있지 않아요? 손짓으로만 유태인하고 수수께끼 내기를 하자는 건데, 만일에 유태인이 한 사람도 도전하지 않으면 우리 유태인들을 깡그리 죽여 버리겠다는 거예요."

하고 울먹이며 대답을 했어요.

이 닭 장수 사내는 그길로 아내와 함께 그들의 장로들의 대표를 찾아가,

"제가 한번 해 보겠습니다."

하고 지망해 뭇 유태인들의 격려를 받으며, 지정된 날 지정된 시간에 그 나쁜 제사장과 맞서게 되었습니다.

드디어 침묵 속의 수수께끼 시합이 많은 관중들 앞에서 열리게 되자, 그 고약한 제사장은 먼저 닭장수의 두 눈 앞에 바른손의 손가락

하나를 쭈욱 뻗치며 들이밀었습니다.

그래 닭 장수는 제 나름대로의 꿍꿍이속으로 그 제사장보다 손가락 하나를 더해 두 개를 뻗쳐 내밀었어요.

그랬더니 제사장은 이번에는 그의 호주머니 속에서 빵에 얹어 먹는 치즈를 한 조각 꺼내 놓았어요.

닭 장수는 이번에는 '나도 먹을 게 있다'는 것인지 뭔지 계란을 한 개 역시 그의 호주머니 속에서 꺼내 놓았어요.

그다음에 제사장은 호주머니에서 밀알을 한 움큼 쥐어 방바닥에 쫘악 뿌렸는데요. 닭 장수는 암탉 한 마리를 이 자리로 가져오게 하여, 닭이 그것들을 맛있게 쪼아 먹게 했습니다.

아 그랬더니요, 그 제사장은

"잘했소. 잘했어."

하고 좋아하며 이 유태인 닭 장수에게 그득한 선물 보따리를 안겨 주고, 하인들에게 명령하여 그를 깨끗하게 목욕시킨 다음에, 제법 그럴듯한 두루마기까지 한 벌 차려입혀 주었습니다.

그들 둘이 주고받은 그 손짓의 의미가 무엇이었는지, 그건 다음을 읽어 보면 저절로 알게 됩니다.

모든 유태인들과 함께 그들의 장로들도 궁금해서, 장로들의 대표가 닭 장수를 그의 집으로 불러 어찌 된 영문인지를 말해 달라고 했습니다.

그래 그 닭 장수는 그가 제사장과 손짓으로만 상대한 뜻을 다음과 같이 설명했습니다.

"처음으로 제사장이 그의 바른손의 한 손가락을 제 눈앞에 빠짝 뻗쳐 내민 것은 제 눈알맹이를 빼내 버리겠다는 협박 아니겠습니까? 그래 저는 손가락 두 개를 한꺼번에 내밀었는데요. 그것은 물론 '네 눈알맹이는 두 개를 다 뽑아 버리겠다'는 뜻이었지요. 그랬더니 제사장은 호주머니에서 치즈 한 조각을 꺼내 들지 않습디까? 그건 '시장하걸랑 받아먹으라'는 뜻이었겠지요? 그래 저는 '내게도 먹을 것은 있으니 네까짓 놈이 주는 치즈는 받지 않겠다'는 뜻으로 제 호주머니 속에서 달걀을 꺼내 보였던 것이죠. 그다음에 제사장은 또 자기 호주머니에서 밀알들을 꺼내어 아까운 줄도 모르고 방바닥에 헤뜨리고 있기에 닭이라도 주워 먹게 닭을 들여오게 한 것이었죠."

그런데요, 제사장이 설명했다는 것은 또 달라요.

닭 장수가 그들 유태인 장로들의 대표에게 그 손짓의 수수께끼를 설명해 드리고 있을 때, 제사장은 또 그의 친구들에게 그 나름대로의 풀이를 들려주었는데요. 그건 또 아래와 같은 것이었어요.

"내가 오른손의 손가락 하나를 들어 내민 뜻은 '이 나라에 왕은 한 분뿐이다' 하는 것이었는데, 그 유태인은 손가락 두 개를 내 앞에 내밀어 '아니오. 왕은 두 분이오. 하늘에 계시는 하느님과 이 나라를 다스리는 왕, 두 분인 것이오' 하는 뜻을 나타낸 거야. 두 번째로 내가 치즈 한 조각을 내놓은 뜻은 '이 치즈는 흰 염소의 젖에서 만든 것이냐, 검은 염소의 젖에서 만든 것이냐?' 하는 것이었지. 녀석은 거기엔 대답을 않고 되려 '제 달걀이 흰 암탉이 낳은 것인지, 검은 암탉이 낳은 것인지부터 대답해 보세요' 한 것이야. 마지막으로 내가 밀알을 한 줌 꺼내 바닥에 헤뜨린 까닭은 '이와 같이 유태인들은 온 세계에 뿔뿔이 흩어져 있으니 언제 다시 결합할 것이냐?' 하는 뜻이었는데, 녀석은 암탉을 가져오라 하여 그 밀알들을 모조리 쪼아 먹게 했으니, 그것은 '아무리 우리 겨레가 여러 나라에 흩어져 있어도 이 닭이 헤뜨린 밀알을 다 주워 먹듯이 우리 구세주께서는 언젠가는 다시 오시어 함께 모이게 할 것이오' 하는 뜻을 나타내 대답한 것이지. 그래 제법이구나 하고 선물 보따리와 새 두루마기까지 하나 주었지."

춤추는 용의 이야기

코트디부아르

이것은 아프리카 대륙의 서쪽에 있는 코트디부아르에서 생긴 이야기입니다.

옛날에 그네파 우오헤라는 사내와 투라유라는 여자의 한 부부가 코트디부아르의 어느 마을에서 살고 있었는데요. 친척들과의 사이에 다툼이 일어나서 그 마을을 떠나 어느 깊고 짙푸른 강가에 가서 따로 살게 되었는데, 거기서 비로소 첫 사내아이를 낳아 이름은 바루우라고 붙였습니다.

어느 날 그네파 우오헤가 강에서 낚시질을 하고 있자니, 꽤나 묵직한 게 그의 낚시에 걸린 게 느껴져서 꺼내 보니 염소 가죽으로 만든 한 개의 북이었고요, 그다음에 낚아 올린 건 한 쌍의 북채였고요, 또 그다음에 너무나 무겁게 낚아 올린 건 이상하게도 중키는 되는 무서운 한 마리의 용이었습니다. 사람의 것같이 생긴 머리에 쭈뼛한 뿔이 나고, 앞발이 두 개에 뒷발 대신으로 아주 거센 지느러미가 두 개 달린, 꼬리는 꼭 큰 뱀의 꼬리같이 생긴 보기에도 끔찍한 한 마리의 용이었습니다.

그러신데 그 용이 기겁해 있는 그네파 우오헤를 보고 히죽히죽 웃으며 말하기를,

"나로 말하면 이리 보여도 이 강물에선 첫째가는 무용가이다. 그래 북과 북채를 먼저 내보내고 이렇게 올라오셨으니, 어디 한번 내 춤에 맞추어 북을 울려 쳐 보아라. 내가 먼저 내 춤에 지쳐 움직이지 못하게 되면 내 목을 바치겠지만, 네가 먼저 북을 치기에 지쳐 쓰러진다면 네 목숨을 내가 맡아 이 강물 속으로 데려가겠다. 알겠느냐?" 하는 게 아닙니까?

반대했다가는 금세라도 큰일이 날 것만 같아, 용이 하라는 대로 눈코 뜰 새 없는 용의 춤에 맞춰 두 손에 쥐가 나도록 마구 그 염소 가죽의 북을 두들겨 대고만 있었는데요.

온종일을 이어서 빠른 박자로 북만을 치고 있다가 보니 그네파 우오헤는 드디어 너무나도 못 견디게 지쳐서 그 자리에 그만 늘펀히 주저앉고 말았습니다.

그랬더니 용은

"애개갤! 요게 뭐냐? 요게 뭐야 글쎄?"

하면서 두 앞발로 이 너무나 지친 사내를 번쩍 추켜들고는 짙푸른 강물 속 깊이 잠겨 들어가 버렸습니다. 그의 아내 투라유가 그 옆으

로 가 사정사정해 보았지만 아무 소용이 없었습니다.

　그러나 투라유는 그녀의 어린 아들에게는 아버지가 먼 나라에 여행을 갔다고만 말하고 사실을 늘 숨기고 지내다가 이 아이가 제법 한 사람의 소년이 되어서야 비로소 용에게 강물 속으로 끌려간 사실을 알려 주었습니다.

　그랬더니 아들 바루우는 아버지가 끌려 들어간 강가로 자기를 데려다만 달라고 날마다 어머니를 졸라대 마침내는 그곳에 데려다줄 수밖에 없었습니다.

　어느 날 바루우는 낚싯대를 들고 나가 그의 아버지가 그전에 낚아 올렸다가 봉변을 당하고 드디어 끌려가기까지 했다는 그 괴물의 용을 다시 낚아 올려 보기 위해 낚싯줄의 낚시를 용이 산다는 짙푸른 강물에 집어넣고 마음을 모아 기다리고 있었습니다.

　그러고 있노라니, 드디어 그의 낚시 끝에는 무엇이 걸린 게 느껴져서요. 꺼내 보니 자그마한 북이었고요, 그 다음번 낚시질에선 두 개의 북채가 걸려 나왔고요, 또 그 다음번엔 무서운 용이 매달려 나온 게 모두 그의 아버지 때와 같았어요.

　그래 주춤하고 있는 소년 바루우를 향해 그 용은 말했습니다.

　"너의 아버지보다 더 북을 잘 견디면서 쳐 낼 자신이 있느냐? 나는 벌써 여러 백 년을 이 강물 속에서 춤만 추고 살아서 인제는 이 나라에선 춤으론 나를 따를 사람이 없다. 그런데 내 춤에 어울리게 장단을 맞출 북쇠가 이 나라엔 아직도 안 보여 그게 내 첫째 걱정이란 말씀이야. 그러니 네 아버지가 못 한 걸 네가 어디 한번 견디어 해 보련? 너의 아버지 때나 마찬가지로 네 북이 내 춤을 따르지 못하면 네 놈도 네 아버지처럼 강 속으로 끌고 가 버릴 것이고, 만일에 내 춤이 네 북을 따르지 못하면 내 목을 네게 바치기로 약속한다. 자, 어서 시작해 보자."

그래서 용은 춤추기를 시작하고 바루우는 거기 맞춰 북을 치기 시작했는데요. 용은 앞발만 두 개 달려 있더니, 춤출 때에는 그 뒤에 달린 두 개의 지느러미가 뒷발로 변해 가지고 앞뒷발이 서로 좋게 어울려 버름버름 춤을 아주 잘 추는 것이었습니다. 바루우도 여기 뒤질세라, 마음속의 신바람을 다해 용의 춤에 어울리는 북장단을 멋들어지게 이어서 한나절이 지나도록 치고 있었죠.

용은 마침내 이 춤을 계속하는 데는 지친 듯이,

"춤에는 여러 가지 종류가 있어, '설춤'이라는 것도 있으니 이번엔 그걸 한번 추어 보겠다."

하며 지느러미가 변해서 된 뒷발로만 일어서서 앞발은 사람들의 손처럼 움직이며, 궂은 날 개인 날에 강물이 출렁이고 흐르면서 빚어내는 온갖 아름다운 움직임을 그의 춤에 담아내는 것이었습니다. 그래 소년 바루우도 또 거기 잘 어울리는 북장단을 맞추고 있었죠.

용도 이제는 많이 늙어서 그런지 한동안이 지나자 이 춤에도 너무나 고단해진 듯 이번에는,

"머리만을 움직여 추는 춤도 있으니 그걸로 바꾸어 추어 볼까?"

하고는 픽석 주저앉아 그 머리를 멋지게 내둘러 추는 '머리춤'이란 걸 추기 시작했어요.

그래 바루우도 그 머리춤에 어울리게 북을 쳐 울리고 있었는데요.
한동안이 지나자 용은 이 머리춤에도 많이 피곤해진 듯,

"춤에는 '눈망울춤'이라는 것도 있다. 인제부터 그걸 추어 보자."
하고 번뜻이 하늘을 보고 누워 두 눈동자를 가락에 맞춰 굴려 추는
춤을 추기 시작했습니다.

그리하여 이글거리는 아프리카의 해님이 깜빡 서쪽 수풀로 숨어
들 무렵까지 이 야릇한 눈동자의 춤을 굴려 추고 누워 있더니만, 그
것도 마침내는 더 못 견디겠는 듯,

"나도 인제는 다 되었나 보구나!"
하는 한숨 섞인 한탄의 소리를 마지막으로, 두 눈에서 진짜 피눈물
을 흘리며 항복의 두 손을 슬그머니 치켜드는 것이었습니다.

그래 용감하고도 끈기 있는 멋진 소년 바루우는 다시 낚싯줄을 강
물에 넣어 이번에는 아버지를 불러서 낚아 올려 모시고는 집으로 돌
아가 일생 동안 부모님에게 효도를 다했다는 이야기올시다.

꽃을 울어 피우는 새

이란

옛날 옛적에 페르시아의 어느 왕이 아들 삼 형제를 두었는데요. 큰아들의 이름은 메리크 무하메드라고 했고, 둘째는 메리크 젬시드라고 불렀고, 셋째는 메리크 이브라힘이라고 했습니다.

왕은 그 세 아들 중에서 가장 총명하고 성실한 셋째 아들 이브라힘을 제일 믿고 사랑해서 큰아들 무하메드와 둘째인 젬시드는 이걸 시기하고 지냈는데요.

어느 날 왕이 병이 나서 의사를 불러들여 진찰을 받았는데, 의사는 이렇게 말했습니다.

"이 병에는 약이 있기는 하지만 구하기가 어려울 겁니다. 그것은 바닷속에서 사는 초록빛 고기로 꼬리에 금고리가 달린 것이라야 하는데요. 그 배를 도려내어 저며서 심장 위의 가슴에 붙이고 지내셔야만 낫습니다."

왕의 세 아들은 잠수부들을 모두 동원하여 바닷속을 샅샅이 뒤지게 해서 초록빛 고기 한 마리를 잡아내게 되어, 이브라힘 왕자가 받아 보았더니요. 그 고기의 이마에는 '알라밖에 신은 없으며, 마호메트는 신의 예언자니라. 그리고 알리는 그 대리이니라' 하는 회교의 신앙 고백이 새겨져 있어서,

"아무리 아버지인 국왕 폐하의 약이라 해도 신앙 고백이 날 때부터 새겨져 있는 고기를 죽여서는 안 된다."

하고 이브라힘 왕자는 그 고기를 그만 바닷물에 다시 넣어 주어 살려 보냈습니다.

그래 이걸 보고 놀란 그의 형들과 대신들이 병들어 누운 왕에게 가서 막내 왕자가 왕명을 어긴 사실을 알렸습니다.

왕은 크게 노하여,

"그놈이 짐의 죽음을 바란다면 이제부터 짐의 자식이라고 생각하지 않겠다!"

하고 고함을 치며, 또다시 그 초록 고기를 잡게 한 의사를 불러 상의하라고 했습니다.

그 의사는 말하기를,

"이 병이 나을 수 있는 단 한 가지 약이 또 있기는 있는데요. 그건 '꽃을 피우며 우는 새'를 찾아 가지고 와서, 그 새가 우는 소리로 입에서 피워 내는 꽃 한 송이를 얻어 우리 대황제 폐하의 심장 위의 가슴에 얹어 놓아 드리는 일입니다. 그래야만 이 병은 낫습니다."

하는 것이었습니다.

그리하여 왕자들은 다시 하늘 밑의 어디에 있는지도 모르는 그 새를 찾아 나그넷길을 떠나게 되었습니다.

회교 신자의 도리를 지키려다가 왕의 노여움을 산 막내 왕자 이브라힘은 아직도 아버지의 용서를 받지 못한 터라 두 형의 뒤를 멀찌감치 숨어 따라가다가, 수도를 멀리 벗어나서야 형들 앞으로 말을 달려가서, 자기도 아들이니 그 약을 찾는 일에 꼭 넣어 달라고 간절히 사정을 했어요. 그래 형들의 승낙을 얻어 그는 한동안 형들과 함께 길을 가고 있었는데요.

한참을 더 가니 앞길은 두 갈래로 갈라져 있었어요.

그들은 여기서 잠시 쉬어 가기로 하고 모두 말에서 내렸습니다. 두 형이 많이 고단하여 풀섶에 누워 잠시 눈을 붙이는 동안 이브라힘은 그 근처를 여기저기 살피며 다니다가 문득 한 넓적한 석판을 발견했어요.

그 석판에는 아래와 같은 내용의 글이 새겨져 있었습니다.

이 갈림길 앞에 선 사람들에게 알린다. 오른쪽으로 가는 길은 평안하고 위험이 없지만, 왼쪽으로 가는 길은 아주 위험해서 다시 살아 돌아오기가 어렵다. 그래도 굳이 왼쪽 길을 가려거든 이 석판을 잘 간직해 가지고 가거라.

그래 그 뜻을 잘 이해한 이브라힘은 석판을 들고 형들이 자고 있는 곳으로 가서 그들을 흔들어 깨운 다음에, 셋이서 머리를 모으고 거기 새겨진 글의 뜻을 다시 생각해 보았습니다.

그 결과, 형들은

"아버지의 약을 구하는 게 급하니, 우리는 위험 속에 시간이 많이 걸릴 왼쪽 길로는 가지 않겠다."

하고 주장해서, 이브라힘은

"그럼 양쪽 길로 나누어 가서 그 새를 찾아보는 것이 좋겠군요."

하고 자기는 위험하다는 왼쪽 길을 맡아, 그 석판을 간직하고 말에 올라 길을 떠났습니다.

그리하여 여러 날을 말을 달려가고 있었는데, 어느 날 밝은 햇볕에 그의 눈앞에는 아름답고 깨끗한 수풀로 된 화려한 뜰로 들어가는 큰 대문이 열린 채 나타나 서슴지 않고 그 안으로 들어갔지요.

넓고 우거진 수풀로 된 뜰 안의 곳곳에는 맑은 시냇물들도 시원스러이 흐르고 있었고, 또 시냇가에는 진귀한 과일나무들에 먹음직한 과일들도 주렁주렁 열려 있어, 이브라힘은 말에서 내려 말고삐를 어떤 큰 나뭇가지에 매 놓고는, 과일들도 좀 따 먹어 요기도 하고, 또 다음 나그넷길에 먹을 걸로 보따리에 따 모아 말의 엉덩이 위에 싣기도 했습니다.

그러고 나서 뜰 안을 여기저기 산책하다 보니 그의 앞에는 화려한 큰 집이 한 채 나타났는데요. 한참을 살펴보아도 이 집 근처에는 사람의 그림자 하나 얼씬거리지 않았습니다.

이때 문득 어디서 텀벙텀벙 물장구를 치는 소리가 들려왔어요. 두

리번거려 살펴보니 큰 집 옆의 한쪽에 맑은 못물이 보였는데 그 속에서 달덩이 같은 예쁜 아가씨 한 명이 용솟음치는 미소를 물씬하게 이브라힘을 향해 보내며, 여전히 두 손바닥으론 야릇한 가락의 물장구를 이어서 치고 있는 것이었습니다.

이브라힘은 그녀 가까이로 가는 동안에 고스란히 그 젊은 아가씨의 아름다움의 포로가 되고 말았는데요.

이브라힘이 바짝 가까이 오자, 그녀는

"아, 메리크 이브라힘 왕자님! 어서 오십시오. 저는 벌써 여러 해를 날마다 왕자님이 오시기만 기다리고 살았어요."

하고 참으로 어여쁜 소리로 말하며 못물에서 달려 나와서 이브라힘의 두 손을 덥석 움켜잡았어요. 그러고는 궁전 같은 그녀의 큰 집 안으로 안내하여 맛있는 음식도 차려 내놓고, 갖은 눈짓을 은근하게 보내며 잠깐 어리둥절해 있는 이브라힘을 유혹했어요.

이때 이브라힘의 마음속에 번개처럼 번쩍하는 본정신이 들어 문득 생각해 보니 '이거 이래서는 안 되겠다' 싶어,

"잠깐 바람 쐬고 오겠다."

하고 핑계를 대고 밖으로 빠져나와 한쪽 구석에 가서 지니고 왔던 석판을 가만히 꺼내어 보았습니다. 그랬더니 이번에는 그 석판에 또 다음과 같은 글발이 새겨져 나타나 있었어요.

지금 너를 유혹하는 미인은 사실은 너를 죽이려는 흉악한 늙은 마녀다. 너보고 씨름을 하자고 할 것이니, 그러자고 하고 씨름을 시작해라.

그렇지만 미리 잘 드는 단단한 칼을 준비해 숨겨 지니고 있다가, 씨름이 시작되면 재빨리 그녀의 아래옷을 벗겨 허벅지에 나 있는 검은 점을 찾아내라. 그래 그 검은 점에다 힘을 다해 칼날을 깊이깊이 찔러 박아야 한다. 이걸 성공하지 못하면 네가 죽게 되니 알아서 해라.

드디어 이 미인이 씨름하기를 요구해 와서, 거기 응하여 석판의 지시대로 했더니만 이 미인이라는 여자는 죽어 나자빠졌는데요. 그건 보기에도 징그러운 흉악한 꼴의 마녀였습니다. 그리고 그 큰 집도 못물도 무성한 수풀의 뜰도 냇물들도 눈 깜짝할 사이에 어디론지 모두 사라져 버리고, 그것들이 있던 자리는 그저 끝없는 사막의 한 귀퉁이일 따름이었습니다.

이브라힘은 다시 그의 말에 올라타고 여행을 계속해 갔는데요. 여러 날 만에 그는 전날 만났던 것과 비슷하게도 수풀로 된 뜰로 들어가는 열린 대문 앞에 이르게 되었습니다.

뜰 안으로 말을 몰고 들어갔더니 한쪽에는 자그마한 맑은 호수가 보이고, 그 호수 한가운데에는 역시 크지 않은 배 한 척이 떠 있는 게 보여, 수풀의 어느 큰 나뭇가지에 말고삐를 매 놓고 나서 호숫물을 헤엄쳐 가 그 배에 올라탔습니다.

그런데 배에 올라 보니 그 안엔 여남은 명의 사내들이 모두 이미 죽어 넘어져 있었고, 그중에 단 한 사람만이 아직도 겨우 살아 숨을 헐떡이고 있었어요. 그래 만일의 경우를 생각해 손에 들고 갔던 쌈지에서 사과를 한 개 꺼내 조그마하게 저며서 죽어 가는 사내에게 먹여 주었더니 이내 곧 정신을 차리기 시작했어요.

이브라힘이

"어찌 된 영문인지 좀 말해 보세요."

했더니 사내는 겨우 입을 열어 아래와 같이 말하는 것이었습니다.

"우리는 그라베투운이라는 나라 사람들인데요. 10년 전에 들으니 콰프라는 산은 전부 순금으로만 바탕이 되어 있다고 해서 우리들 장사꾼 스무 사람은 합심하여 이 콰프 산을 찾아 나섰지요. 그래 그 산은 찾지도 못한 채 10년 동안 고생고생한 끝에 이 수풀 속 호숫가에까지 와서 이 배에 올라타게 되었는데요. 이 배는 우리들 스무 명을 태우고 저절로 빠르게 달려가더니 호수 한가운데인 이곳에 오자 뱅뱅뱅뱅 맴돌기만 하고 앞으로 더 나아가지는 않더군요. 그게 열흘 전 일인데요. 그 뒤에 날마다 한낮 때만 되면 이 배 바짝 옆의 호수 속에서 아주 예쁜 여자의 손이 슬며시 나타나 하루에 한 사람씩 잡아끌어 데려갔어요. 그러는 동안에 열 사람은 이 배 위에서 보시다시피 굶어서 죽고, 어제까지 아홉 사람은 그 이상한 여자의 손에 물속으로 끌려들어 가 버리고 이제 저 혼자만 남았는데요. 한 시간쯤만 더 지나면 이 배 옆에서 그 무서운 여자의 손이 마지막으로 나를 잡으러 또 나타날 판입니다."

이 처량하게 된 사나이가 하는 말을 듣고 나서 이브라힘은 그의 몸에 지닌 석판을 다시 꺼내 읽어보았습니다.

이번에는 거기에 또 다음과 같은 글발이 새겨져 있었어요.

그 예쁜 손의 임자가 너를 꾀는 말에 속아 넘어가지 마라. 이것은 전날에 네가 죽인 마녀의 언니이니라. 그녀의 손이 나와서 너보고 잡아 달라고 하거든 있는 힘을 다해 그 손을 아프게 쥐어 망그러뜨려 버려야만 한다. 아픔에 못 견디어 그 마녀가 드디어 죽어 나자빠지는 걸 네 눈으로 똑똑히 볼 수 있을 때까지 말이다.

이브라힘이 이걸 읽어 보고 나서 잠시 기다리고 있노라니 아니나 다를까 세상에서는 처음 보는 참 어여쁜 여자의 손 하나가 문득 이브라힘의 바짝 옆의 물속에서 쑤욱 나타나면서, 꾀꼬리 소리보다 더 고운 소리로,

"이브라힘 왕자님, 참 잘 오셨습니다. 자, 저의 손을 잡아 주세요. 자, 어서요!"

하는 걸, 이브라힘은

"좋지."

하며 그 손을 꼭 잡아 쥐고는 온몸의 힘을 다해 조였더니, 오래잖아,

"아야! 아야! 아야야야얏!"

하는 신음 소리를 여운처럼 남기면서 이 마녀도 마침내 사지를 뻗고 죽어 나자빠지고 말았는데요. 그 시체와 이브라힘의 둘레는 눈 깜짝할 사이에 역시 한없이 넓은 사막으로 변했습니다.

그래 단 한 사람 살아남았던 그 황금병자에게 먹을 것을 나누어 주고 작별한 뒤에, 이브라힘은 언제 끝날지도 모를 나그넷길에 다시 올랐습니다.

다시금 여러 날을 말을 달려가다가 어느 수풀가에 유난히도 큰 느티나무 한 그루가 하늘 높이 솟아 우거져 있는 걸 보고 잠시 쉬어 갈 양으로 말에서 내렸는데요.

자세히 보니, 이상하게도 이 느티나무 밑에는 여러 마리의 원숭이 떼가 비참한 모습으로 옹기종기 모여 있었는데, 더 자세히 살펴보니 그 여러 마리 원숭이 중의 한 마리만은 예쁘게 물들인 낙타털로 짠 조끼적삼을 입고 있는 게 눈에 뜨였습니다. 그 원숭이는 다른 원숭이들보다는 훨씬 더 훤칠하게 잘생긴 게 아마도 그들 중에선 귀한 신분의 원숭인 것 같았습니다. 재미나서 한참을 들여다보고 있다가, 문득 느티나무 뒤쪽으로 눈을 보냈더니 거기엔 큼직한 우물도 하나 마련되어 있는 것이 보였구요.

이 모든 광경의 뒤에는 반드시 무슨 별난 곡절이 있을 것만 같아 이브라힘은 가슴에 지니고 있던 석판을 다시 꺼내어 읽어 보니 거기엔 또 다음과 같은 글발이 새겨져 있었습니다.

네가 본 우물 속에는 셋째 마녀가 숨어 있다. 네가 이 우물 속으로 들어가 좁은 통로를 지나면 넓다란 벌판에 나설 것이고, 높다랗고 큰 집이 솟아 있는 걸 보게 될 것이니 서슴지 말고 그 집 안으로 들어가라. 거기에는 아주 어여쁜 아가씨가 있어 너를 꾀는 갖은 수작을 다 부릴 것이다만 여기에 속지 말고 기회 보아서 네가 지닌 석판으로 머리를 되게 내려쳐 바수어 버려라.

그래 이브라힘은 석판의 지시대로 하여 이 세 번째 마녀도 어김없이 물리쳐 버렸어요.

다시 우물 밖으로 나와 보니 느티나무 밑의 원숭이들은 간 곳이 없고 그것들이 있던 자리에는 신비하게도 모두가 달덩이처럼 아름답고 향기로운 아가씨들이 떼를 지어 늘어서 있는 것이었습니다. 그리고 그중에서도 해와 달도 부끄러워 머리를 못 들 정도로 아름다운 한 명의 아가씨는 곱게 물들인 낙타털로 짠 웃옷을 입고 있었는데, 그 아가씨가 예쁜 입을 벌려 말하기를,

"저는 날개 달린 천사들의 나라의 공주 마이무네예요. 어느 날 심심해서 시녀들을 데리고 산책을 나갔는데 문득 곱게 생긴 영양 한 마리가 가까이 보여서, 시녀들과 함께 그 뒤를 쫓아가다가 어느 수풀 속에까지 들어가게 됐어요. 그런데 숲속에 오자 그 영양은 뜻밖에도 흉측하게 생긴 마녀로 둔갑하더니 저와 제 시녀들을 모두 원숭이로 만들어 놓았습니다. 뒤에 이 사실을 아신 저의 아버지께서는 많은 군대를 보내어 마녀와 싸웠지만 여태껏 마녀에게 패하고만 있었는데 하느님과 당신님이 도우셔서 이렇게 다시 회생하게 되었으니 그 은혜를 저는 죽도록 저버리지 못할 것이고, 저의 아버지께서도 물론 그러실 줄로 압니다."

하는 것이었습니다.

그래 이브라힘은 마이무네 공주의 일행을 호위하여 그녀의 아버지의 왕궁에까지 데려다주게 되었어요.

뜻밖에도 그의 외동딸이 이브라힘의 도움으로 무사히 살아 돌아

온 것을 본 날개 달린 천사들의 나라의 왕은 그 기쁨을 참지 못해 이브라힘을 가슴에 힘껏 껴안으며,

"사위야. 인제는 내 딸과 이 나라를 모두 네가 맡아라. 내게는 아들 하나 딸 하나가 있었지만 이 아이의 오빠는 이번 마녀와의 싸움에서 목숨을 잃고 말았으니 내가 더 누구를 믿고 의지하겠느냐?!"

하는 것이었습니다. 그러고는 그들의 결혼식을 되도록 빨리 치르자고 했습니다.

그러나 이브라힘의 생각에는 어쩐지 마녀에게 목숨을 잃었다는 왕자를 다시 살려 낼 수도 있을 것만 같아 왕자의 무덤을 먼저 찾아가 살펴보기로 했습니다.

신하들의 안내를 받아 왕자의 무덤을 찾아가서 같이 간 사람들을 돌려보낸 다음에, 품에 지닌 석판을 꺼내 읽어 보았는데요.

이번에 거기 나타난 것은

날개 달린 천사들의 나라의 왕자는 지금 두 명의 마녀들한테 마술에 걸려 있는 중이니 왕자를 구하려면 두 마녀의 머리를 쳐 없애는 수밖에 없다.

하는 내용이었습니다.

이브라힘은 무덤가에 앉아서 이젠가 저젠가 하고 그 마녀들이 나타나기만을 기다리고 있었는데요. 해가 지고 어두운 밤도 깊어 이슥한 때가 되어서야 두 마녀가 나타났는데, 그녀들은 얼굴이 쭈글쭈글

한 늙은 마녀들이었고 입으로는 웅얼웅얼 무슨 주문을 외고 있었으며, 한 마녀는 지팡이를 짚고 한 마녀는 매 하나를 겨드랑이에 끼고 있었습니다.

그들은 드디어 왕자의 무덤 위에 가서 말을 타듯 그 무덤을 타고 앉더니요. 내쉬는 숨을 후욱 하고 풍기면서 둘이 다 열네 살쯤의 소녀로 둔갑을 하더니, 손에 든 매를 무덤을 향해 내려 뻗치자 무덤 속에서는 왕자의 시체가 나왔고, 다시 그녀가 주문을 외며 시체의 코에 숨을 불어넣자 다시 살아나서 그녀들의 앞에 단정히 앉는 것이었습니다.

그러자 매를 든 마녀가

"내가 하라는 대로 하지 않으면 이 매가 너를 그대로 두지 않을 것이다!"

했습니다만 그 말이 비위에 거슬리는 듯 왕자는 외면하며 돌아앉았습니다. 마녀는 성을 바락 내며 왕자를 후려갈기려고 매를 추켜들었어요.

숨어서 지켜보던 이브라힘은 이때를 놓치지 않고 뛰어나가 준비해 왔던 긴 칼로 두 마녀의 머리를 한꺼번에 잘라 버렸습니다.

하늘과 땅 사이에선 우글거리는 천둥소리와 거센 바람이 한동안 일어나더니 드디어 그것도 멎고 마녀의 마법에서 겨우 풀려난 왕자는 이브라힘 앞에 꿇어 엎드리며 감사의 뜻을 표시했습니다.

"저는 이제부터 목숨이 있는 날까지 당신의 충실한 종으로 살려고 작정했습니다."

그리하여 이브라힘은 이 나라의 왕자와 함께 왕궁으로 돌아가게 되었는데요. 이 나라의 왕 역시 그의 아들의 목숨을 다시 살려 데리고 온 이브라힘 앞에 무릎을 꿇고 엎드리어 앞으로 의리를 지키는 신하가 될 것과 나라를 고스란히 바칠 것을 거듭 맹세했고, 또 엎드렸던 자리에서 일어나서는 신하들에게 이브라힘과 그의 딸의 성대한 결혼식 준비에 들어갈 것을 명령했습니다.

그래 그의 천사 신하들은 '예, 폐하!' 하고 복종하는 뜻으로 눈뚜껑 위에다가 손가락을 갖다가 얹어 보였어요.

그리하여 열흘 밤 열흘 낮이 고스란히 걸리는 결혼식의 축하 잔치도 끝나게 되자 이브라힘은 장인인 왕을 찾아뵙고 다시 나그넷길을 떠날 결심을 말씀드렸습니다.

"그동안은 말씀드릴 겨를이 없었습니다만 사실은 저의 아버지께서 중병으로 누워 계시어 그 병에 좋은 약이라는 '꽃을 피우며 우는 새'가 금방 그 숨결에서 피워 낸 꽃을 찾아 나섰던 길이었습니다. 인제는 또 그걸 찾아 길을 떠나야겠습니다."

이 말을 조용히 듣고 있던 이곳의 왕은 곧 그의 왕궁에 있는 모든 날개 달린 천사의 우두머리들을 한자리에 모이게 한 다음에,

"그 '꽃을 피우며 우는 새'가 어디에 사는지를 아는 천사는 나와 아뢰어라."

하고 분부를 내렸습니다.

그중에서 한 천사의 우두머리가 왕의 앞에 나와 이르기를,

"제가 아옵니다. 그 새는 여기서는 먼 콰아라 산에 살고 계시는 천

사들 나라의 왕의 따님이 기르는 새입니다. 아주 힘센 장사들이 그 새를 늘 지키고 있어 아직까지는 아무도 그 근처엔 얼씬도 못 했사옵니다. 그렇지만 제가 이브라힘님을 모시고 그 장사들이 있는 곳까지 데려다드릴 수는 있사옵니다."

하고는 곧 크나큰 한 마리의 새로 둔갑해서 이브라힘을 등에 태우고 먼먼 하늘을 날아갔어요.

여러 시간을 난 다음에 어느 곳의 땅 위에 이브라힘을 내려놓으며 그 날개 달린 천사는 말했습니다.

"여기서부터 저는 더 안으로는 들어갈 수가 없으니 혼자서 찾아 들어가시도록 하세요. 하지만 조심하셔서 이곳을 지키는 장사들의 비위를 거슬리지 않도록 하셔야 합니다. 저는 여기서 부마님이 돌아오시는 걸 사흘 동안 기다리겠어요. 사흘이 지나도 안 돌아오시면 장사들한테 희생되신 걸로 알고 그냥 돌아갈 수밖에 없겠습니다."

그래 여기서부터 이브라힘은 혼자 걸어서 한참 만에 이 나라의 장사들이 많이 모여 지키고 있는 곳까지 가게 되었는데요.

이브라힘은 먼저 그들에게 솔직해야 한다고 생각하고,

"저는 여기까지 오는 데 꼬박 한 해 동안이 걸렸는데, 여러 사막을 지나며 다섯 명이나 되는 마녀들과 싸워 이기기도 했지요. 내 아버님의 병에 이 나라에 있는 '꽃을 피우며 우는 새'가 피워 내는 꽃이 약이라고 해서 이렇게 찾아온 것이니, 저에게 그 새가 있는 곳을 좀 가르쳐 주십시오."

하고 사실대로 말하며 간절히 사정을 해 보았습니다.

그랬더니 진실은 역시 그들에게도 통하는 것이었는지 그들의 우두머리인 듯한 한 장사는

"사람이 솔직해서 좋군. 우리가 그 새를 지키고 있긴 하지만 그 새를 처리할 권한까지는 못 가졌으니 그건 댁이 알아서 하슈. 내가 그 새가 사는 뜰 입구까지는 데려다 드리지."

하며 이브라힘을 안내해 매우 아름다운 꽃들이 만발한 뜰로 들어가는 사립문 앞에 데려다주었습니다.

이 뜰의 이름은 '달페 바아누의 뜰'이라고 하는데 이건 이 세상의 마지막 산맥인 쾨아푸 산맥의 천사들 나라의 공주인 달페 바아누의 이름을 붙인 것이라고 안내해 준 장사는 말했는데요. 안으로 들어가 보니 여기 천사들은 모조리 시원하고 찬란한 꽃그늘에서 평화로운 한낮의 낮잠들을 주무시고 계셨어요.

그런데 그중에서도 유난히 더 아름다운 꽃그늘에서 온갖 빛깔의 빛나는 보석들로 장식한 침대에 누워 자고 있는 가장 아름다운 천사가 보였는데요. 이 세상의 사람이나 새나 짐승의 혓바닥으로서는 도저히 그 아름다움을 말할 수 없을 만큼 너무나 어여쁜 모습으로 달디단 낮잠에 들어 있는 이 여자가 바로 달페 바아누 공주였어요.

이브라힘이 숨소리를 죽이고 한참 동안 그녀만 바라보고 있다가 문득 눈을 옮겨 그 옆을 보니 바로 거기에 그가 찾고 있던 '꽃을 피우며 우는 새'가 참으로 아름다운 새장 속에서 이어서 울고 또 울고 있었는데요. 이 새가 이 세상 마지막 산의 마지막 곳을 향해 기막힌 가락을 그 울음소리에 담아 울고 있을 때마다 그 부리에서는 연달아

서 기막히게 어여쁜 꽃송이가 피어 나와서 공중을 한동안씩 맴돌다가 각기 그 꽃송이들에 어울리는 꽃나무를 찾아가 내려앉는 것이었습니다.

이브라힘은 미안한 생각을 꿀꺽 삼키고 새장을 재빨리 집어 들고는 그를 기다리고 있는 날개 달린 천사가 있는 곳으로 달려갔습니다.

"어디로 갈까요?"

하고 그 천사가 묻는 것을,

"먼저 우리나라로 가자!"

하여 그가 처음에 형들과 헤어졌던 두 갈림길이 있는 곳에 내렸습니다. 그래 거기에서 너무나 피곤하여 깜빡 깊은 잠에 들었는데요.

그런데 때맞게도 그의 두 형이 빈손으로 이 자리에 다다르게 되어서, 거기 있는 새장을 보자 그것을 가지고 아우보다 먼저 아버지인 왕 앞에 나아가서 그들이 구해 온 것처럼 거짓말로 알려 드렸습니다.

이게 또 문제가 될 뻔했는데요. 그러나 거짓은 어디까지나 통과할 수는 없는 것이어서 울어 주어야 할 이 새는 그들의 거짓 앞에서는 영 울어 주지를 않고 뒤에 이브라힘이 당도한 뒤부터야 그 고운 목청을 돋우어 아름답게 울기 시작했고, 그 울음으로 꽃들도 연달아 피워 내 주었어요. 그리고 그 꽃 한 송이를 아버지 왕의 심장 위의 가슴에 놓아 병을 깨끗이 낫게 했어요.

이브라힘은 그의 조국과 또 아내인 마이무네 공주의 나라 두 곳의 왕이 되었는데요. 그로부터 머지않은 어느 날에는 이 세상의 마지막 산맥인 콰아푸 산맥의 천사들 나라의 더없이 아름다운 공주 달폐 바

아누 양이 일행을 데리고 찾아와서,

"저도 아내로 삼아 주세요."

해서 아내가 둘이 됐어요. 이건 이 지방 사람들에겐 예사로운 일이
니 그리 이해하면 되겠어요.

쑥과 마늘

한국

    옛날 옛적에 날씨가 밝고 맑은 날에, 하늘의 하느님은 그가 가장 예뻐하시던 아들인 환웅과 함께 이 세상을 두루 내려다보고 계셨습니다. 환웅이

    "저기 땅덩어리가 늠름한 호랑이처럼 생긴 나라가 제일 아름답고 좋군요. 그 나라를 맡아 잘되게 해 보겠습니다."

하고 말씀하자, 하느님은 물론 좋다고 하며 우리나라를 그에게 맡기셨습니다.

    그래 바람, 비, 구름, 그 밖에 3천 명의 하늘 사람들을 이끌고, 이 나라에서도 으뜸으로 좋아 보이는 태백산을 골라, 한 그루의 큰 신단수가 있는 곳에 그들의 마을을 꾸미게 했습니다.

    그런데 이 하늘 사람들의 마을 가까운 곳에는 한 마리의 사나운

암호랑이와 미련한 암곰 한 마리가 살고 있었습니다. 그들의 큰 소원은 좋은 사람이 되어 보는 것이어서, 날마다 환웅님을 향해 간절히 마음속으로 빌고 지내게 되었습니다.

환웅님께서는 그들의 소원을 어여쁘게 여기시어 받아들이기로 하고, 쓰디쓴 쑥 한 묶음과 매운 마늘 20개를 주시며,

"너희가 백 날 동안 이 두 가지만 먹고, 햇빛 보는 걸 참고 지내면 좋은 색시가 될 것이다."

하셨습니다.

그래 암호랑이와 암곰은 너무나 좋아하며 그것들을 받아 들고, 햇빛이 안 비치는 굴속에 들어가서 환웅께서 하라는 대로 참고 또 참으며 견디어 보았습니다.

호랑이는 원래가 사납기만 하고 자발머리가 없는 성질인지라, 중간에 그만두고 뛰어나가 버렸습니다.

그래도 암곰만큼은 좀 미련하긴 하지만, 어려운 일에 잘 견디어 참는 끈기만은 넉넉히 가지고 있어서, 이 일에 홀로 성공해 매우 예쁜 처녀로 다시 생겨날 수가 있었습니다.

그리고 드디어는 아직 총각이었던 우리 환웅님에게 시집까지 갔습니다. 정말로 꿀 같은 나날을 보내며, 사람의 배에서 난 사람으로선 우리나라 시조이신 단군 임금님까지도 낳으실 수가 있었습니다.

사람다운 사람이 되자면 제아무리 어두운 역경 속에 놓이고, 제아무리 쓰고 매운 고생을 하더라도 잘 참고 견디어 내는 끈기를 가지고 살아야 한다는 가르침을 이 이야기는 담고 있는 것이지요.

그런데 지금은 잊혀졌지만, 옛적의 이 이야기에는 믿지 않은 쬐끄만 끄나풀이 하나 달려 있었던 것 같기는 합니다.

시골에 사는 여러분들이 종달새가 알을 낳는 보리밭 속에서 가끔 발견하는 그 예쁘장한 까치마늘과 그 꽃 때문인데요.

보통 마늘하고는 비교도 안 될 만큼 훨씬 덜 매운 이 까치마늘이라는 게 그런 이름으로 생겨난 까닭은 과연 무엇일까요?

아마도 단군의 어머님이 되신 암곰이 쑥과 마늘만을 잡수시고 예쁜 처녀가 된 것을 눈여겨 엿보고 있던 어느 암까치가 그걸 샘내서 저도 한번 시험해 보았던 것 같습니다. 그러던 중 쓴 쑥을 쪼아 먹는 데까지는 성공했으나, 너무나도 매운 마늘만큼은 아무래도 감당을 못 하자, 하느님과 환웅님께서는 그걸 또 어여삐 여겨,

"까치, 너희들은 안 매운 이 까치마늘이나 쪼아 먹고 반가운 까치 노릇이나 잘해라."

하고 그걸 만들어 놓으신 것이 아닐는지요.

하늘을 나는 말 페가수스를 타고

그리스

옛날에 동양의 리키아라는 나라에 키메라라는 괴물이 나타나서 사람들을 마구 죽여 살기 어려운 형편이 되었습니다.

머리 세 개가 달린 이 괴물의 한 머리는 무서운 사자의 그것이고, 또 한 개는 양의 그것이고, 또 하나는 아주 징그럽고 독이 많은 독사의 머리였는데요. 이 세 머리에 달린 흉하게 생긴 입들에서는 새빨간 불을 멀리까지 뿜어 대고 있어서, 이 독한 불을 맞은 사람은 누구도 살아남을 수가 없었습니다.

이것은 쉴 때에는 땅속 깊이 들어가 쉬지만, 일단 밖으로 나오기만 하면 어떻게나 빨리 움직여 다니는지 이 땅 위의 누구도 이겨 낼 사람은 없었습니다.

그래 이 나라의 왕인 이오바테스는 무엇보다도 먼저 이 흉악한 괴물 키메라를 물리쳐 버리기로 작정하고 사방에서 힘센 용사를 모아 싸우게 해 보았습니다. 그러나 한 사람도 이것을 당해 낼 수는 없어, 모조리 희생만 되었습니다.

이 나라가 이렇던 때의 어느 날, 이오바테스 왕 앞에는 늠름하게 생긴 한 젊은이가 나타나서,

"제가 그것을 기어코 잡아 없애겠습니다."

하고 나섰으니, 그의 이름은 벨레로폰이라고 했습니다.

벨레로폰은 왕의 신신당부를 받은 다음에 그 흉측한 괴물 퇴치를 위해서 길을 떠났는데요. 발걸음이 바로 그 괴물 쪽으로 옮겨지는가 했더니, 그게 아니라 먼저 여기에서는 꽤나 먼 그리스 쪽으로 향하는 것이었습니다.

드디어 그리스 땅에 닿은 그는 생각한 대로 피레네라고 부르는 맑디맑은 샘물을 찾아갔습니다.

이 피레네라는 이름은 그전엔 어떤 다정한 부인의 이름이었는데요. 그분의 사랑하던 외동아들이 어느 날 불행히도 누가 쏜 화살에 맞아 이 세상을 떠나게 되었습니다.

부인은 너무나 지나친 슬픔에 날마다 울고만 지내다가 온몸이 눈물이 되어 녹아 흘러서 여기 이 샘물이 되었기에 그 부인 이름 그대로를 이 샘에 붙인 것이라고 합니다.

그리고 부인은 죽은 뒤 저승에서도 눈물을 그치지 않아서 끊임없는 눈물이 늘 여기 괴어 이 샘물은 언제나 그득하기만 하다는 이야기입니다.

그런데 여기서 아무래도 미리 밝혀 두어야 할 사실이 있으니, 그건 우리의 주인공 벨레로폰이 왜 하필 이 샘물을 찾아왔느냐 하는 것입니다.

그건, 그의 생각으로는, 이 세상에서 가장 빠른 움직임과 걸음을 가진 그 괴물 키메라를 이겨 내기 위해서는 그보다 빠른 말—하늘을 날아다니는 날개 달린 페가수스라는 말을 찾아 사귀어 타고 괴물 키메라에게 덤벼야만 하기 때문이었습니다.

소문을 듣자니 페가수스가 피레네의 샘물에 가끔 목을 축이러 내려오기도 한다는 것이어서 여기서 페가수스를 만날 수가 있을 것 같아 먼저 찾아든 것이었습니다.

그래 벨레로폰이 피레네의 샘물가에 왔을 때에는 페가수스를 만나면 바로 타기 위해서, 좋은 말안장까지 한 벌 맞추어 대견스럽게 손에 들고 있었습니다.

그러나 우리 벨레로폰이 피레네 샘물가에서 처음 만난 나이 지긋한 농부에게 페가수스를 보았느냐고 물었더니, 그 대답은 모른다는 것이었습니다.

"또 그것이 있다 한들 그까짓 것을 어디에 쓰겠는가? 날개 달린 그 말이 창을 뚫고 하늘로 도망쳐 날아가 버리는 것이나 즐기겠는가? 논밭갈이의 쟁기질이나 어디 제대로 하려고나 하겠는가? 하늘을 날아다니는 날개 돋친 말이라 말발굽을 갈아 신길 필요는 없을 터이니 그거나 한 가지 편리하겠군."

이것이 그의 말이었습니다.

그다음으론 아주 나이가 많은 할아버지 한 분을 만나 물어보았는데, 그 파파노인의 대답은 또 다음과 같은 것이었습니다.

"나도 나이가 어렸을 때에는 페가수스를 믿기도 했었지. 어느 날엔 피레네 샘물가에 말발굽 자국이 찍혀 있는 걸 보고 페가수스의 것이 아닌가 생각하기도 했어. 그렇지만 이제는 모두가 다 아스라해서 뭐가 뭔지 모르겠는걸."

그래 다음에는 이때 마침 이 샘물에서 물을 길어 가지고 집으로 돌아가려고 물동이를 머리에 이고 서 있던 마을 처녀에게

"당신 눈을 보니, 당신은 틀림없이 페가수스를 보셨을 것 같은데 어떻습니까?"

하고 물었습니다.

처녀는 수줍음에 두 뺨을 붉히며,

"예, 페가수스인지 너무나 큰 새인지는 잘 분간할 수 없었지만 아주 높은 하늘을 날아가고 있는 걸 보기는 보았습니다. 그리고 또 어떤 때에는 그 울음소리도 똑똑히 들었습니다. 공중에서 뜻밖에 어떻게나 우렁차고 아름다운 말 울음소리가 들려왔던지 그것이 지금도 귀에 울리는 듯합니다."

하고 아까의 나이 든 농부나 노인과는 달리 대답하는 것이었습니다.

그래서 그다음에는 어느 틈엔지 나그네인 벨레로폰 바로 옆에 바짝 다가와서 귀를 기울여 듣고 있던 마을의 한 소년에게

"그대는 아마 틀림없이 페가수스를 보았을 것 같은데?"

하고 물어보았습니다.

아니나 다를까 그 소년은

"보았어요. 어저께도 보았고, 그전에도 많이 보았어요."

하고 대답했습니다.

"저는 여기 피레네 샘물에 종이배도 접어 띄우며 놀고, 또 샘물 바닥에 깔린 예쁜 조약돌도 주우려고 거의 날마다 오는데요. 샘물을 가만히 들여다보고 있으면 거기 어리는 높은 하늘에서는, 하늘의 말이 날고 있는 모습이 가끔 비쳐 왔어요. 그럴 때마다 저는 그 말이 어서 하늘에서 내려와 나를 등에 태우고 가 주기만을 마음속으로 빌고 있었죠."

그래 벨레로폰은 이 소년과 부끄럼 많은 마을 처녀의 말을 믿기로 하고, 피레네 샘물가에서 그 물에 비치는 것도 들여다보고, 또 밖으로 나와서 하늘을 우러러 자세히 살펴도 보며, 페가수스가 나타나기를 기다리기로 했습니다.

물론 그의 곁에는 낮에는 그 소년 친구가 자주 나타나서 힘을 북돋아 주고 있었습니다.

그렇게 페가수스를 기다리고 지내기 여러 날 만인 어느 날이었습니다. 벨레로폰은 소년과 함께 피레네 샘물 위에 페가수스의 하늘을 나는 모습이 나타나 비치기만을 이땐가 저땐가 굽어보며 기다리고 있었는데요.

소년이 뜻밖에 벨레로폰의 손을 꼭 쥐며 숨을 죽이고,

"보셔요. 물 위를 보아요. 나타났어요. 나타났다니까요."

하고 소곤거렸습니다.

벨레로폰이 샘물 위를 자세히 들여다보니까요. 아니나 다를까, 하늘의 흰 구름 사이로 대단히 번쩍이는 큰 새 같은 것이 한가로이 날아오고 있는 게, 거울같이 맑은 물 위에 비쳐 보였습니다.

구름 사이에서 좀 더 아래로 내려오는 모습을 보니 유난히도 번쩍이는 것은 그 큰 두 개의 은빛 날개였습니다. 그것은 마치 온통 다이아몬드로나 된 것처럼 눈부신 빛이었어요.

틀림없는 페가수스였습니다.

페가수스가 여기 피레네 샘물에 목을 축이려고 가끔 내려온다는 사실을 잘 알고 있는 벨레로폰과 마을 소년 두 사람은, 혹시 페가수스가 여기로 향해 오다가 그들이 샘가에 있는 걸 보고 그만 달아나버리지 않을까 염려해서요, 저만큼 우거져 있는 수풀 속으로 잠시 숨어서 페가수스의 동정을 살피기로 했습니다.

바스락 소리도 안 나게 온몸이 완전한 침묵 그것이 되어 두 사람은 숨어 엿보고 있었습니다.

페가수스는 우리 농악대의 패랭이 위의 열두 발 상모가 신바람 나서 만들어 내듯, 재빠르게 아름다운 원을 공중에서 이어서 그리며 내려와서 마침내 피레네 샘물가의 풀밭에 금빛 찬란한 발굽을 내디뎠습니다. 비로소 접은 두 날개와 온몸에서 쏘는 빛으로 수풀 속까지도 환하게 되었습니다.

하늘에서 온 이 말은 피레네의 샘물을 보자, 이 세상의 건강한 말들이 기쁠 때 하는 것처럼 두 줄의 위아래 이빨을 드러내 보이며 힝힝거리고 소리쳐 웃었습니다. 그러나 그 웃음소리에 담긴 큰 사랑의 느낌이나, 드러난 이빨들의 황홀한 빛남은 물론 이 세상 것은 아니었습니다.

이윽고 페가수스는 피레네 샘물가로 가, 그 의젓한 머리를 물 위에 숙이고 한 모금, 두 모금 쉬엄쉬엄 물을 마시기 시작했습니다. 그지그시 감은 눈에 배어 나오는 눈웃음으로 보아 여기 물맛이 무척 그리웠던 것 같았습니다.

물 마시기를 마친 그는 샘가의 풀밭으로 나와 네 잎 달린 클로버만을 골라 조금 맛보고 있더니, 이내 풀밭에 누워 네발을 하늘로 쳐들고 흔들었습니다. 그러고는 마치 어머니 곁에서 너무나 기분 좋은 아기가 뒹굴듯 뒹굴기 시작했습니다. 그렇게도 즐거운 모양은 또 이 세상에서는 보기 어려운 것이었습니다.

그래 이것을 지켜보고 있던 벨레로폰은 페가수스가 하늘로 돌아가려고 일어서기가 바쁘게, 한 팔에 말안장을 껴안은 채 나는 호랑이처럼 냉큼 등 위에 올라타고 말았습니다. 올라탄 뒤에 재빨리 말안장도 얹고, 재갈도 물리고, 고삐도 달아, 이 말을 다루어 하늘을 날아가게 되었습니다.

"페가수스야. 나 벨레로폰은 땅 위에서 제일로 잔인한 괴물 키메라를 없애려고 네 신세를 지기로 했다. 키메라를 놓아두고는 세상 사람들이 안심하고 살 수가 없으니, 너도 내 뜻에는 반대 안 할 줄로 안다. 어서 빨리 키메라가 있는 리키아로 날아가자!"

이렇게 벨레로폰이 페가수스의 등을 어루만지면서 말하니, 하늘의 말 페가수스는 찬성의 뜻으로 코를 벌름거리며 흥흥거리고 웃었습니다.

웃을 때만 그러는 것인지, 그 웃음소리에서는 정말로 아름다운 향기가 퍼져 나와서 하늘 한쪽을 적시고 있었습니다.

페가수스는 마치 비행기가 처음 하늘에 날아오를 때처럼 하늘로 하늘로 구름을 뚫고 치솟아 올라가더니, 구름 한 점 없는 아주 높고 맑은 하늘에 이르렀습니다. 그리고 동쪽으로 동쪽으로 한참을 또 날아가서 드디어 온갖 꽃과 수풀이 무성한 헬리콘이라는 높은 산에 잠시 내렸습니다.

이 산은 어디냐 하면, 해의 신 아폴론과 아홉 명의 예술의 여신 즉 뮤즈들이 모이는 곳으로 페가수스가 사는 곳도 여기였던 것입니다.

페가수스는 여기서 벨레로폰이 장차 키메라와 싸울 때 쓸 창과 칼과 방패 등을 구해 갈 작정이었어요. 그래 이 헬리콘 산에서 예술의 온갖 아름다움과 기술을 다해 만든 무기들로 무장한 벨레로폰은 그의 마음속을 환히 다 잘 아는 페가수스의 도움을 받아, 비로소 키메라가 살고 있는 곳으로 다시 내려오게 되었습니다.

어디로 어디로 어떻게 돌아서 얼마를 왔는지, 그들은 드디어 세 줄기의 크고 검은 연기가 바로 밑에까지 뻗쳐오르는 것이 뚜렷이 보이는 곳까지 왔습니다.

연기는 키메라가 숨을 쉴 때마다 그 세 개의 머리에 달린 코에서 풍겨 나왔습니다. 검은 연기 기둥을 따라 내려가 보니, 그것은 리키아의 어느 산 변두리의 동굴에서 나와서 솟아오르고 있었는데요. 근처에 사람과 짐승의 뼈와 해골이 군데군데 쌓여 있는 것을 보면 이

동굴은 키메라의 집임엔 틀림없었습니다.

이것을 안 순간, 벨레로폰은 페가수스의 등을 손바닥으로 두들겨 그리로 돌진할 것을 명령해 날아가게 했는데요. 그들이 가까워 오는 기척을 알아차린 키메라는 단단히 한 싸움 겨루어 볼 작정으로 동굴 밖으로 나타나 덤비어 왔습니다.

키메라의 세 개의 머리 중에서 양의 머리 모양을 한 것과 사자의 머리 모양을 한 것은 그동안 잠을 자다가 깨어난 것들이라 아직도 좀 어리둥절해 보였습니다. 그래 우리 벨레로폰은 먼저 그 양의 머리 모양을 한 것을, 아폴론의 뮤즈들이 준 칼을 휘둘러 내려쳤습니다. 그랬더니 이건 그 이름이 양의 머리여서 그런지 싹둑 잘라졌습니다.

그러나 사자의 머리 모양을 한 것은 쉽지가 않았습니다.

알다시피 사자라는 놈은 무엇보다도 앞발들과 발톱의 힘이 유난히도 센지라, 그것들을 치켜들고 덤비어 오는 데는 하늘의 말 페가수스도 때때로는 재빨리 피해 달아나기도 해야 했습니다. 우리 용사인 벨레로폰도 한쪽 어깨에 어느 만큼의 상처까지 입어야만 했구요.

그러나 그중에서도 가장 무서운 것은 용의 모양을 한 독사로 된 머리였습니다. 양과 사자로 된 두 머리가 드디어 벨레로폰의 칼과 창끝의 제물이 된 것을 보자, 마지막 남은 큰 독사로 된 머리는 크게 벌린 핏빛의 새빨간 입에서 아주 독한 불을 뿜어내며, 소름이 끼치는 잔인한 큰 소리로 이어 울부짖고 있었습니다.

그 불길은 5백 미터쯤까지 뻗쳐 왔고, 무서운 소리는 2백 리 밖에 살고 있던 이 나라 왕의 귀에까지 들리어 부들부들 떨게 할 정도였습니다.

독사 머리는 그 입에서 뿜어내는 불 속으로 페가수스와 벨레로폰이 피해 다니는 틈을 타서, 마침내 하늘의 말 페가수스의 한쪽 발을 칭칭 감고 말았습니다. 이에 당황한 말은 하늘로 하늘로 치솟아 올랐습니다.

그렇지만 우리 벨레로폰이 그걸 그대로 두었겠습니까? 벨레로폰은 허리를 굽혀 그것의 흉악하고도 더러운 두 눈동자를 뚫어지게 바라보는 순간, 용기백배하여 모가지를 창으로 찔렀습니다. 또 칼로 쳐 끊어서 우리 페가수스의 발을 풀게 하고, 그것이 불타며 드디어 한 개의 큰 잿더미로 땅에 내려 쌓이게 해 버렸습니다.

이렇게 하여 무서운 괴물 키메라는 없어지고 세상 사람들은 평화를 되찾게 되었습니다.

벨레로폰과 페가수스도 각기 집으로 돌아가 자유와 평화를 다시 누리고 살게 되었고요.

닭싸움을 좋아하는 왕과 그 아들

인도네시아

옛날 옛적 인도네시아에 아주 권력이 좋은 임금님이 살고 있었어요. 그에게는 매우 총명한 외아들인 왕자가 있어 왕의 사랑을 독차지하고 있었습니다.

이 왕자님은 소년 시절부터 무엇보다도 닭싸움 보는 걸 즐기게 되어서, 드디어는 아버지가 하라는 공부도 다 그만두고 오직 닭싸움에만 빠져들게 되어 아버지의 걱정거리가 되고 말았습니다.

아버지인 왕이 아무리 타이르고 달래도 소용이 없고, 꾸짖고 매를 때려도 왕자가 닭싸움만 좋아하는 버릇을 고치지 못하자, 왕은 마침내 '이 자식은 장래의 왕감이 되지 못한다'고 체념하고는 아들을 왕궁에서 쫓아내 버렸습니다.

그래 쫓겨난 왕자는 이리저리 떠돌아다니면서 마을에서 벌어지는 닭싸움이나 보고 지내다가, 멀리멀리까지 가게 되어서 드디어 어느 울창하고 신비한 큰 수풀 속에 접어들게 되었어요.

여러 날을 밤과 낮으로 무성한 수풀을 헤쳐 나가다가 보니, 햇빛에 빛나는 대나무 수풀가에 한 젊은 여자가 눈부시게도 아름다운 모습으로 함박꽃 같은 미소를 띠며 활짝 서 있는 것이 보였습니다.

"여기서 혼자 무얼 해?"

하고 왕자가 물었더니, 그 여자는

"혼자만 남았으니 혼자서 살밖에요."

하고 대답하며 그를 대나무와 야자 잎사귀들로 얽어 만든 그녀의 오두막으로 안내해 들이고는, 그녀가 일찍이 부모를 여윈 뒤로 늘 여기서 이렇게 혼자서 하늘과 수풀과 짐승과 새들만을 사귀며 재미나게 살고 있다는 걸 이야기해 주었습니다.

그래 이 수풀 속 대나무 오두막에서 한동안 같이 지내는 동안에 두 남녀는 정이 깊이 들어서 마침내 둘만의 결혼식도 치렀고 또 오래지 않아 아내는 아이를 배게 되어서 드디어 일곱 달째가 되었는데요.

뜻밖에도 이때 이 나라의 왕이 세상을 떠났다는 기별이 이 수풀 속에까지도 전해져 와서, 왕자는 임금님의 자리를 물려받지 않을 수 없어 서둘러서 떠나느라고 그의 아내더러는 당분간 여기 머물러 있으라고 하고 혼자서 길을 떠났습니다. 물론 배 속에 아이까지 가진 아내는 울며불며 따라가겠다고 졸랐지만 별 소용이 없었어요.

왕자는 왕궁으로 돌아가서는 아버지의 왕 자리를 이어 맡아서 이 나라의 어엿한 임금님이 되었는데요. 그래도 '제 버릇 개 못 준다'는 말이 있듯이 왕이 된 뒤에도 틈만 있으면 소년 때에 재미 붙인 그 닭 싸움만 즐기고 지냈다나요.

그러신데요, 먼 수풀 속에다 남겨 두고 온, 아이를 가진 지 일곱 달 이나 됐던 그 아내가 있잖아요. 열 달이 차자 튼튼한 옥동자를 낳게 되어 무럭무럭 잘 길러냈는데, 일고여덟 살 무렵부터는 이 아이도 제 아버지처럼 닭싸움을 무엇보다도 좋아하는 버릇이 나타나기 시 작했어요.

그건 다름이 아니구요, 그의 어머니가 그를 낳기 며칠 전에 매가 채서 발로 붙잡고 날아가던 좀 큰 병아리 한 마리를 잘못하여 그녀 의 앞에다 떨어뜨린 일이 있었는데요. 요행히도 이 병아리는 아직 살아 있어서 정성을 다해 날마다 돌보아 길렀더니만, 이건 수컷이고 또 매우 사나운 싸움닭이 되어서 날마다 딴 수탉들과 싸워 이겨 먹 기만 했어요. 이 닭이 이 집에서 살게 된 지 며칠 뒤에 낳은 이 집 아 이는 이 닭과 가까이 자라는 동안에, 저절로 늘 싸워 이기는 이 수탉 을 좋아하게 되었고, 또 닭싸움도 무척 즐기게 되었던 것이에요.

이 수탉과 함께 자란 아이의 나이도 불어나서 드디어 어엿한 젊 은이다운 소년이 되었는데요. 들려오는 소문을 들으니 닭싸움을 좋 아하는 이 나라의 왕께서 며칠 뒤에 왕궁에서 닭싸움 대회를 연다고 했어요. 이 소년도 그의 친구인 수탉과 함께 이 대회에 참가하기로 했습니다.

그러나 그의 어머니가 아직까지도 왕이 소년의 아버지라는 걸 말 하지 않았기 때문에 이 소년은 그것도 까맣게 모르고 그의 아버지 앞에 나서게 되었던 것입죠. 그의 어머니는 자기를 혼자 남겨 두고 가서 소식이 없는 왕을 창피하게 생각하여 그 말을 아들에게 전혀 내비치지를 않았던 거구요.

그야 어쨌든 이 소년은 친구인 싸움닭을 품에 안고서 모든 도전자들과 함께 왕의 앞에 나아가, 마침내는 왕의 닭과 더불어 한바탕 싸움을 벌이게 되었는데요. 왕의 수탉과의 싸움에서 우리 소년의 닭은 너무나도 멋있게 이겨서 왕의 찬사를 듣고, 또 상금으로 큰 주머니에 하나 그뜩한 돈도 받게 되었습니다.

아 참, 소개가 좀 늦었지만 이 소년의 이름은, 그의 수탉이 울 때마다 늘 '판지 케라라스!' 하고 소리 내 울었다고 해서 이것을 그대로 따 판지 케라라스라고 했는데, 판지 케라라스는 많은 돈을 상금으로 얻어 가지고 어머니한테로 돌아가 한동안을 잘 지내게 되었지요.

그런데 오래지 않아서 이 나라의 왕은 나라를 통틀어 훨씬 더 큰 닭싸움 대회를 열고, 그의 싸움닭들 중에서도 가장 힘이 좋고 뛰어난 닭을 내어놓고 도전자를 널리 청한다는 방을 내걸게 되었어요. 물론 우리 판지 케라라스도 그의 닭을 품에 안고 이 시합에 또 참가하게 되었는데요.

이번에는 내걸린 상금도 아주 두둑해 큰 보따리에 하나 가득한 황금 덩어리들이었습니다. 그런데 이번 시합에는 새로운 규칙이 하나 덧붙여졌으니, 왕의 닭에게 도전하려면 도전자들도 왕이 내놓은 상인 황금 보따리에 해당하는 돈이나 무슨 보물을 마주 내걸라는 것이었습니다.

그래 우리 판지 케라라스는 왕의 앞에 나아가서 말했습니다.

"무슨 보물도 목숨보다 더 중요한 것은 없으니 저는 제 목숨을 걸지요. 만일에 저의 닭이 지걸랑 제 목을 자르라고 하세요."

드디어 넓은 궁전 뜰에서 왕의 가장 힘센 수탉과 판지 케라라스의 수탉의 싸움판이 벌어졌는데요. 글쎄 우리 판지 케라라스의 수탉은 어떻게나 센지, 꼭 단 한 번을 왕의 닭의 머리를 부리로 찍었을 뿐인데도 왕의 닭은 그만 그 한 방에 두 다리를 하늘로 뻗고 나동그라져서 숨을 거두고 말아 이번에도 승리는 순식간에 우리 소년 판지의 것이 되고 말았습니다.

그래서 우리 판지는 그 무거운 황금 보따리를 상으로 받아들고 즐거운 구슬땀을 흘리며 어머니한테로 돌아갔는데요. 몰래 그의 뒤를 따라온 사나이 하나가 있었으니, 그것은 누구냐 하면 우리 판지와의 닭싸움에서 진 바로 그 왕이었습니다.

왕은 닭싸움에서 두 번이나 그를 이긴 이 소년의 얼굴이 그전에 그와 같이 살던 여인의 얼굴과 너무나 많이 닮은 것에 감동하여 숨어서 그의 뒤를 밟아 가 보았던 것인데요. 이 소년의 어머니가 옛날의 자기 아내였다는 것을 알게 되었을 때의 느낌은 어떠했겠습니까?

왕은 판지 케라라스와 그 어머니에게 지난날의 잘못을 빌고 두 사람을 다 왕궁으로 데려가서 뒤에 판지로 하여금 그의 왕 자리를 잇게 했습니다.

나이아가라 폭포에서 뛰어내린
샘 패치 씨의 이야기

미국

인류 역사상 맨 처음으로 높고도 넓고 또 웅장한 나이아가라 폭포를 맵시 있게 뛰어내린 미국의 용사 샘 패치의 이야기를 시작하기 전에, 먼저 우리는 그가 다이빙을 시작하기 5일 전에 버펄로란 곳에서 미국과 캐나다의 팬들에게 보낸 편지를 읽어 보는 것이 그때 그의 기개를 알기 위해 좋을 것 같아 그 내용을 간추려 보겠습니다.

제가 나이아가라 폭포에서 뛰어내리는 솜씨를 여러분께 보여 드리려는 게 늦어져서 미안하군요…… 그런데 이번에 여러분들이 도와주셔서 여기까지 오는 여비도 얻고, 또 제가 뛰어내릴 곳의 땅 주인의 허락도 얻어 이 세상 생긴 뒤 처음으로 이 공중과 물속의 재주를 보여 드리게 되어서 기쁩니다.

신사 숙녀 여러분. 10월 17일 토요일 오후 3시 정각에, 저는 높이 40미터의 나이아가라 폭포 위 언덕에서 소용돌이치는 폭포 아래 늪 속으로 뛰어내리기로 했습니다. 그래서 이날 아침 버펄로에서 나이아가라로 가는 기선을 타게 되는 저는 특히 숙녀 여러분의 재미를 위해서 저의 윗저고리를 훌렁 벗어 가지고 돛대 꼭대기에 올라가서 기념으로 강물에다 내던져 보여 드리겠습니다.

그의 약속 그대로 샘 패치는 1829년 10월 17일 아무도 뛰어내릴 엄두를 못 냈던 나이아가라 폭포를 무사히 뛰어내려 미국에서뿐만이 아니라 전 세계에서 대표적인 용기의 영웅이 되었는데요.

그가 이렇게 되도록까지 살아온 길을 잠시 살펴보면, 확실히는 모르지만 그는 1807년쯤에 미국의 로드아일랜드에서 나서 젊어서 몇 해 동안은 뱃사람이 되어 배를 타고 다녔고, 그 뒤에는 뉴저지 주의 패터슨이라는 곳에서 무명옷감을 생산하는 공장의 직공 생활도 했다고 합니다.

그가 높은 곳에서 뛰어내리는 그 점프라는 걸로 유명해지기는 뉴저지 주에 있는 패세익 강의 다리 위에서 75피트의 높이를 무사히 뛰어내린 때부터였으며, 그 뒤 이어서 각지로 떠돌아다니며 높은 절벽이나 강 위의 다리에서 여러 차례 뛰어내렸고, 배의 돛대 위에서 바다로 뛰어내리기도 예사로 즐기고 지냈다고 합니다.

그런데 그가 나이이가라 폭포에서의 점프에 성공한 지 한 달쯤 뒤인 1829년 11월 13일 나이아가라 폭포 높이 정도의 제네시 폭포에서 다시 뛰어내린 게 그의 마지막이 되고 말았습니다.

　그는 나이아가라에서 그리 멀지 않은 곳에 있는 이 폭포에서 뛰어내리기 직전에 한 연설에서,

　　나폴레옹은 위대한 사람이라 여러 나라를 정복했고, 웰링턴은 더 위대해서 그 나폴레옹까지도 정복했습니다. 그렇지만 이 제네시 폭포만큼은 뛰어내려 보지 못했지요!

하고 큰소리로 외치며 아래로 쏜살같이 뛰어들었던 것인데 이것이 그의 용기의 마지막 표현이 되었고, 그의 시체는 이듬해인 1830년 3월 17일에야 제네시 강의 하구에서 언 채로 발견되었습니다.

　그러나 미국 사람들 중에는 '그가 죽었을 리 없다'고 생각하는 이들도 있어, '그가 언뜻 지나가는 것을 보았다'고 말하는 사람들도 있다고 합니다.

아름다운 나라 이야기

프랑스

옛날 프랑스 어느 시골의 숲속에서 홀어머니가 어린 아들딸 남매를 데리고 아주 쓸쓸하고 가난하게 살고 있었는데요.

어머니가 병들어서 세상을 떠나자 두 어린아이는 엄마가 죽은 줄도 모르고 한동안 시체에 매달려서 울고불고하는 것을, 이웃에 사는 아이가 없는 산지기가 데려다가 불쌍히 여기며 돌보아 길러 냈습니다. 사내아이의 이름은 샤를이고, 누이동생의 이름은 마리안이라고 했습니다.

샤를은 어려서부터 아주 총명한 아이여서 양아버지에게서 글을 읽고 쓰는 걸 쉽게 배웠고, 책을 볼 줄 알게 되자 이것저것 책 읽기에 재미를 붙였는데, 그가 읽던 책들 중에서 가장 좋아한 것은 『아름다운 나라 이야기』였습니다.

온 유럽에서도 옛날부터 가장 아름다운 곳으로 이 책이 소개하고 있는 신비한 이야기들에 어린 샤를의 호기심과 그리움은 나날이 더 커지기만 했지요.

그래 양아버지를 따라 숲에서 총으로 사냥을 할 만한 젊은이가 되자, 샤를은 그의 양아버지에게

"아무래도 그 아름다운 나라를 한번 가 보아야겠어요. 가죽 장화를 한 켤레만 구해 주세요."

하고 애타게 사정을 했습니다.

양부모는 친자식이나 다름없이 정이 든 샤를을 멀리 혼자 떠나보내기가 몹시 섭섭했지만, 아들의 결심이 철통같은데 막을 수가 있겠어요? 눈물로 그를 떠나보낼 수밖에 별 도리가 없었지요.

그리하여 샤를은 머나먼 길을 터덕터덕 여러 날 여러 달을 걷고 또 걸어서 드디어 그리던 나라에 도착했는데요.

그 아름다운 나라는 샤를이 상상하던 것보다도 또 다른 사연을 많이 지닌, 참으로 신비하고도 묘한 곳이었습니다.

그는 이 나라를 다스리는 왕의 호화찬란한 궁전 앞에 서서, 건너다보이는 무너져 버린 낡은 성을 바라보다가 걸어 나와서 어느 여관에 들었는데요. 그 여관 주인에게,

"왕궁 앞에 있는 그 낡아 빠진 성은 무엇입니까? 화려한 왕궁에는 잘 어울리지 않는데요."

하고 물었습니다. 주인은

"그것 말입니까? 그건 옛날부터 거기 있었던 성인데, 이제는 너무

나 보잘것없이 낡아 버려서 왕은 그걸 헐려고 여러 차례 시도했지만, 번번이 실패만 했지요."

하고 대답하며 말을 이었습니다.

그의 말을 더 들어 보면, 그 성은 낮에는 아주 흉하게 보이지만, 밤이 되면 창마다 불빛이 휘황찬란하게 비치고 잘 차려입은 많은 사람들로 붐빈다는 것이었습니다.

그래 여기에 한 연대의 군인들을 들여보낸 일도 있었지만 하나도 살아 돌아온 사람이 없어서, 지금은 그저 체념만 하고 있으며, 밤에는 흥청거리던 성이 아침이면 흉물스럽게 변하는 까닭을 알아 오는 사람에겐 큼직하게 한 재산 만들어 주겠다는 방까지 붙였지만 여기에 솔깃하여 성에 들어갔던 사람들 중 누구도 살아 돌아온 일은 없다는 것이었습니다.

샤를은 자기가 이 염탐꾼이 되어 보기로 하고, 그길로 바로 왕을 찾아갔습니다.

"제가 그 성에 들어가서, 어떻게 낮에는 그토록 쓸쓸하던 곳이 밤에는 휘황찬란한 법석판이 되는지 그 까닭을 알아 오겠습니다."

하고 그가 왕에게 말했더니,

"네 젊은 목숨 잃는 것만 아깝지, 네 힘으로는 그걸 알아 오지 못할 것이다."

하고 왕은 승낙하지 않았으나, 샤를이 거듭거듭 간청하고 사정하여,

"그럼, 어디 들어가 볼 테면 들어가 보아라."

하고 왕이 겨우 승낙해서, 그는 왕에게서 총알을 넉넉하게 넣은 총

한 자루와 먹을 빵과 소시지만을 얻어 가지고 혼자서 밤에 그 성안으로 들어갔습니다.

들어가 보니 성안은 텅텅 비어서 사람이라곤 그림자도 보이지 않았습니다. 샤를은 조그만 방에 놓인 책상 앞에 앉아 기도서를 펴 들고 '어두운 심연에서'라는 대목을 읽고 있었는데, 한밤중이 되니 거인이 나타나 그의 앞을 가려 서며,

"저녁 먹었나?"

하고 귀청이 떨어질 만한 큰 소리로 말했습니다.

그래 샤를이 태연히,

"예, 댁도 저녁 드셨나요?"

하고 대답하고 있는 판인데, 바로 이때 또 한 거인이 나타나며,

"저녁 먹었나?"

하고 물었습니다.

그래 샤를이 또 그 인사말을 받아 천연덕스럽게,

"예, 당신은요?"

하니, 그는 여기서 뭘 하고 있느냐고 물었습니다.

샤를은, 여기서 무슨 일이 생기나를 지켜보면서 기도서를 읽고 있는 중이라고 대답했더니만, 그 거인은 이번에는

"너, 여기가 무섭지 않느냐?"

하고 물었습니다. 그 소리가 어떻게나 크고도 서러운지 온 땅덩이가 부르르 떨릴 만한 것이었습니다.

그러나 샤를은 정신을 바짝 차리고,

"같은 사람끼리 무섭기는 뭐가 무서워?"

하고 용기를 내어 한마디 했더니, 비로소 거인들은 웃는 낯이 되어,

"안 무섭다? 그러면 너는 이 성에 걸려 있는 마법을 풀 수도 있겠다. 이리 따라온."

하며 샤를의 앞을 서서 이끌고 갔습니다.

샤를은 그들을 따라 계단을 내려가서 지하실로 들어갔는데, 거기에는 죽은 사람들의 시체가 든 관들이 놓여 있었습니다.

거인 중 하나가 그 관들을 손가락으로 가리키며,

"이 관들 속에는 이 세상에서 죄를 짓고 지옥에서 고생하는 사람들의 시체가 들어 있다. 밤마다 휘황찬란한 불빛 속에 들리던 법석 소리는 사실은 지옥에서 벌을 받는 이 죄인들의 아우성이었다. 이 사람들을 구원하려면 좋은 땅을 골라 이 시체들을 다시 잘 묻고, 앞으로 1년 동안 영혼의 안식을 비는 미사를 올리면 된다. 너는 겁보는 아니니 네가 맡아 해 보겠느냐?"

하고 말했습니다.

샤를이 그렇게 하겠다고 대답하자 거인은

"그렇게 해 준다면 상으로 이 성은 네 것이 되고, 이 성의 큰 보물도 네가 차지하게 된다. 그렇지만 너는 가장 가난한 처녀를 네 아내로 맞이해야만 한다."

하고 말했습니다.

이튿날 아침이 되자 거인들도 보이지 않게 되어서, 샤를은 일단 성 밖으로 나왔습니다. 나와서 뒤돌아보니, 성은 그전처럼 낡은 폐

허로 보이지 않고 말쑥한 새것처럼 솟아 있어서 꿈만 같았습니다.

그는 왕의 앞에 나아가 어젯밤 그 성에서 겪은 일들을 자세히 알려 드리고, 성당에 의뢰하여 지하실 속의 시체들을 좋은 땅을 골라 옮기어 묻는 일, 앞으로 한 해 동안 지옥에 있는 넋들의 안식을 위해 기도드리는 일을 진행하게 해 주기를 간곡히 이야기했습니다.

물론 왕은 이 모든 것을 쾌히 승낙하고, 샤를이 살아 돌아온 것과 옛 성이 낮에도 폐허로 보이지 않게 된 사실을 무척 기뻐하면서 그를 새 친구로 환영해 주었습니다.

일이 이쯤 되었으니, 샤를은 이제 한시름 놓고, 거인이 말한 자기의 짝이 될 가장 가난한 처녀를 찾아 나설 차례가 되었지요. 밤에 성 안에서 거인이 예언했던 그 처녀를 찾아서 말입니다.

그래 샤를은 좋은 딸을 가진 아주 가난한 집만을 물어 찾아다니다가, 어느 날 한 마을 끝의 오막살이집 창가에서 뜨개질을 하고 있는 한 처녀를 발견하게 되었는데요.

가난 속에서도 잘 참고 견디며 노력하고 있는 성실함과 얌전하고 순진한 태도, 거기에 또 드물게 아름다운 얼굴과 그 밖의 모습들이 그의 마음을 끌어 샤를은 저절로 그 집을 방문해 처녀의 앞에 섰습니다.

조용히 이것저것 물어보았더니, 그녀의 아버지는 벌써 돌아가신 지 오래이고, 홀어머니가 먼 들에 나가 남의 목장에서 날마다 양들을 치고 지내는데, 저녁에 돌아올 때 거기서 품삯으로 받아 오는 양의 젖을 먹고 또 팔아 겨우 살고 있다고 말했습니다.

샤를은 그를 아내로 삼기로 작정하고,

"어머니가 돌아오시거든 내가 내일 저녁 식사를 댁에서 같이하고 싶다고 말씀하십시오."

하며 식사 준비금으로 얼마간을 처녀에게 주었습니다.

처녀의 이름은 마리안이라고 했습니다. 마리안이라면 양부모의 집에 두고 온 누이동생과 같은 이름이어서 그것도 반가웠습니다.

이튿날 저녁 식사 때 샤를은 처녀의 오막살이를 찾아가서 그녀의 어머니에게 예의 바르게 인사를 드리고, 마리안과의 결혼을 정식으로 신청했습니다.

마리안은 처음엔 자기 집이 너무나 가난하다며 결혼 신청을 사양했지만, 샤를이 그들 모녀가 견디어 내고 있는 가난을 오히려 자랑으로 여긴다며 거듭 간청하는 바람에 나중에는 잠잠히 받아들였습니다.

그래 날을 받아서 그들의 결혼식은 성대히 치러졌는데, 그 자리에는 샤를의 친구가 된 이 나라의 왕도 좋아하며 축하하러 참석하였습니다. 이 신혼부부는 인제 이 고장의 오랜 성의 어엿한 주인으로서, 또 성안의 온갖 보물들을 차지한 큰 부자로서, 그 어마어마하게 화려한 성안으로 이사를 해 행복한 나날을 보내면서, 그 부인은 또한 매우 정숙한 아내로서 이 고장에 널리 알려지게 되었는데요.

'좋은 일에는 마귀가 따라다닌다'는 말이 있듯이, 샤를 부부의 행복한 생활에도 그걸 무너뜨리려고 대드는 마귀가 드디어 나타났습니다.

샤를 부부가 새살림을 꾸민 성에서 그리 멀지 않은 곳에 또 한 사람의 부자 사내가 살고 있었는데요. 그는 샤를의 아내 마리안이 드문 미인이고 정숙한 아내라는 소문에 시샘하는 마음이 일어나서, 어느 날 샤를을 마을의 찻집에서 만나자,

"당신의 부인은 열녀라고 소문이 났는데, 그게 정말이십니까? 어디 내가 한번 시험을 해 볼까요?"

하고 뻔뻔하고도 대담하게 시비를 걸어왔습니다.

샤를은 여기에 지지 않으려고,

"당신 따위가 내 아내를? 어림없는 수작 마시오!"

했더니,

"그럼 우리 서로 전 재산을 걸고 내기를 합시다. 당신의 부인이 내 유혹에 빠지면 당신의 재산은 내 것이 되고, 만일에 안 빠지면 내 재산은 무엇이든지 다 당신 차지가 되는 것으로 합시다."

하고 적극적으로 덤비는 것이었습니다.

이렇게 되면 사내가 못 하겠다고 물러설 수는 없어서, 또 아내를 하늘처럼 믿는 마음에서, 샤를은

"좋소! 어디 재주껏 해 보시오!"

하고 전 재산을 다 거는 내기에 참가하고 말았습니다.

그런데 이 비겁하고 너절한 사내는 샤를이 사는 성과 재산을 다 빼앗으려고 잔꾀를 부려서, 샤를의 아내 마리안의 친정어머니와 친한 노파를 돈으로 구슬려 가지고는, 자기는 공기구멍을 몇 개 뚫은 큰 나무 상자 속에 들어가 숨고, 그 노파더러 이 상자를 갖다가 마리

안의 침실에 들여놓게만 해 달라는 것이었습니다.

그래 돈에 홀린 노파는 그 상자를 가지고 자기 친구의 외동딸인 마리안을 찾아가서

"애, 내가 어제저녁에 남편하고 싸워서 많이 두들겨 맞았지 뭐냐. 다시 남편 곁으로 돌아갈 생각은 없다. 그러니, 당분간 입고 쓸 중요한 것들을 넣어 온 이 상자를 오늘 하룻밤만 네 옆에 두고 지켜 다오. 남편이 쫓아와서 이걸 찾더라도 내어 주어서는 안 된다. 있을 곳을 구해 놓고 내일은 꼭 가져가마."

하고 감쪽같이 선량한 마리안을 속여, 사내가 숨어 있는 그 상자를 마리안의 침실에 들여놓게 했습니다.

밤이 되자, 마리안은 결혼반지를 빼 놓고 잠옷으로 갈아입은 다음 잠자리에 들었습니다.

비겁한 사내는 상자 속에서 구멍으로 모든 걸 자세히 눈여겨보고 나서, 마리안이 깊이 잠든 걸 알게 되자 조용히 상자 속에서 나와 그녀가 빼어 놓은 결혼반지를 슬그머니 훔쳐 호주머니에 넣어 가지고 밖으로 나왔습니다.

그리고 이튿날 샤를을 찾아와서,

"내가 이겼으니 전 재산을 되도록 빨리 내 집으로 옮기시오."

하고 말했습니다.

"그럴 리가 없소."

하고 샤를이 대꾸하니 그 사내는

"이것을 좀 보시오. 이건 당신이 결혼식 때 백년해로를 맹세하며

부인의 손가락에 끼워 주었던 바로 그 반지가 아닙니까? 마음이 변하지 않고서야 이것을 어떻게 내게 넘겨줄 수 있겠습니까? 자, 당신이 준 그 반지인가 아닌가 한번 살펴보시오."

하고 반지를 샤를에게 넘겨주었습니다.

그러나 샤를은 웃으면서,

"그거야 당신이 나를 속이기로 작정했다면, 금은보석상과 짜고 똑같은 걸 또 하나 만들어 낼 수도 있겠지요."

하고 대답할 뿐이었습니다.

그랬더니 이 교활한 사내는 이번에는 바짝 샤를에게 다가와서 그의 한쪽 귀에 입을 갖다 대고, 아주 조용한 소리로 속삭였습니다.

"그럼 당신 아내에게 결혼반지를 보여 달라고 한번 해 보시지⋯⋯ 샤를 씨, 나는 당신 아내의 가슴에 있는 푸른 점까지도 다 보아 알고 있는데, 뭘 그러슈? 자, 이래도 항복하지 못할까?"

들어 보니 항복하지 않을 수가 없었습니다. 지혜가 밝다는 샤를도 이 요망한 자의 꾀에 넘어가지 않을 수 없었던 것입니다.

집으로 돌아온 샤를은 그날 밤이 새도록 아내에겐 아무 말도 없이 지내다가 이튿날 아침이 되자 몇 덩이의 빵을 구해 아내 손에 들려 준 다음, 아내를 재촉하여 데리고 바닷가로 나가서, 조그만 배를 한 척 샀습니다. 그리고 거기에 아내를 혼자서 타게 한 뒤에, 배를 육지에 매어 놓았던 줄을 주머니칼로 싹둑 끊어 버렸습니다.

아무 영문도 모르는 마리안을 태운 이 작은 배는 끝없는 바다 위를 바람 따라 밀려가다가 드디어 어느 조그만 섬에 닿았는데요. 남편에게 버림받은 걸 뼈저리게 느끼며 차오르는 슬픔에 잠겨 섬의 모래밭에 내린 마리안의 눈앞에는 뜻밖에도 나지막한 사과나무 한 그루에 탐스런 사과가 주렁주렁 열려 있는 게 보였습니다.

마리안은 남편이 손에 쥐여 준 빵에는 아직 입을 대 보지도 않았지만, 이 성성한 사과를 보고 있자니 갈증이 나서 한 개를 가지에서 따서 와작와작 씹어 먹어 보았습니다.

그랬더니 이게 웬일입니까? 마리안의 기운은 다시 살아나며 남편에게 버림받은 슬픔도 어느 만큼 잠잠해지며, 어떻게라도 살아남아야겠다는 용기가 새로 생겼습니다. 그래 자신도 모르게 사과를 서너 개 더 따서 호주머니에 넣었습니다.

그러고 나서 마리안은 바닷가의 모래밭을 한참 동안 서성거리고 있었는데, 세상엔 남 돕기를 좋아하는 다정한 사람도 있는 것이라 어떤 신발 만드는 착한 사람의 눈에 뜨여, 그의 잔심부름을 해 주기로 하고 한동안 그 집 신세를 지게 되었습니다.

그러는 동안에도 문득문득 남편에게 버림받은 느낌이 다시 머리를 들고 일어나는 것은 어찌할 수 없었습니다. 그래 구두장이 집에서 한동안을 지내다가 그는 다시 남편 가까이로 돌아가야겠다는 마음을 갖게 되었습니다.

마리안은 그 생각을 구두장이 아저씨에게 말했더니, 그는

"내가 만든 신발들을 실어 가기 위해 배가 가끔 여기를 드나들고 있으니, 요다음 배편에 가시오."

하고 일러 주었습니다.

그녀는 남자로 변장하기 위한 사내 옷 한 벌과 가죽 장화 한 켤레를 이 집의 도움으로 마련해 입고, 아름다운 나라의 서울로 가는 배에 오르게 되었습니다.

그런데 마리안이 배를 타고 남편의 성이 있는 아름다운 나라의 서울로 돌아와 들으니, 이곳의 왕은 매우 위중한 병에 걸려 목숨이 위태롭게 되었다는 소문이었습니다. '백약이 무효'라고 사람들은 수군거리며 좋은 왕의 불행을 서러워하고 있었습니다.

마리안은 섬에 처음 닿았을 때 호주머니에 따 담았던 사과를 만져 보며, 이 세 개의 사과라면 왕의 병도 고칠 수 있을 것이라고 생각하고 왕궁으로 왕을 찾아갔습니다.

물론 섬의 구두장이 아저씨가 마련해 준 남자 옷에, 남자용의 가죽 장화를 신고, 또 직업은 의사라고 자기소개를 하면서 말입니다.

첫날 마리안이 사과 한 개를 깎아 썰어서 크림을 좀 발라 먹여 드렸더니 왕은 정신을 차리게 되고, 둘째 날에도 또 한 개를 그렇게 해서 드렸더니 일어나서 걸어 다니게 되었으며, 세 번째 날에도 그렇게 하였더니 그때부터는 깔깔거리고 웃으며,

"과연 명의로다!"

하며 마리안에게 상을 줄 정도로 낫게 되었습니다.

왕은 자기의 병을 고쳐 준 상으로 많은 돈을 주겠다고 하였는데요. 마리안은 그것을 거절하고, 그 대신 자기를 재판관 즉 판사로 임명해 줄 것을 왕에게 특별히 청해서 승낙을 받았습니다.

어느 날 마리안은 성문 앞에 쭈그리고 앉아 있는 남편을 찾아가

말했습니다.

"무슨 서러운 일이 있으십니까? 만일에 무슨 억울한 일이 있다면 제 사무실로 와서 말씀하세요. 저는 억울한 분들의 편이 되려고 나선 새 재판관입니다."

이 말을 들은 샤를은 그 사람이 자기의 아내인 줄도 모르고, 그 말에 귀가 번쩍 뜨이는 듯

"예, 나는 참으로 억울한 일을 당했지요."

하면서 전 재산을 건 내기를 했던 일을 자세히 설명했습니다.

이 말을 다 잘 들은 마리안은

"그럼 당신 재산을 차지한 그 사내를 데리고 나를 찾아오세요. 그때 당신 장모의 친구였다는 그 노파도 함께 데리고 오셔야 합니다."

하고 자리를 떴습니다.

며칠 후, 샤를이 그 협잡꾼 사내와 마리안 친정어머니의 친구인 노파와 함께 마리안의 재판소를 찾아오게 되자, 그녀는 먼저 남편 샤를에게

"왜 그처럼 불행한 사람이 되었느냐?"

하고 물어 그의 설명을 다 듣고 난 다음에 이번엔 협잡꾼 사내에게 물었습니다.

"당신은 샤를 씨의 부인을 유혹했습니까?"

이 물음에 그가

"예."

하고 대답하자,

"예라니? 그럼 무슨 방법으로 어떻게 유혹해 성공했는지를 말하시오! 나는 거짓은 용서하지 않겠소!"

하고 시작하여, 이어지는 마리안의 신문은 교묘하고도 빈틈이 없어, 마침내 협잡꾼은 자기가 꾸민 거짓을 그대로 다 고백할 수밖에 없었습니다.

그래 협잡꾼은 그때의 법에 따라 네 마리의 말에 손과 발을 각각 묶여 처참하게 사형을 당하였고, 착한 마리안은 남편 샤를의 품에 다시 돌아가게 되었습니다.

말하는 포도송이, 낄낄거리는 사과, 고운 소리로 울리는 복숭아

헝가리

옛날 옛적보다도 훨씬 더 먼 옛날에 헝가리의 어떤 왕이 딸 세 자매와 함께 살고 있었는데요.

어느 해에, 1년에 한 번씩 서는 큰 장날을 맞이하여 장터로 나가면서 왕이 세 딸에게 물었습니다.

"너희들 무엇이든 갖고 싶은 것을 말해 봐라. 장에 가면 그것들을 사다 주마."

그래 큰딸은 황금으로 된 옷을, 둘째는 은으로 된 옷을 원했는데, 막내딸은 웃으면서,

"말하는 포도송이하고요, 낄낄거리고 소리 내 웃는 사과하고요, 아주 고운 소리로 울리는 복숭아요."

하고는 마치 그 세 가지를 다 가진 듯한 표정을 지었어요.

장에 나간 왕은 큰딸과 둘째 딸이 원하는 것들은 손쉽게 그대로 구할 수가 있었으나 막내딸이 원한 세 가지 과일은 아무리 찾아봐도 보이지 않아서 구하지 못한 채로 돌아오는 길이었는데요. 마침 억수로 퍼부어 내리는 비로 왕이 탄 마차가 개울을 건너다가 진창에 바퀴가 박혀 오도 가도 못하게 되어 버렸습니다.

　　그런데 바로 이때에 어찌 된 일인지, 밤송이보다도 더 꺼칠꺼칠하게 털이 난 아주 큰 돼지 한 마리가 갑자기 나타나더니,

　　"꾸울! 꾸울! 꾸울! 꾸울! 저, 임금님 막내딸을 제 아내로 주신다면 제가 도와 드리지요."

하고 말했습니다.

　　이런 경우에는 누구나 거의 그러는 것처럼 왕은 그저 잠잠히 있었는데, 그 돼지는 힘이 어떻게나 센지 코로 그 마차를 한 번 미니까 마차는 물론 말들까지도 거뜬히 눈 깜짝할 사이에 다시 길 위로 올라서게 되었습니다.

　　그리하여 왕은 그의 왕궁으로 돌아왔는데요.

　　오래지 않아 그 돼지는 다시 왕궁 앞에 나타나서,

　　"어서 막내 공주님을 제게로 보내 주시지요!"

하고 큰소리로 외치는 것이었습니다.

　　왕은 생각 끝에 애꿎은 헌 색시 한 사람을 잘 입히고 꾸며서 내보내 주었습니다만, 돼지는 즉시 알아차리고 거절하는지라, 운을 하늘에다 맡기기로 하고 그의 아까운 막내딸을 보내 줄 수밖에 없었습니다. 그리고 무엇에 끌려서인지 막내딸도 반대는 하지 않았습니다.

이렇게 하여 돼지에게 끌려간 막내 공주는 그 돼지의 안내로 큰 돼지우리같이 생긴 집으로 들어가자 이내 지쳐서 깊은 잠에 들었는데요.

이튿날 너무나도 맑고 밝은 아침 햇빛에 잠이 깨어 보니, 그곳은 돼지우리 같은 곳이 아니라 참으로 아름다운 궁전이었고, 그녀의 곁에는 돼지가 아닌 의젓하게 잘생긴 왕 차림의 젊은이가 서서 다정한 아침 인사를 하는 것이었습니다.

공주는 젊은이의 안내를 받아 뜰로 나갔는데, 거기에 바로 그녀가 소원하던 세 가지 과일나무—'말하는 포도송이들이 달린 포도나무와, 유쾌하게 낄낄거리며 웃는 사과들이 주렁주렁 달린 사과나무와, 은방울 소리처럼 맑은 소리로 울리는 복숭아가 달린 복숭아나무'가 마치 꿈속의 창세기 때처럼 잘 살아서 공주를 반기는 것이었습니다.

안내하던 젊은이는 말했습니다.

"나는 이 나라의 왕이었는데, 어느 때 마음속이 지꺼분해지는 걸 느끼자 그만 마술에 걸리어, 돼지가 되고 말았지요. 내가 아주 좋아했던 여기 이 세 가지의 매력 있는 나무들을 나처럼 좋아하게 될 처녀가 생겨나 내게 온다면 그때엔 나도 다시 왕이 된다는 마술의 약속이었는데, 당신이 바로 그 처녀였어요. 그러니 우리는 천생연분입니다."

오르페우스와 에우리디케

그리스

아주 먼 옛날 그리스의 올림포스 산속에서 비롯된 이야긴데요.

이 아름답고도 신비로운 올림포스 산속에서 거문고를 가장 잘 타는 신은 오르페우스였는데, 그가 거문고를 세워서 끌어안고 감동한 듯 타고 있으면 산속 맹수들의 잔인한 마음도 가라앉고, 신경이 예민한 나무들은 벌렁벌렁 춤도 추고, 큰 소리를 내며 흘러가던 세찬 물줄기도 잔잔해졌다고 합니다.

그래서 더없이 아름답고도 얌전한 여신 에우리디케는 그의 거문고 소리와 성실하고 의젓한 모습에 반하여 그를 깊이 사랑하게 되었는데요. 오르페우스 또한 에우리디케를 더할 나위 없이 사랑하게 되어 드디어 결혼을 해서 같이 살게 되었답니다.

좋은 일에는 마귀가 끼어들듯이 예쁘고 정숙한 에우리디케를 너무나도 탐내는 자가 신들 속에 있었습니다. 그의 이름은 아리스테우스라고 꿀벌을 아주 잘 쳤는데요. 어느 날은 꿀벌 치는 것까지 다 접어 두고, 강제로 에우리디케를 차지하려고 꽃밭 사이로 도망가는 그 여자의 뒤를 있는 힘을 다해 쫓아가고 있었습니다.

에우리디케는 악마가 다 된 그 포악한 아리스테우스에게 붙잡히지 않으려고 있는 힘을 다해 줄달음질 쳐 가다가, 꽃나무 그늘에 숨어 있던 사나운 독사의 꼬리를 밟아서, 그 독사에게 그만 발뒤꿈치를 물리고 말았습니다.

한참 뒤 남편 오르페우스가 소식을 듣고 아내의 곁에 나타났을 때 그녀는 이미 이 세상 사람이 아니었습니다.

오르페우스의 슬픔과 분노는 하늘이 무너지는 것만큼 컸습니다.

그러나 그는 그 분한 마음을 원수에게 먼저 보복하는 쪽을 택하지 않고, 그의 사랑하는 아내가 억울하게 죽어 간 저승을 찾아가서 그곳의 왕 하데스에게 그들의 원통함과 억울함을 하소연해 보기로 작정을 하고, 머나먼 저승으로 가는 길을 떠났습니다.

저승의 왕 하데스가 살고 있는 궁전의 대문 앞에서는 케르베로스라고 불리는 무서운 문지기 개가 덤벼들어 오르페우스를 쓰러뜨리고 물어뜯어 죽이려 했습니다만 여기에서도 그가 울린 거문고의 아름다운 가락은 이 괴물의 개까지도 조용하게 하는 신비한 힘을 내었습니다.

케르베로스는 갈기털들이 모두 산 독사들로 된 여러 개의 머리와, 역시 꿈틀거리는 독사들로 된 여러 개의 꼬리를 가진 무서운 괴물이었으나, 그 많은 독사들까지도 오르페우스의 거문고 소리에는 모두 취한 듯 잔잔해지기만 했습니다.

저승의 왕 하데스를 만난 오르페우스는 너무나 억울하게 저승에 온 그의 아내를 되돌려 달라고 애원했더니 하데스도 승낙을 해 주면서 거기에 조건을 하나 붙였습니다.

"그렇게 억울하게 여기 온 네 아내를 데리고 가는 것은 나도 찬성이다. 그렇지만 여기엔 지켜야 할 규칙이 하나 있으니, 그건 너희 둘이 다 사람의 세상에 발을 들여놓기 전까지는 절대로 서로 얼굴을 보아서는 안 된다는 것이다."

이렇게 말하면서 그는 에우리디케를 불러 오르페우스의 뒤를 멀찌감치 따라가게 했습니다.

그런데 오르페우스는 드디어 자기의 두 발이 사람의 세상에 땅을 밟게 되자 아내를 보고 싶은 마음이 한층 더 솟구쳐서 아직도 한 발은 저승을 디디고 있는 에우리디케의 얼굴을 돌아다보며,

"어서 빨리 와 내 손을 잡아."

하고 외치고 말았습니다.

그러자 눈 깜짝할 사이에 에우리디케의 모습은 그의 눈앞에서 사라져, 다시는 못 돌아올 저승으로 가 버리고 말았습니다.

그 뒤 오르페우스는 날마다 거문고로 서러운 마음을 달래며 떠도는 신세가 되었습니다.

하늘에 가 씨앗을 구해 온 이야기

중국

아주 먼 옛날 중국의 서쪽에 있는 티베트 지방 사람들에겐 성이나 이름도 없고, 또 곡식의 씨가 없어 농사도 지어 먹을 줄 몰랐습니다.

어느 집의 아홉 형제가 날마다 깊은 산속으로 돌아다니며 활로 사냥을 하며 살고 있었는데, 그중 막내만은 아직 어려서 직접 사냥을 하지는 않고 잔심부름을 하며 따라다녔지만, 그래도 날아다니는 새들이 말하는 뜻은 잘 알아들었습니다.

어느 날도 그 아홉 형제는 새들과 짐승들을 잘 쫓아 잡는 매와 개들을 데리고 숲속으로 사냥을 갔었는데, 형들이 모두 짐승들의 뒤를 따라 활을 쏘며 멀찍이 가 버린 뒤에 막내는 뒤떨어져 홀로 걸어가고 있었습니다.

그런데 웬 까치 한 마리가 그가 가는 길 옆의 나뭇가지에 내려와

앉아 말하기를,

"여보게 총각, 내 말을 아주 잘 들어 두어야 하네. 며칠 안 되어 하늘에는 해가 아홉 개나 떠서 땅 위의 모든 것은 다 타 죽고 말겠지만, 자네만은 예뻐서 살려 놓아야겠네. 그러니 한 이레 동안 먹을 것과 노루 한 마리, 말 한 마리, 개미 한 마리를 되도록 재빨리 구해서 데리고, 깊은 동굴을 찾아 숨어 있어야겠네. 쩍쩍쩍쩍!"

하는 것이었습니다.

인정이 많은 이 막내는 숨을 헐떡이며 달려 형들의 앞에 가서 까치가 하던 말을 전하고, 화를 면하기 위해 함께 동굴 속에 가 숨어 지낼 것을 간절히 사정했습니다.

그러나 그의 형들은

"그게 무슨 잠꼬대 같은 소리냐?"

하며 아우의 하소연을 무시해 버리고, 거듭거듭 사정해도 귀조차 기울이려고 하지 않았습니다.

그래서 할 수 없이 막내만이 노루 한 마리와 말 한 마리, 개미 한 마리를 구해 데리고 어느 깊은 동굴 속에 들어가서 숨어 있었는데, 며칠이 지나자 아니나 다를까, 그가 숨어 있는 동굴 속에까지도 햇볕의 더운 기운이 스며들어 와서, 그를 불안하게 했습니다.

그는 같이 있던 노루에게 잠시 밖에 나가 보고 오라고 했더니, 노루가 나가서 보고 와 하는 말이,

"해는 아직은 세 개밖에 안 떴지만 매우 뜨겁던데요."

했는데, 얼마나 햇볕이 뜨거웠던지 노루 몸의 털들은 햇볕에 타서

다 몽그라져 있었습니다. 그래 지금도 노루 털은 있는 듯 없는 듯 그렇게 짧다나요?

"야, 이거 큰일 났구나!"

하면서 막내는 한패들을 데리고 좀 더 깊이 동굴 속으로 들어갔는데, 이튿날이 되어 거기까지도 더워져서, 이번에는 말더러 잠시 나가 보고 오라고 했습니다. 말은 밖에 다녀와서 말하기를,

"오늘은 해가 다섯 개 떴는데요, 강물도 온통 부글부글 끓습니다."

하는 것이었습니다.

말을 보니 역시 그의 털들도 다 타서 몽그라져 버리고 갈기와 꼬리 부분만 겨우 남아 지금도 말들의 털은 그때 그 모양 그대로라는군요.

그런데 이튿날이 되니 그들이 깊숙이 들어가 숨은 굴속까지도 매우 후끈거려서, 이번에는 꼬마인 개미더러

"나가 보고 올래?"

하여, 그 개미가 기어 나가서 보고 돌아왔는데, 아홉 개나 떠오른 햇볕이 어떻게 뜨거웠던지 개미의 몸에도 불이 붙어, 허리 부분까지도 반쯤 타서 아주 가느다란 허리가 되어 있었습니다.

개미 허리를 잘 보세요. 안 그렇던가요? 이게 그때부터 그렇게 된 것이라나요.

동굴 속에 숨어 있은 지 이레가 지나자 선선한 기운이 스며들어서, 소년의 일행은 함께 비로소 밖에 나와 보았습니다.

해는 인제 하나뿐이어서 견딜 만했지만, 땅 위의 목숨 있는 것들

은 사람이건 동물이건 식물이건 모조리 다 타 죽어 버리고, 눈에 보이는 거라곤 재만 남은 빈 땅뿐이어서, 소년은 살 길이 암담하기만 했습니다.

그러자 그의 앞에는 어디에 있다가 왔는지, 전에 그에게 더위를 피해 살 것을 가르쳐 주었던 그 까치가 입에 무슨 작은 열매 하나를 물고 나타났습니다. 까치는,

"여기서 동쪽을 향해 여러 날을 걸어가다 보면 하늘과 땅의 맨 끝에 닿을 걸세. 거기에는 하늘에서 흘러내리는 맑은 물이 고인 호수가 있네. 여기 이 열매는, 거기까지 길을 가는 동안 누구든지 배가 고플 때 혀끝에 잠시 대기만 하면 시장기를 면하게 하는 것이니, 받아서 잘 간직하게."

하고 입에 물었던 열매를 소년에게 주었습니다.

그래 소년 일행은 배가 고프면 그 열매를 혀끝에 대고 대고 하면서 날마다 걷고 또 걸어 동쪽만을 향해 갔는데, 몇 날 며칠이 걸렸던지 드디어 그들의 앞에는 무성한 수풀 속에 아름다운 호수가 나타났습니다.

참으로 오랜만에 보는 싱싱한 나무들과 꽃들의 매력에 잠겨 있는 소년의 앞 나뭇가지에는 한 마리 붉은빛의 큰 새가 앉아 있었습니다.

그 새는 입에 눈부신 금반지 한 개를 물고 있다가 소년에게 전해 주며,

"자네도 이제부턴 운수가 좋을 걸세. 이 반지는 장차 총각한테 시집올 처녀의 것이니 호숫가의 나뭇가지에 보기 좋게 걸어 놓게."

하고 말하고는 어디론지 날아가 버렸습니다.

소년이 혼자 그 금반지를 호숫가의 한 나뭇가지에 꿰어 걸어 놓고 어리벙벙하여 호수만 바라보고 앉아 있노라니, 아! 이게 웬일입니까?

맑게 갠 푸른 하늘에서는 참으로 어여쁜 세 명의 선녀가 이 고운 호수로 내려와서 마치 은방울을 굴리는 듯한 소리로 웃으며, 세 송이의 수련꽃이 피어나듯이 헤엄을 치기 시작하는 것이었습니다.

그러다가 그중 맨 맏이인 선녀가 물에 비친 금반지의 그림자를 발견하고 진짜인 줄로만 알고 건지려고 무척 애를 썼습니다만, 그게 안 되자 이번에는 바로 그 밑의 동생인 선녀가 언니를 따라 똑같은 헛수고를 한동안 열심히 했습니다.

그러자 지혜가 뛰어난 막냇동생은 그게 그림자인 것을 재빨리 눈치채고 반지를 걸어 둔 호숫가의 나무 옆으로 가, 그 반지를 찾아내 아름다운 왼손 약손가락에 끼고 말았습니다.

일이 이렇게 되면 다음은 어떻게 되는 것이지요?

물론 이미 그 나이도 열일곱 살쯤은 된 소년은 냉큼 그 반지를 낀 선녀 옆으로 가서,

"그건 내 반지거든⋯⋯"

하고는 결혼을 신청할 수가 있었습니다. 반지를 끼고 나면 피할 수 없다면서요?

소년은 하늘에서 내려온 선녀 가운데서도 가장 예쁘고 지혜로운 막내 선녀 옆으로 바짝 다가가서 그 금반지 낀 손을 덥석 잡으며,

"이제는 나하고 결혼해 삽시다. 그 반지는 내 것입니다."

했습니다.

선녀도 이 총각을 요리조리 뜯어보고는 싫지는 않다는 듯 승낙하면서, 다만 한 가지 조건으로,

"하늘에 같이 가서 제 아버지인 하느님의 승낙을 얻어야만 해요."

하고 덧붙여 말하는 것이었습니다.

그래 드디어 총각은 그 선녀의 한쪽 손을 꼭 붙들어 잡고, 선녀의 힘으로 하늘나라를 향해 날아가게 되었습니다.

"두터운 구름 사이를 지나갈 때는 많이 답답할 것이고, 또 달 옆을 지날 때는 추울 것이고, 해 옆을 지날 때는 덥겠지만, 그렇다고 그걸 못 견디고 소리쳐서는 안 돼요."

하고 선녀가 출발할 때 일러 준 것을 소년은 깜빡 잊어버리고, 그 세 가지 일이 견디기가 어려울 때마다, "아!" 하고 자기도 모르게 소리를 치고 말았습니다.

그러나 그 힘든 세 곳을 지날 때마다 선녀가 소년을 감싸고 버리지 않은 걸 보면 엔간히 마음에 들었던 것이겠지요?

마침내 그들은 하늘나라의 하느님 궁전에 도착했습니다. 물론 이것은 옛날 티베트 사람들의 하느님 궁전이지요.

소년은 선녀가 안내하는 대로 하느님의 앞에 가서 약간 몸을 떨며 꾸어다 놓은 보릿자루처럼 어려워하며 서 있게 되었습니다.

소년이 우러러보니 그 하느님은 어떻게나 큰지 웬만한 언덕 하나가 앉아 있는 것 같았고, 눈꺼풀만 해도 오막살이 지붕만큼은 커서 눈을 뜰 때에는 힘센 두 신하가 굵은 막대기로 양쪽에서 그걸 떠받

들어 올려야만 하는 것이었습니다.

그렇게 해서 눈을 뜬 하느님은 이모저모로 소년을 살펴보더니,

"그만하면 괜찮군. 내 딸의 눈에 들 만도 해. 그러나 네놈 속을 내가 다 알고 있기에 말이지만, 그냥 무턱대고 내 귀여운 딸을 줄 수야 있나? 그러니 사윗감으로 쓸 만한지 어디 한번 시험해 보아야겠다. 내일은 산 밑에 있는 못 쓰는 땅을 개간해 봐라. 네 말의 씨앗을 뿌려서 농사지을 만한 넓이의 땅이다. 할 수 있겠지?"

하는 것이었습니다.

소년은 그 말을 듣고 아득할 뿐이었습니다. 그 넓은 황무지를 어떻게 하루에 혼자서 다 개간해 낼 것인가? 그걸 생각하니 마음이 불안하기만 하여, 하느님 앞에서 물러나자 사랑하는 선녀에게 그 방법을 물었습니다.

그랬더니 선녀는 웃으며,

"염려 놓으세요."

하고 연한 배 먹는 것 같은 시원한 소리로 해결 방법을 친절하게 일러 주었습니다.

"내일 아침 나한테서 톱을 가지고 황무지 근처의 수풀에 가서 먼저 자그마한 나무를 네 그루만 베어 내세요. 그래 그 황무지의 동서남북 네 곳에 그 나무를 한 개씩 꽂아 놓고는 '비야스동! 내 대신 이 땅을 좀 개척해 주시오' 한마디를 마음속으로만 하세요. 이 비야스동은 눈이 천 개, 손이 천 개에, 얼굴은 열한 개나 가진 신인데, 마음씨가 아주 좋으니 당신 소원을 잘 들어줄 것입니다. 그 부탁을 하고

는 어디서 낮잠이나 주무세요. 깨어서 보면 이미 다 잘 개간해 놓았
을 겁니다."

하는 것이었습니다.

소년은 이튿날 선녀가 하라는 대로 다 하고 나서, 황무지 옆의 나
무 그늘에서 낮잠을 늘어지게 한동안 잘 자고 나서 보니, 아닌 게 아
니라 황무지는 어느 사이엔가 아주 깨끗하게 개간되어 있었습니다.

그래 그 일을 자기가 한 것으로 하느님 앞에 가서 여쭈었더니, 하
느님은 신하들이 대막대기로 들어 올린 두 눈꺼풀을 열어,

"어디 보자."

하면서 개척된 땅을 살펴보았습니다. 그러고 나서,

"괜찮게 됐구나. 그렇지만 거기에서 농사를 짓자면 그걸 쟁기로
갈 줄도 알아야지. 그러니 내일은 거기를 하루 동안에 모두 잘 갈아
놓아라."

하는 것이었습니다.

소년은 할 수 없이 또 사랑하는 선녀에게 물었더니, 선녀는

"염려 마시고, 내일 아침에는 저한테서 삽을 하나 가지고 나가서
그 밭의 흙을 한 삽만 떠 그 자리에 다시 놓으면서, 또 한 번 비야스동
더러 도와 달라고 마음속으로 기원하세요. 그러고 나서 나무 그늘에
서 한잠 잘 주무시고 나면 그 넓은 밭은 두루 잘 갈아져 있을 겁니다."

하고 말하며 그를 안심시켜 주었습니다.

그래 이번 시험에도 무사히 통과를 할 수가 있었습니다만 하느님
은 여기에서 멎지 않고 이번에는,

"땅을 잘 갈아 놓았으면 거기에다가는 씨를 뿌려야지. 그러니 내일은 또 거기에 유채 씨앗 너 말을 골고루 뿌리도록 해라."

하고 명령하는 것이었습니다.

그래 또 이튿날은 비야스동 신의 힘을 빌려 유채 씨앗을 넓은 밭에 빈틈없이 뿌려 놓았습지요.

그랬더니 하느님은 또 그 뿌린 씨앗을 하루 동안에 모조리 다 거두어들이라는 분부를 내렸습니다.

여기에는 소년도 아찔하지 않을 수 없었습니다. 제아무리 무엇이든 게 눈 감추듯이 잘해 내는 비야스동 신이지만, 뿌린 씨의 얼마쯤은 새들이 쪼아 먹을 수도 있는 것인데, 어떻게 그 너 말의 씨앗을 도로 다 한 개도 어김없이 거두어들일 수 있을까 그걸 걱정하면서 말입니다.

아니나 다를까, 비야스동 신의 도움으로 뿌렸던 씨앗들을 다시 거두어들이기는 했습니다만, 큰 부대에 부어다가 하느님께 드렸더니 하느님은 그걸 즉시 헤아려 보고,

"이게 웬일이냐? 반 홉이 모자라는데?"

하였습니다.

그러니 또 할 수가 있습니까? 소년은 다시 그의 선녀에게 가 물었습니다. 선녀는 눈을 깜박거리며 한참을 까물까물하더니만,

"옳지. 산의 뻐꾸기 한 마리가 그 유채 씨앗 뿌려 놓은 것을 반 홉이나 쪼아 먹었군. 보세요, 내일 아침에는 제 활과 화살을 가지고 동쪽 수풀로 가세요. 거기 가면 가장 큰 상수리나무에 뻐꾸기 세 마리

가 나란히 앉아 있는 게 보일 거예요. 그중 가운데 앉아 있는 것을 맞히어 떨어뜨려서 배를 갈라 보면, 거기에 그 반 홉의 유채 씨앗이 들어 있을 거구요."

하고 말했습니다.

그래 선녀의 말대로 하여, 그 반 홉을 마저 채워다가 하느님께 드렸습니다. 그제서야 하느님은 신하들이 대막대기로 열어 주는 무거운 눈꺼풀 밑의 두 눈을 매우 반가이 뜨고 비로소,

"그만하면 아내를 굶기지는 않겠구나, 내 딸을 맡아라."

하였습니다.

그리하여 선녀와 티베트 총각은 하느님의 승낙을 얻어 화려한 결혼식을 마치고 행복한 하늘나라 생활을 하게 되었습니다.

그러나 원래가 사람인 새신랑의 마음은 고향인 티베트로만 향해서, 그리움을 못 참은 나머지 어느 날은 하느님께

"제 고향 티베트로 보내 주십시오."

하고 간절히 사정을 해 보았습니다.

하느님은 신하들이 막대기로 두 눈꺼풀을 들어 올리기 전에 스스로 눈을 번쩍 뜨고 크게 노하여서,

"이 못난 놈아! 주는 복을 마다하는 것도 한도가 있지. 그래 땅에 내려가서 다시 맹수들하고 사냥감이나 놓고 싸우며 살겠단 말이냐? 안 된다. 안 돼!"

하였습니다. 그렇지만 어찌 다시 생각했는지,

"내가 하라는 일을 네놈이 해낼 수만 있다면 그 소원도 들어 주마."

하고 말을 이었습니다.

"지금 내가 주는 신발을 신고 그 바닥이 다 닳도록만 살아 보아라. 그게 정말로 다 닳는다면 그때는 너를 네 고향으로 보내 주마."
하고 하늘의 개가죽으로 만든 신발 한 켤레를 내주었습니다. 받아 보니 그건 티베트의 신발 모양으로 만든 것이었습니다.

그래 이 신발을 받아 신은 하느님의 막내 사위는 한시바삐 고향에 돌아갈 생각에, 가로 뛰고 세로 뛰고, 앞으로 달리고 옆으로 가 보고, 마구잡이로 그 신발 바닥을 길바닥에 문질러도 보면서, 되도록 빨리 이 신발을 닳아뜨리기 위해 갖은 방법을 다 써 보았습니다만 헛일이었습니다.

해가 질 때 보면 조금은 닳은 것같이 보이다가도 이튿날 아침에 보면 다시 새 신발 그대로였으니까요.

그런데 '정성을 다하면 하늘도 움직인다'는 말이 있어서 그랬던지, 어느 날은 신랑이 여전히 신발 닳기만을 바라며 멀리멀리 걸어 가다 보니 문득 그의 앞에 한 늙은 신선이 나타났습니다. 신선은 말하기를,

"나는 이 하늘나라에서 쓰는 숯을 굽는 신선인데, 내가 하라는 대로만 하면 자네 신발 바닥을 다 닳게 할 수가 있네."
하는 것이었습니다. 어떻게 하면 되느냐고 물으니,

"내가 가져올 천 석의 참나무 숯을 펴서 깔고, 그 위를 만 번을 밟고 돌아다니면 돼네. 그렇지만 이건 누구한테도 비밀로 해야 하네."
하고 말하는 것이었습니다.

그래 신랑은 고맙다고 하고 그 늙은이가 시키는 대로 해 보았더니, 아닌 게 아니라 그 신발 바닥도 깡그리 다 닳아 구멍까지 뻥 뚫려 있었습니다.

그러나 이제 고향인 티베트로 갈 수 있게 된 이 마당에 또 하나의 어려운 문제가 신랑의 앞을 막았으니 그건,

"가려면 너 혼자 가야지, 내 딸은 딸려 보낼 수 없다."

하는 하느님의 고집 때문이었습니다.

이 일을 어떻게 하지요? 그러나 여기에도 '안 떨어지려는 사랑은 하느님도 어쩔 수 없다'는 말씀도 있는 것이어서, 그의 막내딸이

"저는 살아도 제 남편하고 같이 살고, 죽어도 같이 죽을래요."

하며 양보를 안 하는지라, 섭섭하기는 하지만 그 둘의 소원을 끝까지 안 들어줄 수는 없었습니다.

그들이 하늘에서 땅으로 내려올 때 하느님의 부인은

"이걸 갖다 뿌려서 농사를 지어 먹고 살아라."

하며 여러 가지 곡식의 씨앗을 조금씩 주었는데, 이로부터 사람들이 농사를 짓기 시작했다는 이야기입니다.

수로 부인의 아름다움

한국

    우리나라 역사에서 누가 제일 어여쁜 미인이었냐 하면, 그분은 아무래도 신라 때의 미인, 수로 부인이었다는 데는 반대가 없을 것 같습니다. 그래 오늘은 수로 부인이 얼마나 아름다웠었는지를 여러분에게 이야기해 보겠는데요.

    보통 미인이라면 사람들의 눈으로 예뻐 보이는 여자를 두고 그렇게 얘기하는 것이지만, 수로 부인으로 말하면 사람들의 눈으로뿐만이 아니라 하늘에 사는 신선들의 눈에도, 또 바닷속에 사는 용왕의 눈에도 가장 예뻐 보였습니다. 그래 사귀어 보지 않고는 견딜 수 없을 만큼 대단한 미인이었던 것이지요.

    산에 진달래꽃이 이울면서 새로 철쭉꽃이 피어나는 화창하게 맑은 봄날이었습니다. 때마침 강원도의 강릉 군수가 되어 부임길에 있던 수로 부인의 남편을 따라 부인과 가족들과 그 하인들은 강원도 어느 산골길을 가고 있었습니다.

그 산골에도 철쭉꽃은 피어나서, 그중에서도 어느 낭떠러지의 눈부신 햇볕 속에 피어 있는 한 무더기의 철쭉꽃이 수로 부인의 눈에도 아주 예쁘게 비쳐 왔습니다.

"야! 그 꽃 참 곱다. 한 가지 가져 보았으면……"

수로 부인이 무심결에 이렇게 말해서, 따르던 사람들도 그 낭떠러지를 올려다보았습니다만, 거기는 다람쥐들이나 겨우 오르게 생긴 아주 가파른 절벽이었습니다.

누구도 감히 거기 올라가 그 철쭉꽃을 꺾어 올 생각을 낼 수가 없었습니다. 그래 그 벼랑에 핀 꽃을 안타깝게 바라보면서 수로 부인 일행이 한동안 그대로 멈춰 서 있었는데, 갑자기 뜻밖에도 위아래 수염이 하얀 할아버지 한 분이 나타났습니다. 이 노인은 검은 암소 한 마리를 데리고 그 고삐를 손에 쥐고 있었습니다.

이 할아버지가 어디서 오신, 어떤 분인지 궁금하지요?

이분은 딴 분이 아니라, 하늘 위의 아주 좋은 곳에 살면서 큰 소나무 그늘에서 바둑이나 두며, 검은 암소에게 풀이나 뜯기고 지내는 그런 신선 할아버지였습니다.

그 신선 할아버지가 어느 날 하늘에서 땅을 내려다보니 우리나라 강원도 어느 산골에서 너무나도 예쁜 미인의 아름다운 기운이 하늘에 있는 그의 두 눈에까지 뻗쳐 올라오고 있었습니다.

또 그 미인이 소원하는 말을 귀 기울여 들어 보니, 절벽 위에 핀 철

쭉꽃을 그리워하는 내용인지라, 그가 가진 신선의 힘으로 낭떠러지
에 올라가 한 가지 꺾어다가 주고 싶었습니다. 그래 마침 풀을 뜯기
고 있던 그의 검은 암소를 끌고 이렇게 문득 내려온 것이었습니다.

　　자줏빛 바윗가에
　　암소를 놓아두고
　　나를 아니 부끄러워하시면
　　꽃을 꺾어 바치리이다

　신선 할아버지는 수로 부인을 보자 이런 노랫말로 된 노래를 한
자락 그 자리에서 지어 불렀습니다. 그리고 바로 그 예쁜 철쭉꽃들
이 피어 있는 낭떠러지를 향해 다람쥐보다도 더 빠르게 뽀르르 기어
올라가 그 꽃의 가장 좋은 한 가지를 보기 좋게 꺾어다가 수로 부인
께 바쳤습니다.
　이게 무슨 뜻이겠습니까?
　정말 미인은 사람들뿐만이 아니라, 하늘에 있는 신선 할아버지들
까지도 감동할 만한 미인이어야 한다는 뜻 아니고 무엇이겠습니까?
　이튿날 수로 부인과 그 남편인 강릉 군수의 일행은 동해 바닷가
언덕 위의 경치 좋은 정자에서 쉬며 점심을 들게 되었습니다.
　그런데 수로 부인의 아름다움은 이 세상만을 위한 것이 아니어서,
그 기운과 빛이 하늘 높이까지 치솟아 뻗칠 뿐 아니라, 깊은 바닷속
까지도 꿰뚫고 들어갔습니다.

이윽고 거기 꿈틀거리고 있는 용왕까지도 반하게 만들어서, 수로 부인이 정자에서 일행과 같이 점심을 들고 있는 모습을 동해 바닷속에서 보게 된 용왕은 자석 끄는 힘에 달라붙어 다니는 쇠붙이처럼 수로 부인이 있는 쪽으로 끌려갔습니다.

수로 부인 일행이 있는 정자에 도착한 용왕은 수로 부인을 냉큼 등에다 둘러업고는 번개처럼 빠르게 하늘을 날아 다시 깊은 바닷속 용궁으로 잠겨 들어가고 말았습니다.

그 남편인 강릉 군수는 이 꼴을 당하자니 하도 기가 막혀 땅바닥에 엉덩방아를 찧으며 픽석 주저앉아 땅을 치고 통곡했으나 소용없는 일이었습니다.

이것은 또 무슨 뜻이겠습니까?

이것은 물론 두말할 것도 없이, 정말 큰 미인은 사람들이나 하늘에서뿐만이 아니라, 바닷속에서까지도 그 아름다움에 감동하게 된다는 뜻을 나타내고 있는 것입니다.

그러나 수로 부인을 동해의 용왕에게 빼앗긴 남편인 강릉 군수와 그 일행의 슬픔과 원한은 머리 끝까지 치솟았습니다.

수로 부인의 남편은 강릉에 도착하여 군수의 직책을 맡아 일을 보게 되자마자, 이 사실을 강릉 고을 사람들에게 널리 알리고, 수로 부인을 되찾아내는 데 힘을 모아 줄 것을 부탁했습니다.

그랬더니 강릉 고을 사람들은 두루 모여서 회의를 열고,

"많은 사람들이 뜻을 함께하면 무쇠도 녹여 낸다는 말이 옛날부터 전해져 오고 있습니다. 그러니 우리 강릉 고을의 이 많은 사람들이

생각을 한데 모아 이야기한다면 제까짓 것 용왕인들 어떻게 끝까지 거스를 수 있겠습니까?"

하며, 제각기 집에 가서 큼직한 몽둥이를 하나씩 들고 나와서는 그 몽둥이들로 바닷물을 거세게 두들겨 치며,

"용왕! 용왕! 너 이놈, 우리 수로 부인 내놓아라! 만일에 안 내놓으면 네놈을 그물로 잡아 불에 구워 먹겠다!"

하고 모두가 소리를 합쳐 크게 외쳐 댔습니다.

지금으로 말하자면 이건 민주주의 민의로서, 우리 수로 부인과 그 아름다움을 사랑하는 많은 사람들의 생각과 뜻을 나타낸 것이지요.

아닌 게 아니라 많은 사람들의 모아진 뜻은 무쇠도 녹여 내는 것이라는 옛 말씀이 이루어졌습니다.

용왕이란 놈이 바다 밑 용궁에서 두 눈을 끔벅거리며 아무리 머리를 쥐어짜 보아도, 그 많은 사람들의 외치는 소리를 무시하다간 불고기 신세가 안 될 수는 없을 것만 같았습니다. 그래 드디어 못 이기는 척 수로 부인을 다시 업어다가 바닷가에 내놓았으니 말입니다.

이렇게 우리 수로 부인은 사람들에게서는 물론 하늘에서도, 바다에서도 두루 찬양하는 미인이었던 것입니다.

물을 맡은 선녀의 이야기
중국

이것은 옛날 중국의 남쪽에 살던 야오라는 족속들이 만든 이야기입니다. 너무나도 먼 옛날, 이들 야오 나라의 하늘은 지금과는 달리 아주 가까워서, 엔간히 높은 나무 꼭대기에만 올라가도 하늘나라에 들어갈 수가 있었습니다.

그러니까 자연히 하늘의 신선 선녀들과 땅 위의 사람들은 서로 자주 만날 수가 있었는데, 그러다 보니 하늘의 예쁜 선녀와 땅 위의 젊은 총각 사이에 사랑도 더러 싹트게 되었습니다.

이때에는 땅 위의 사람들이 마실 물이나 농사지을 물까지를 하늘의 큰 못물에서 한 선녀가 늘 적당히 대 주고 있었던 것인데, 이 하늘의 물을 맡은 선녀가 땅 위의 어느 총각하고 서로 사랑하는 사이가 되었답니다.

그들 사랑의 시작은 땅 위 어느 마을의 건강하고 잘생긴 총각 하나가 어느 날 기분이 좋아 높은 나무의 꼭대기 가지에 올라가서 한 곡조 노랫가락을 뽑은 데서 비롯한 것이라고 해요.

하늘 한쪽의 큰 못물가에서 사람들의 세상으로 수문을 열고 물을 대 주고 있던 예쁜 선녀가, 그 총각의 구성진 노랫소리를 듣고 있다가 마음에 들어서 자기도 같이 따라 부르게 되었고, 드디어는 그리워져 그 총각의 곁으로 바짝 찾아가 서로 눈인사를 한 것이 그 둘의 사랑의 시작이었다고 해요.

그 둘은 서로 마음에 들어, 가까이에서 소리를 합쳐 노래를 부르고, 또 마음속 생각을 털어놓고 이야기하는 동안에 점점 더 가까워져서 시간 가는 줄도 모르게 되었습니다.

그런데 그들이 깜빡 잊어버리고 있는 동안에 아주 큰일이 하나 일어나고 말았습니다. 그것은 그 총각의 노랫소리에 반해 선녀가 빨리 달려오느라고, 땅에 대 주고 있던 못물의 수문을 열어 놓은 채 그만 잠그지 못한 것이었습니다.

그래 그 선녀와 총각이 서로 좋아 노래를 합창하고 있는 동안에, 열린 수문을 통해 땅으로 쏟아져 내리는 물은 불어만 가서 마침내는 온 땅을 다 덮고 바다를 만들어, 땅 위의 사람들을 모조리 빠져 죽게 하고 말았던 것입니다.

이것을 알게 된 선녀는 총각의 손을 이끌고 하느님에게 빌려고 가 보았으나 다 틀린 뒤였습니다. 하느님이 계시는 곳 가까이 간 그들의 귀에는 하느님의 무척 노한 목소리가 잇달아 들려오는 것이었습니다.

"땅 위의 사람들을 모두 죽였으니 네 딸은 마땅히 사형을 받아야
한다."

하는 하느님의 말씀으로 보아, 이 선녀의 아버지도 이미 하느님 앞
에 불려 와 있는 게 분명했습니다.

선녀는 부들부들 떨면서 총각을 다그쳐 재빨리 그곳에서 뺑소니
를 쳐, 멀지 않은 달 속의 계수나무 그늘에 가 숨어 있었습니다.

그랬더니 용하게도 그들이 있는 곳을 알고 찾아온 선녀의 아버지
는,

"일이 이렇게 됐으니 어쩔 수 없다. 너희는 인제 땅에 가서 살아라."

하며 그들에게 곡식과 참깨 얼마만큼을 전해 주면서 땅에 뿌리라고
하였습니다.

그 둘은 땅에 내려가서 씨를 뿌렸습니다. 총각이 뿌린 곡식과 참
깨들은 각각 사내와 짐승의 수컷들이 되었고, 선녀가 뿌린 곡식과
참깨들은 각각 여자와 짐승의 암컷들이 되어서, 이들이 홍수 뒤 새
시대의 사람과 동물의 시조가 되었다고 해요.

이렇게 되니 하느님도 뒤에는 그들을 너그러이 용서하고 하늘로
불러들여 살게 했지만, 이때부터 하늘은 아주 높게 만들어져 사람들
이 드나들지 못하게 됐다는 이야기입니다.

히말라야의 산골 처녀 샤쿤타라

인도

옛날 옛적, 인도가 여러 나라로 나누어져 있을 때, 히말라야 산맥에 가까이 살고 있던 푸르라는 종족의 나라에 두프샨타라는 왕이 있었습니다.

어느 날 왕은 히말라야 산속으로 사냥을 가서, 한 마리의 사슴을 발견하고 그 뒤를 쫓아 아주 깊은 수풀 속에까지 이르렀습니다.

그런데 이 숲속의 아담하면서도 고요한 곳에는 칸바라는 이름의 신선이 살면서 도를 닦고 있었는데, 그에게는 샤쿤타라라는 아주 아름다운 양녀가 있어 그를 돌보아 주고 있었습니다.

그래 이 칸바의 수도원에서 샤쿤타라를 마주치게 된 두프샨타 왕은 완전히 그 처녀에게 반해 버렸고, 또 이 왕의 잘나고 의젓한 사내다움에는 샤쿤타라도 마음이 끌려서, 두 남녀는 어느 틈엔지 저절로 서로 사랑하는 사이가 되었습니다.

왕이 그곳에 있는 사이에 두 사람의 사랑은 점점 더 깊어만 갔고 샤쿤타라는 애를 갖게까지 되었습니다. 그런데 왕은 오래 왕의 자리를 비워 둘 수 없어 그곳을 떠나게 되었습니다.

두 사람은 뒤에 다시 만나 같이 살 것을 약속하고 그 증표로 왕은 손가락에 끼었던 금반지를 샤쿤타라에게 끼워 주었습니다.

한편, 이 히말라야 산골에는 두르바사스라는 신선이 또 살고 있어서 마음속으로 늘 샤쿤타라를 그리워해 왔는데, 그녀의 마음은 이미 두프샨타 왕에게 기울어져서 두르바사스가 그를 찾아가도 본체만체하였습니다.

여기에 약이 바짝 오른 두르바사스는 마술을 부려서 둘의 사이를 떼어 놓을 셈으로, 두프샨타 왕이 그 여자를 다시 만나도 알아볼 수 없게 기억을 고쳐 놓아 버렸습니다.

옛날 히말라야의 신선은 별 마술도 다 부렸던 것이지요. 그러나 왕이 준 그 금반지만 보이면 왕은 샤쿤타라를 다시 기억해 내게 된다는 조건만은 붙여 두었습니다.

왕을 너무나 그리워하다가 마침내 히말라야 산골을 떠나 두프샨타의 왕궁을 찾아가던 샤쿤타라는 도중에 어느 맑은 강물에서 잠시 목욕을 하는 사이 실수하여 그 금반지를 그만 깊은 물속에 빠뜨리고 말았습니다.

그러니 어떻게 되었겠어요? 오래지 않아 샤쿤타라는 두프샨타 왕을 찾아가서 서로 만나기는 하였지만, 왕은 '당신이 누구냐?'는 말만 한마디 하고는 영 모르는 사람처럼 대할 뿐이었습니다.

그래 샤쿤타라는 정말 딱하게 되었는데요, 운이 아주 좋으려고 그랬던지 어느 낚시꾼이 강에서 큰 고기 한 마리를 낚아 좋아라고 회를 해 먹으려고 배를 가르다가 샤쿤타라가 빠뜨린 금반지를 발견했어요.

낚시꾼도 마침 전혀 무식한 사람은 아니어서 그 반지에 새겨 넣은 왕의 이름까지도 읽을 수가 있었습니다. 낚시꾼은 바로 달려가서 그 금반지를 왕께 바쳤고, 왕의 기억은 되살아났습니다.

왕은 곧 여러 길로 사람들을 보내 그가 사랑하는 샤쿤타라를 찾아내게 해서, 두 사람은 검은 머리가 파뿌리같이 되도록 잘 살았다는 이야깁니다.

해의 신 아폴론의 사랑
그리스

옛날 그리스 시대 해의 신이었던 아폴론은 여러 신들 중에서도 가장 잘생기고 시와 음악과 운동도 모두 잘해서 그의 인기는 신들의 세상에서나 사람들의 세상에서나 참으로 대단했습니다.

그가 휘황찬란한 황금 마차를 타고 날마다 하늘을 동쪽에서 서쪽으로 달려갈 때에 땅 위의 온갖 것들은 그 매력에 크나큰 감동을 안 가질 수는 없었습니다.

그런데 어느 숲속에서 검소하게 살고 있었던 클리티에라는 얌전한 선녀가 아폴론에게 홀딱 반하여 어쩌지도 못하게 되어 버렸습니다.

그러나 아폴론은 그 여자를 거들떠보지도 않는지라, 그녀는 아폴론에 대한 그리움으로 드디어 반 미칠 지경에까지 이르렀습니다. 그래 그녀는 자매 선녀들하고 같이 노는 것까지도 그만두고 아무것도 먹지 않으면서 오직 밤에 내리는 이슬만을 마시고 지냈습니다.

밤이면 잠도 안 자고, 아폴론이 아침에 동쪽 하늘에 나타나기만을 뜬눈으로 기다리고 지내다가, 낮이 되면 온종일 황금 마차를 몰고 가는 아폴론의 의젓한 모습만을 두 눈으로 좇기에 정신이 없는 그 여자의 모습은 하늘의 신들이 보기에도 참으로 가엾을 뿐이었습니다.

하늘의 신들과 여신들은 그 여자를 불쌍히 여겨, 그 마음 쓰는 모양 그대로 한 그루의 꽃을 만들어 주었는데, 그것이 바로 해바라기입니다.

해바라기 꽃을 자세히 보세요. 그것은 언제나 해님 가는 쪽으로만 머리를 돌리고 있지 않습니까?

그런데 클리티에에게는 이렇게 무정했으면서도, 아폴론은 그 자신이 사랑에 빠진 어느 강물의 선녀에게는 거절당해 고민 속에 사는 신세가 되었습니다.

어느 날 아폴론은 황금 마차를 타고 서쪽 하늘로 달려가다가 어느 아름다운 숲속에 서 있는 다프네란 이름의 한 선녀를 발견했는데요. 백옥같이 하얀 얼굴에, 물결치는 푸른 쑥빛 머리카락을 한 다프네의 모습은 아폴론의 넋을 사로잡고 말았습니다.

그러나 다프네는 오직 숲속에서 사냥을 즐길 뿐 어느 신의 사랑에도 매력을 느끼는 일은 없는 선녀여서, 아폴론이 그의 곁에 다가갔을 때에도, 그저 무서워서 그를 피해 물결치는 긴 머리카락을 바람에 나부끼며 재빨리 도망치기만 하였을 뿐 조금도 아폴론에게 정을 줄 줄은 몰랐습니다.

"거기 멈추어, 내 말을 들어라! 내 왕의 자리와 궁전을 다 네게 바치마!"

아폴론은 이렇게 외치며 그녀를 쫓아갔으나 허탕일 뿐이었습니다. 그렇게 쫓기고 쫓으면서 둘은 다프네의 아버지의 궁전이 들어 있는 강가에까지 왔습니다.

다프네는 그의 아버지인 강물의 신에게 살려 달라고 소리를 치고, 아폴론은 마침내 그녀를 잡아 끌어안으려 하는 순간, 그녀는 어디론지 안개처럼 사라지고, 아폴론의 품에는 한 무더기의 푸른 월계나무만이 안겨 있었습니다.

그 뒤 아폴론은 이 월계나무 가지로 월계관을 만들어 늘 쓰고 다녔고, 또 그가 시를 지어 읊을 때 연주하는 거문고에도 이걸 장식했으며, 그가 여는 운동 경기나 음악회에서 상을 줄 때에도 월계나무 가지로 관을 만들어 씌워 주었습니다.

달의 여신 셀레네

그리스

　하늘의 남신과 여신들이 땅 위의 사람들하고도 곧잘 함께 지내던 시절, 그리스의 어느 큰 목장에서 양들을 먹여 기르고 지내는 엔디미온이라는 청년이 있었는데요.

　이 청년은 재산도 별로 없었고 배운 것도 적었지만 의젓한 용모는 뛰어나서, 그를 보면 누구나 좀 더 가까이 오래 그와 함께 있고 싶은 마음을 갖게 되었습니다.

　날마다 양들을 몰고 푸른 초원을 돌아다니며 맑은 공기를 마시고 지낸 덕으로 그의 건강은 아주 좋았고, 밤에는 또 일찌감치 평화스러운 단잠에 들 수가 있었습니다.

　그런데 어느 날 밤, 달의 여신 셀레네는 엔디미온이 그의 오두막에서 참으로 평화롭게 잠들어 있는 모습을 비추어 보고는 그만 사랑하는 마음을 일으키게 되었습니다.

그래 밤마다 이 엔디미온의 잠든 모습을 점점 더 깊이 사랑하는 마음으로 보다가, 나중에는 그가 없이는 더 살아갈 맛이 없을 것같이 느껴지기까지 했습니다.

어느 날 셀레네는 하늘의 남신과 여신들의 우두머리인 제우스 신을 찾아가서 소원을 아뢰었습니다.

"그리스 초원의 목장에서 양을 치며 사는 엔디미온을 저한테 주십시오. 그 청년하고 언제까지나 같이 살고 싶습니다."

그러나 제우스 신은

"흠! 사람도 젊었을 때는 아주 아름다울 수도 있느니라. 그렇지만 사람은 누구나 다 늙어서 죽는단다. 그리고 늙으면 누구나 다 꼬락서니가 형편없이 돼. 그러니 그까짓 인간에게 너무 마음 쓰지 말도록 해라."

하면서 코웃음을 쳤습니다.

그래도 셀레네는 안타깝기만 해서,

"그건 잘 아옵니다만, 여신인 저로서도 어쩔 수 없는 이 심정을 어떻게 하옵니까?"

하며 울먹울먹하고 있었습니다.

그랬더니 제우스 신은

"네 고집도 어쩔 수는 없겠군. 그럼 내가 그 청년에게 우리 신들과 똑같은 영원한 목숨을 주도록 하지. 그렇지만 그건 어디까지나 덤으로 주는 영생이니까, 네가 좋아하던 그 모습대로 '예쁘게 잠들어 있는 영생'으로 하자꾸나."

이렇게 결론을 내리고, 셀레네가 그리워하는 엔디미온을 영원히 목장에서 잠자는 사내로 만들어 버렸습니다.

그래 그 산 밑 초원의 목장에 달이 뜨면, 달님은 잠자는 엔디미온 곁으로 내려와서 그의 뺨에 사랑이 가득 담긴 입맞춤을 한답니다.

아름다운 처녀와 물고기 총각

나이지리아

둔갑이란 말을 아시지요? '언덕 너머 네 갈랫길에서 암여우가 냅
다 재주를 넘더니 금세 예쁜 여자로 둔갑을 했다더라'든지 하는 옛
날이야기 속에 나오는 그 둔갑 말입니다. 이것은 먼 아프리카의 나
이지리아라는 나라의 강물 속의 총각 물고기 한 마리가 잘생긴 남자
로 둔갑하여 인간의 처녀와 친하게 지낸 이야기입니다.

서쪽 아프리카에 있는 나이지리아의 장이 서는 어느 마을에서 살
고 있는 아주 어여쁜 처녀 아가씨가 있었는데요. 이 아가씨는 자기
가 빼어나게 예쁘다는 걸 알고 있어서, 자기보다 못생긴 사내하고는
결혼을 하지 않기로 작정하고 날마다 잘생긴 남자만 눈여겨 찾고 있
었는데, 어느 날은 시장 거리에 나갔다가 비로소 마음에 드는 사내
하나를 발견하고 바람만바람만 그 뒤를 따라가다가, 드디어 용기를

내서 바짝 그 옆에 다가서며,

"총각이거든 저와 결혼해 주세요! 어떠세요?"

하며 그의 손을 꼭 붙들어 잡았습니다.

그랬더니 아주 잘생긴 사내가 하는 말이,

"고맙습니다. 저는 아직 총각이긴 하지만, 사람이 아니고 이둔마이보 마을 가까운 곳의 강 물고기인데 세상을 알고 싶어 잠시 둔갑해서 나온 것입니다. 어떻게 하시겠어요?"

하는 것 아닙니까?

그러나 처녀는 이 총각이 너무나도 좋아져서,

"아무려면 어때요? 지금 그 모습으로 가끔 둔갑해 나와서 저하고 만나만 주신다면 저는 당신의 아내가 되어 죽을 때까지 살겠어요!"

하고 맹세를 했어요.

그 물고기 총각도

"그럼 좋아요."

하고 찬성하고, 이둔마이보 마을 근처의 강가로 그녀를 데리고 가서 그의 고향인 강물을 가리키며,

"여기가 제가 태어난 고향입니다. 언제든지 제가 보고 싶거든 여기 와서 저를 부르는 노래를 하세요. 그러면 제가 사람이 되어 당신을 만나러 나올 것입니다."

하면서, 이 처녀가 앞으로 여기 와서 불러야 할 노래를 조용히 들려주었는데요. 그 노랫말은 아래와 같은 것이었습니다.

강이 좋아 강에 사는 총각 고기야

네가 사는 맑은 물이 그리웁구나

내가 제일 좋아하는 구슬보다도

임금님이 호강하는 대궐보다도

더 신나는 강에 사는 총각 고기야

그래 두 남녀는 이 노래를 함께 여러 번 되풀이해 불러서 처녀도 이젠 이 노래가 입에 배게 되어서야 서로 헤어졌지요.

그 뒤 이 처녀는 물고기 총각을 자나깨나 잊지 못해 날마다 집에서 맛난 음식을 만들어 가지고는 사람들의 눈을 피해 그 강가로 찾아가서 둘이서만 아는 노래를 불러 사랑하는 이를 불러내서는 같이 나눠 먹으며 속삭이는 사랑의 한때를 갖는 것이 무엇보다도 소중한 일이 되었습니다.

그런데 이 처녀가 날마다 맛난 음식을 만들어서 가족들하고는 나눠 먹지 않고 어디로 남몰래 가지고 나가는 걸 이상하게 여긴 그녀의 가족들에겐 이게 큰 걱정거리가 되어서, 어느 날 소년인 그의 아우는 파리로 둔갑을 해서 그녀의 눈에 뜨이지 않게 뒤를 따라가 보았어요. 그래 그의 누나가 노래를 불러 물고기 총각을 불러내 함께 어울려 지내는 것을 숨어서 살펴보고, 또 그 노래의 가사도 잘 기억해 두었습니다. 그러고는 돌아와 보고 온 사실들을 부모에게 말씀드렸습니다.

그랬더니 그의 아버지는 매우 크게 성을 냈습니다. 그러나 돌아온

딸 앞에서는 그런 내색은 조금도 보이지 않고,

"너는 당분간 할아버지 집에 가서 조용히 지내거라."

하고만 말하여, 그의 딸을 꽤나 먼 곳에 있는 할아버지 집으로 보내 버렸습니다. 그런 다음 그 물고기 총각을 없애 버릴 궁리를 하기 시작했습니다.

어느 날 그는 궁리 끝에 비밀을 알고 있는 아들의 안내를 받아 이 둔마이보 마을 가까이 흐르는 물고기 총각의 강가로 나갔습니다. 그래서는 그의 딸이 물고기 총각을 불러낼 때 부르던 노래를 아들을 시켜서 부르게 했습니다.

소년이 그의 아버지가 하라는 대로 누나의 목소리를 흉내 내서 노래를 불렀더니, 강 속의 물고기 총각은 그 처녀가 부르는 줄로만 알고 바로 둔갑해서 잘생긴 젊은 사내가 되어 그들의 앞에 반가운 얼굴로 나타났어요.

그러자 처녀의 아버지는 옷 속에 숨겨 가지고 온 자귀(조그만 손도끼)로 물고기 총각의 머리를 쳐 죽이고 말았습니다. 그리고 그 시체를 강물에 내던져 버렸습니다.

물고기 총각의 시체는 강물에 던져지자 이내 죽은 물고기로 변해 둥둥 떠올랐는데요. 처녀의 아버지는 아들과 둘이서 그것을 건져 내 가지고 집으로 돌아와서 소금을 발라 햇볕에 말리면서 딸이 돌아올 날을 기다리고 있었습니다. 이 말린 물고기를 딸에게 먹이면서 그녀의 잘못된 사랑을 벌해 가르칠 작정이었습니다.

며칠 뒤에 그의 딸이 다시 불리어 돌아오자, 그걸 구워서 그녀의 앞에다 내어놓았습니다.

　이때 마침 옆에서 지켜보고 있던 그녀의 동생은 그 자리에서 다음과 같은 노래를 지어 불렀습니다.

　　남편의 고기를 먹으려는

　　고약한 아내가 생겨났다네

　　아내가 집 비우고 나간 동안에

　　남편 물고기는 잡혀서 죽어

　　말려 구워져서 나온 줄도 모르고!

　그 노래를 듣자 처녀는 바짝 정신이 들며, 혹시나 하는 생각에 가슴속에 불이 붙어 집을 박차고 나가서 물고기 총각의 강물에 닿아 둘만이 아는 노래를 불렀습니다.

　그렇지만 이미 죽어 버린 그녀의 사랑하는 물고기 총각이 다시 살아 나올 리가 있겠습니까?

　목청을 다해서 처녀는 총각을 부르는 노래를 또 하고 또 했으나, 그 강물에서 나는 건 오직 출렁거리는 물결 소리뿐이었어요.

　처녀는 다시 그 자리에서 노랫말을 꾸며, 강물의 여신에게 호소하는 노래를 지어 불렀습니다.

　　올웨리! 올웨리! 강물의 여신이여!

　　저는 돌아왔어요

눈동자도 머리털도 별이 돼서요
제 사랑하는 사람이 정말로 죽었다면
이 강물을 그 피로 붉게 물들이세요

이렇게 처녀가 강물을 보며 노래 부르자, 강물의 여신은 그걸 알
아듣고 금세 온 강물을 다 새빨간 핏빛으로 물들여 놓았어요.

이걸 보고 사랑하는 사람이 그녀의 아버지에게 당해서 죽은 것을
비로소 알게 된 처녀는 그 슬픔을 이기지 못해서 강물에 몸을 던져
뛰어들었습니다. 그녀의 몸이 강 밑바닥에 닿자, 강의 여신 올웨리는
그녀를 강의 선녀인 오니제기 가운데 하나로 삼아 주었다고 합니다.

그래 지금도 이 강가를 사람들이 지나다가 들으면 가끔은 이 처녀
가 죽어서 된 그 강의 선녀가 부르는 노랫소리가 아주 구슬프게 들
려오기도 한다고 해요.

사랑을 아는 야자나무
가나

옛날 아프리카의 서쪽, 가나라는 나라에 어떤 추장의 아들 부부가
살고 있었는데요. 오랫동안 아이를 낳지 못해 고민하던 끝에, 강물
에서 자라난 야자나무에 빌면 애를 밸 수 있다는 말을 듣고 아내가
거기에 가 빌어서 사내아이 하나를 낳게 되었다고 합니다.

그런데 강물 속의 야자나무에게 아이를 낳게 해 달라고 어머니 될
사람이 여러 날을 빌고 지내자니까 야자나무가 말하기를,

"네 비는 마음의 정성이 지극해서 사내아이 하나를 낳게 해 주기
는 하겠다마는, 이 아이는 자라도 사랑에 어긋나는 일은 죽어도 못
할 것이니 그리 알아라."

하더니만, 그 야자나무의 예언은 꼭 그대로 적중했다고 해요.

이 아이가 클 만큼 크자 어머니는 그에게

"우리 집안이 옛날부터 모시고 지내 온 나무니 강물 속의 야자나무에겐 함부로 굴어선 안 된다. 거기를 올라간다든지 하는 무엄한 일은 하지 않도록 해야 한다."

하고 신신당부를 했지만, 그런 것마저도 그는 전혀 아랑곳하지 않고 오직 그의 사랑에만 골몰했다고 해요.

좋은 젊은이가 되자 그는 마을의 어떤 처녀와 서로 깊은 사랑에 빠졌어요. 어느 날은 둘이서 어울려 다니며 놀다가, 처녀가 허리에 띠고 있던 진주로 된 허리 장식을 총각이 어쩌다 잘못 건드려서 그걸 꿰었던 실이 끊어져 버렸어요.

"야자나무 껍질로 만든 단단한 실이 있어야 다시 꿸 텐데……"

처녀가 하는 말을 듣고, 그는 그 실을 가게에서 사다가 주었지요.

그러나 처녀는 그것을 받지 않고,

"아니야, 이게 아니라, 물속에서 자란 야자나무 껍질에서 뽑아 만든 실이라야 해."

하고 고집을 부렸는데요.

이때에 그는 어머니의 간절한 당부도 다 잊어버리고, 쏜살같이 달려가서 자기를 이 세상에 태어나게 한 강물 속의 큰 야자나무 위로 뽀르르 올라가 껍질을 벗기기 시작했습니다.

그런데 이 사랑의 젊은이가 그 껍질 한쪽을 칼로 베어 막 벗기려고 할 때였습니다. 그 순간 이 큰 야자나무의 둥치는 두 쪽으로 짝 벌어졌고, 그 속에 이 젊은이를 끌어 들여 담고는 다시금 오므라져 버리고 말았습니다.

그러고는 젊은이의 가족들과 마을 사람들에게 경계나 시키려는 듯이 이 젊은이의 모습만을 거울에 비치듯이 맑은 강물 위에 드러나게 해 놓았습니다.

돌아오지 않는 아들을 찾아 여기저기 헤매 다니던 그의 어머니가 드디어 맨 먼저 야자나무 옆 강물 위에 비치는 아들의 모습을 발견하고,

"야아, 너 지금 어디에 있니?"

하고 외쳤지만, 그 아들이 하는 말소리가,

"엄마! 나는 지금 이 야자나무 속에 갇혀 있어! 내가 좋아하는 여자의 진주 허리 장식을 꿴 실이 끊어져서 그 실을 새로 뽑아내려고 야자나무 껍질을 벗기러 이 나무에 올라오게 된 거야!"

하는 것을 듣고는 그냥 그 자리에서 소리 없이 울며 물러날 수밖에 없었습니다. 그녀의 가족들이 선조 때부터 지켜 오던 관습과 계율을 그녀는 아들이 아무리 사랑스러워도 어길 수는 없었던 거지요.

그다음에는 또 그의 아버지가 잃어버린 아들을 찾아다니다가 역시 그 야자나무가 서 있는 강물에서 어린 아들의 모습을 보게 되었지만, 그 또한 아들이 그들의 가훈과 신앙까지 어기고 한 처녀와의 사랑만을 위해서 올라가지 말라는 강물 속의 야자나무에 껍질을 벗기려 올라갔다는 얘기를 듣고는 아무 말도 못 하고 그곳에서 떠날 수밖에 없었습니다.

그다음에 이 강물에 어린 사랑의 젊은이의 모습을 보게 된 것은 젊은이의 할아버지인 이곳의 추장 할아버지였어요. 그도 손자가 자

기가 한 짓을 고백하는 말을 듣고는 아무 대꾸 없이 이곳을 떠나 버리기는 그의 며느리나 아들과 마찬가지였습니다.

그러자 그다음에 여기에 나타난 건, 아무리 기다려도 총각이 야자나무 껍질을 벗겨 가지고 그들이 놀던 자리로 돌아오지 않아 걱정 끝에 찾아 나선 바로 그 처녀였어요.

처녀는 먼저,

"저기 강물에 비쳐 있는 것이 정말로 제가 사랑하는 아쿠와시의 모양이 맞는지요?"

하고 그다지 큰 소리는 아니지만 뚜렷하면서도 사랑이 넘치는 목소리로 물었습니다.

그래 그 젊은이가

"나야. 아쿠와시야. 이 야자나무의 껍질에서 뽑은 실이라야만 네 허리 장식의 끊어진 실 노릇을 다시 할 수 있다기에 이 나무에 올라와 껍질을 벗기다가 그만 이 나무 속에 갇혀 버리고 말았어."

하고 대답하자, 그녀는 이번에는 자기 애인을 삼킨 그 강 속의 야자나무와 하늘을 향해,

"놓아주세요! 제가 사랑하는 제 목숨 같은 제 애인을 돌려보내 주세요. 돌려보내 주세요! 돌려보내 주세요!"

하고 마음 깊은 곳에서 우러나는 소리로 애원했습니다.

이 애원의 힘이 그렇게도 세었는지 강 속의 야자나무는 어느 만큼 틈이 벌어져, 그 틈으로 그 속에 갇힌 젊은 사내 아쿠와시의 얼굴과 몸이 빠끔히 들여다보이는 것이었습니다.

처녀는 한결 더한 피 끓는 소리로,

"야자님! 하느님! 어서 제 애인을 풀어놓아 주세요. 제게로 돌려보내 주세요! 돌려보내 주세요!"

하며 연거푸 애원했습니다.

마침내 처녀의 간절한 사랑의 힘 때문인지, 또는 하느님과 그 야자나무의 너그러움 때문인지, 또는 그 두 힘이 잘 합해졌던 까닭이었는지, 강 속의 야자나무의 벌어진 틈은 점점 더 넓게 벌어져서, 드디어 거기에서 벗어난 사랑의 아쿠와시가

"야! 이제 우리 둘이는 같이 살게 되었다!"

하고 소리치며 처녀 쪽으로 달려오기 시작했습니다.

그런데 이 두 사랑의 처녀 총각이 서로 만나 얼싸안고 뺨을 서로 비비려고 할 때에 두 사람은 그만 맑고 향기로운 기름으로 녹아 버려 땅바닥을 흥건히 적시는 신세가 되고 말았다고 해요.

이때 그 기름을 조금이라도 얼굴에 찍어 바른 사람들은 모두 다 미남 미녀가 되었다고도 하고요.

미워졌다가 예뻐졌다가 하는 처녀

브라질

이것은 15세기 무렵 브라질에 들어와 이 나라에서 힘을 쓰게 된 포르투갈 핏줄의 백인들이 만든 이야기입니다.

옛날 이 포르투갈 핏줄의 어떤 집 처녀 하나는 낮에 보면 예쁠 것이 없는데 밤만 되면 아주 예쁜 모습이 되어, 보는 사람들이 이게 똑같은 사람인가 의아해했습니다.

알고 보니 그건 딴 이유가 아니라, 이 처녀가 우연히 그녀의 집 근처의 깊은 수풀 속의 선녀와 친하게 되었는데요. 그 선녀가 친구가 된 우정으로 마술 반지 하나를 처녀의 손가락에 끼워 준 때문이라고 해요.

"사람들은 당신이 미인이 아니라고 하지만, 우리 선녀들의 눈에는 아주 예뻐 보여요. 특히 당신의 마음씨가 말예요. 사람들이 당신의 얼굴을 잘 알아보는 낮에는 어쩔 수가 없지만, 밤에만은 우리 선녀 같은 얼굴로 만들어 드리고 싶네요. 해가 지거든 이 반지를 왼손의 약손가락에 끼세요. 그러면 당신은 밤 동안은 이 세상에서 더없는 미인이 될 겁니다. 그렇지만 새벽이 되어 댁의 수탉이 두번째로 울거든 그 반지는 빼 두고 당신은 원래 얼굴로 돌아가야 해요. 그래야만 사람들이 당신을 알아볼 수 있을 테니까요."

이렇게 말하며, 친구인 선녀가 어느 날 초저녁에 이 처녀의 손가락에 마술 반지를 끼워 준 데서 시작된 일이라고 해요.

그랬는데요.

어쩌다가 이 처녀가 수수한 차림으로 어느 날 밤 무도회에 간 일이 있었는데, 거기에는 마침 이런 수수한 차림의 선녀 얼굴을 알아볼 줄 아는, 눈이 대단히 밝은 신분 높은 사내가 하나 끼어 있었어요.

둘이는 서로 눈이 맞아 얼싸안고 춤을 추고는 둘이 다 어쩔 수 없는 깊은 사랑에 빠지게 되었습니다.

그래 이 처녀는 일생 동안이라도 그 남자와 함께 그렇게 춤만 추고 있고 싶었으나, 어느새 밤이 깊고 새벽녘이 되어 근처의 수탉들이 첫 홰를 치며 우는 소리가 들려오자 조마조마한 마음으로 집을 향해 달려가기 시작했어요.

사랑에 빠진 사나이도 서슴지 않고 그 뒤를 따라 그녀의 집 문 가까이까지 쫓아왔어요. 그러자 이때 바로 새벽닭이 두 홰째 우는 소리가 들려왔어요. 처녀는 허둥지둥 반지를 빼서 들고 있다가 그만 실수하여 땅에 떨어뜨린 채 냉큼 집 안으로 들어가 버리고 말았습니다.

그래 따라오던 사내는 그 반지를 주워서 사랑하는 사람의 것이라는 느낌에 취해 제 손가락에 한번 끼어 보고는 다시 빼 들고 그 집 문을 두드려서, 처녀의 어머니에게 전해 주었어요.

그런데 참 이상하게도요, 이 반지를 어머니에게서 전해 받아 이튿날 저녁 다시 그 손가락에 낀 이후부터는 이 처녀는 낮에도 다시는 미워지지 않는 선녀 얼굴 그대로만 있게 되었다고 해요.

그 선녀가 준 마술 반지에는요, 사랑하는 사람이 생겨 그걸 한번 끼어 보기만 해 주면요, 반지의 임자인 처녀는 언제나 선녀같이 이쁘게 보이게 된다는 조건이 붙어 있었던 것이래요.

해님의 딸과 목동 이야기

페루

이것은 남아메리카의 페루라는 나라가 옛날 잉카 제국이었던 때에 생긴 이야긴데요.

사철 그 산봉우리에 하얀 눈을 덮고 있는 높은 피투시라 산골짜기에서 라마라는 가축을 날마다 돌보아 기르고 지내는 아코야나파라는, 곧 청년이 되려고 하는 훤칠하고 순진한 소년이 있었어요. 그는 신에게 제물로 바칠 이 라마들을 풀밭으로 몰고 다니며 풀을 뜯기면서 피리를 불며 지내는 것이 하루의 일과였어요.

어느 날 그가 라마 떼를 이끌고 풀밭을 지나며 피리를 불고 있는데, 그의 앞에 문득 두 사람의 너무나 어여쁜 해님의 딸들이 나타났어요. 그들은 낮 동안에는 피투시라 산골짜기의 어디를 가거나 햇빛처럼 자유로웠지만, 햇빛이 없는 밤이 되면 그들이 묵는 곳으로 돌아가 자야 하는 규칙을 가지고 살고 있었습니다.

해님의 두 딸들을 보자 목동 소년은 너무나 놀라 두 무릎을 꿇었는데요. 그것은 이들이 어찌나 맑고 밝게 빛나 보이는지 이 피투시라 산골에 있는 네 개의 맑은 샘물 중 두 샘물의 선녀들일 것이라고 생각한 때문이었어요.

그러자 그 둘 중의 하나가 방긋 웃으면서,

"무서워 마라. 우리는 이 세상을 모두 먹여 살리는 하늘의 해님의 딸들이니 너를 해치지는 않는다."

하며 목동의 팔에 그녀의 손끝을 대어 안심시키고는,

"고향은 어디고 이름은 뭐지?"

하고 물었습니다. 소년이

"고향은 라리스고 제 이름은 아코야나파예요."

하고 대답했더니, 이번에는 소년이 이마에다 붙이고 있는 은장식판에 새겨진 그림을 한참 동안 들여다보았습니다.

이 그림에는 심장을 먹고 있는 두 신의 모양이 그려져 있었는데, 이것은 옛적에 이 나라의 우두머리 신인 아랴료가 제물로 바친 사람의 심장을 날로 먹고 살았기 때문에 그때의 야만의 역사를 되새겨 반성하기 위한 것인 듯했어요.

이 그림을 보고 난 해님의 딸은 가만히 한숨을 한 번 쉬고는 또 다른 딸과 함께 인사도 없이 휙 떠나가 버렸습니다.

이 두 여자는 사실은 페루의 옛날 잉카 제국의 황제가 '해님의 딸'이라는 이름으로 나라 안의 여러 곳에서 뽑아다가 그 꽃다움으로 하늘의 해를 섬기게 했던 그런 의미의 해님의 딸이었던 거예요. 순진한 목동 소년에게 말을 걸었던 해님의 딸의 이름은 추키랸투라고 했습니다.

그런데 이거 야단이 났네요. 많은 해님의 딸들이 살고 있는 왕궁으로 돌아온 추키랸투는 딱 한 번, 그것도 잠깐 만났을 뿐인 순진한 목동 소년 아코야나파에 대한 그리움 때문에 벌써 그날 저녁부터 식사도 제대로 못 하게 되고, 또 밤에는 잠도 제대로 자지를 못하게 되었으니 말입니다.

해님의 딸 추키랸투는 매우 서러웠습니다. 왜냐하면 누구나 한번 해님의 딸로 뽑히어 오면 언제나 하늘의 해님만을 섬겨야지, 사람인 사내와는 사랑하거나 결혼해서는 안 되는 것이 그곳의 법이었기 때문이었습니다.

그래 이 설움 때문에 그녀는 늦게야 잠이 들었는데요. 그녀가 꾼 꿈속에서는 아름다운 새가 한 마리 날아와서 나무 사이를 날아다니며 노래하고 있었습니다.

추키랸투가 그 새에게 그녀의 슬픈 사랑을 고백하고,

"어쩌면 좋겠느냐?"

물었더니, 그 아름다운 새는 뒤로 물러서며,

"서러워하지 말고 용기를 가지세요. 당신이 정말 사랑으로 이기고 싶으면 말입니다."

하고 대답했어요. 그러면서 그 새는 이어서,

"아침에 잠이 깨거든 이 산속의 네 개의 맑은 샘물 중에서도 가장 맑은 샘물로 나가세요. 거기 가 앉아서 당신의 사랑을 노래로 불러서, 그 샘물도 그걸 따라 노래해 준다면 당신의 사랑에 대해 걱정하지 말고 그대로 밀고 나가세요."

하는 것이었습니다.

그녀는 아침에 잠에서 깨자, 이내 꿈속에서 새가 가르쳐 준 산속의 네 개의 샘물 중에서 제일로 맑고 고운 샘물가로 나갔습니다.

그 샘물가에 앉아 그녀가 이룰 수 없는 사랑의 슬픔을 조용히 노래했더니, 샘물도 조용히 같이 노래를 불러 주는 것이었습니다. 그녀는 비로소 가슴의 떨림을 어느 정도 진정시키고, 그 자리에 누워 지난밤의 모자랐던 잠을 잠시 메꾸고 있었습니다.

그런데 이 해님의 딸 추키란투를 그렇게까지 사랑의 슬픔에 빠지게 한 목동 소년 아코야나파는 어떻게 되었느냐 하면, 그도 역시 난생처음으로 그리운 사랑의 열병이란 걸 앓고 있었어요.

그는 그의 팔에 손끝을 대어 주던 해님의 딸 추키란투의 아름다움을 잊을 길이 없어 역시 밤에 쉽게 잠들지를 못하고 애꿎은 피리만 밤늦게까지 불어 대면서 구슬 같은 눈물만 흘리고 있다가, 손이 닿지 않는 절망 속에서 간신히 늦잠이 들었지요.

그런데 그의 고향인 라리스에 살고 있던 점쟁이인 그의 어머니가 이때 아들 생각이 나서 점을 쳐 보니, 아들 아코야나파 소년이 해님의 딸 추키란투의 아름다움에 반해 상사병에 빠져 있는 모습이 그 마음속까지 모두 환히 비쳐 나와서, 그녀는 부리나케 짐을 챙겨 아들을 돌보아 주러 길을 떠났습니다.

해 질 녘에야 어머니는 피투시라 산 밑의 아들의 움막을 찾아들어, 아들의 맥을 짚어 보았는데요. 아들의 상사병은 피투시라 산에서 나는 특별한 약초를 달여 먹이지 않으면 죽을 수도 있는 데까지 이르러 있어 부랴부랴 그 약초를 산에 가서 캐 가지고 와서 정성을 다해 끓이며, 마음속으로 아들을 살려 달라고 하늘의 해님에게 빌고 있었어요.

그러자 이때에 먼 발걸음 소리가 점점 가까이 다가오더니 그녀의 앞에 뚝 멎어서서, 눈을 들어 보니 거기에는 그의 아들의 애인 추키랸투가 그녀의 길동무인 처녀와 함께 나타나 있는 것이었습니다.

해님의 딸 추키랸투는 가장 아름다운 샘가에서 잠을 깨자, 정신을 가다듬어 그의 길동무인 처녀와 함께 산책을 나왔다가 아무래도 발걸음이 아코야나파의 움막으로만 향해져서 저도 모르게 여기까지 온 것이었습니다.

이 목동의 움막 앞에 막상 와 보니 또 벅찬 마음에 짓눌리게 되어서 거기 그대로 주저앉았습니다. 그녀는 갑자기 배가 고파져서, 밖에서 약을 달이고 있는 아코야나파의 어머니더러

"먹을 게 있으면 조금 주시겠어요?"

했습니다. 그래 목동의 어머니가 마침 있는 건 약초로 만든 음식뿐이라고 했더니 그녀는 그거라도 좋다고 해서, 어머니는 음식을 차리려고 움막 안으로 들어갔어요.

점치는 것뿐만이 아니라 자기의 모습을 여러 가지로 바꾸는 재주도 가지고 있던 이 목동의 어머니는 생각한 것이 있어, 음식을 차리

기 전에 먼저 앓아누워 있는 아들 아코야나파 곁으로 가서 그녀의 아들을 한 장의 고운 빛깔의 여자용 망토로 둔갑시켜 놓았습니다. 소매 안 달린 나들이 웃옷으로 말입니다.

그러고서 약초 음식을 차려 놓고 두 해님의 딸들을 방으로 불러들여 맛있게 먹게 해 주었더니, 둘은 하나도 남기지 않고 다 먹고 나서 방 안을 살펴보다가, 추키랸투가 그 목동이 둔갑한 고운 망토를 보게 되었어요.

"아이, 참 이뻐요. 이것을 제가 가지면 안 될까요?"
하고 추키랸투는 그걸 꼭 갖고 싶어 했습니다. 그건 바로 그리운 목동이었으니까, 자기도 모르게 마음이 끌려서 그런 것이겠죠.

그의 어머니는
"좋습니다. 가지세요. 사실 이 망토는 파차카마크 신의 애인이었던 여자가 가졌던 것을 제가 선물로 받은 건데, 아가씨에겐 딱 맞겠네요."
하며 그것을 추키랸투에게 주었어요.

그리하여 사랑의 여인 추키랸투는 이 망토를 가지고 자기의 방으로 돌아가서 그리운 목동의 모습만 생각하며 울고 있다가 지쳐서 잠이 들었어요.

그런데 그녀가 꿈속에서 그리던 목동을 다시 만나게 되었을 때, 망토도 다시 목동으로 탈바꿈을 했어요. 다시 제 모습으로 돌아온 목동 아코야나파가 꿈을 꾸고 있던 추키랸투를 흔들어 깨우자, 서로 잊지 못하던 두 사람은 얼싸안으면서 비로소 그들의 사랑을 고백하게 되었습니다.

이튿날 아침이 되자 목동 아코야나파는 사람들의 눈을 피하기 위해 다시 망토로 둔갑하고, 해가 뜨자 해님의 딸 추키랸투는 이 망토를 입고 해님을 모시는 의식에 참가하러 왕궁으로 나갔습니다.

의식이 끝난 다음에, 추키랸투가 다시 수풀 속으로 산책을 나와 망토에서 또 원래 모습으로 둔갑해 나온 아코야나파와 함께 실컷 얼싸안고 있었는데, 이때에 이들의 모습을 보게 된 왕궁의 파수꾼들은 이들을 잡으라는 나팔 소리를 높이높이 울려 댔어요.

두 사람은 죽을힘을 다해 도망쳐서 바위 산등성이를 기어오르다가 해의 신의 노여움을 받아 그대로 두 개의 바윗돌이 되고 말았습니다. 추키랸투는 한 짝 신발만을 신고, 벗겨진 한 짝은 손에 주워 든 그 모양 그대로요.

하얀 돌로 만든 배를 타고

미국

이것은 미국의 중북부인 위스콘신 주 근처에 옛날부터 살고 있던 치프워 부족의 인디언들이 만들어 전해 온 이야기입니다.

치프워 부족의 한 용사가 그 부족의 참한 처녀에게 여름내 구혼을 해서 첫눈이 내리는 날 결혼하기로 약속을 해 놓았는데, 그만 불행히도 그 처녀가 갑자기 병에 걸려 이 세상을 떠나자 홀로 남은 용사는 견디기 어려운 슬픔 속에서 헤매게 된다는 데에서 이야기는 시작됩니다.

애인을 잃은 슬픔을 달래기 위해 그를 아끼던 친구들은 사냥을 같이 가자고도 해 보고, 또 싸움에 나갈 것을 권하기도 했으나, 그의 마음은 도무지 딴 일에는 움직여지지가 않고 오직 그의 애인이 간 저승이라는 데만을 밤낮으로 생각하다가, 그는 마침내 저승을 찾아 나서기로 했습니다.

옛날부터 이 치프워 부족 인디언들 사이에 전해 오는 말로는, 저 승으로 가는 길은 어느 수풀 속에서 시작된다고 해서, 홀로 남은 사 랑의 총각은 어느 날 가장 깊은 수풀 속으로 들어가 남쪽을 향해 나 있는, 웬일인지 마음이 내키는 길을 따라 끝없이 걸어가고 있었습니 다. 먼 남쪽에 가면 겨울이 없는 저승이 있다는 이야기를 어려서부 터 자주 들어왔기 때문이었죠.

그래 눈에 덮인 겨울 숲길과 산길을 여러 날 동안 걸어갔더니, 드 디어 그의 앞에는 온갖 꽃들이 피고 나무가 빽빽한 숲이 나타났고, 그는 이것을 보고 길을 잘못 든 건 아닌 것 같다는 생각이 들었습니 다. '이게 바로 저승 아닌가' 하는 생각이 든 것입니다.

이 늘 푸른 나라의 어느 설탕단풍나무 숲을 지나니, 언덕 위에 나 무껍질로 지붕을 인 오두막이 한 채 보였는데, 이 오두막을 찾아가 무기를 가지지 않았다는 표시로 오른손을 번쩍 높이 치켜들었더니, 집주인인 머리가 하얀 노인이 그를 반가이 맞이해 앞에 앉히고는,

"잘 왔다. 그렇잖아도 너를 기다리고 있던 중이다. 며칠 전에 네가 사랑하는 여자가 여기를 지나가는 걸 보고 네가 머지않아 또 찾을 거라고 생각했지. 이곳이 바로 이 세상과 저승의 경계선이다. 그러 니 너는 인제 여기에다가 네 몸과 몸에 지닌 모든 걸 맡겨 놓고 마음 만으로 저승길을 가야 하는 것이다."

하는 것이었습니다.

그는 이 노인의 말대로 그의 몸을 거기 맡기고 한 벌 마음만이 되

어, 온갖 꽃이 흐드러지게 피고 아름다운 새들이 우짖는 저승길을 날듯이 달려갔습니다.

마침내 큰 호숫가에 다다르니, 거기에는 하얀 옥돌로 된 작은 배 한 척이 떠 있어서 그걸 탔습니다. 타고 그냥 앉아 있기만 해도 그 배는 빠른 물새가 날듯 저절로 달려갔는데, 저 앞에 또 다른 옥돌 배 한 척이 보이고, 그 배에는 꿈에서도 잊을 수 없던 그의 죽은 애인이 혼자서 타고 있었습니다.

그리하여 몸이 없는 두 애인은 마음만의 손을 맞잡고 드디어 어느 아름다운 섬에 닿아 저승의 왕을 찾아가게 되었는데요.

저승의 왕은 그들에게 명령을 내렸습니다.

"너희들 두 사람은 죄가 없고, 또 그 사랑도 당연하여 우리 저승의 낙원에서 영원히 안 죽는 기쁘기만 한 목숨으로 살게 하려고 정해 놓기는 했다만, 총각 너는 아직도 사람의 세상에서 해야 할 일이 많이 남아 있으니 다시 돌아가서 그걸 마치고 오너라. 네 아내는 내가 여기서 잘 맡아 둘 테니 아무 염려 말고……"

그래 이 사랑의 총각은 다시 사람의 세상으로 돌아와 치프워 부족의 대추장이 되어서 사람으로서의 할 일을 다 한 뒤에, 다시 저승의 낙원인 아름다운 섬의 그의 애인에게 돌아가 영원히 살게 되었다는 이야깁니다.

가장 예쁜 인도의 선녀

인도

오늘은 아주 먼 옛날 인도의 하늘에서는 어떤 선녀가 가장 예뻤는지, 또 그 선녀는 얼마나 예뻤는지 그거나 한번 이야기해 볼까요?

그 예쁜 선녀의 이름은 티롯타마였습니다. 이 티롯타마가 생겨나기 전의 인도의 하늘에는 평화를 좋아하는 신들만이 살았던 게 아니라, 싸움을 좋아하는 아수라라는 신들도 살고 있었기 때문에 하늘의 대표적인 신인 브라마는 이들 때문에 마음을 많이 써야 했습니다.

이 아수라들 중의 우두머리인 슨다와 우파슨다 형제가 하늘을 두루 정복할 야심을 세우고 빈디야라는 높은 산에서 힘을 기르고 있다는 소문이 들리자 브라마는 직접 그들을 찾아가서,

"너희들이 더 이상 하늘을 어지럽히지만 않는다면 너희들 소원은 무엇이든지 다 들어주마."

하고 달래기까지 해야만 했습니다.

그랬더니 그 형제는

"우리 둘이 서로 죽이기 전에는 누구도 우리를 죽이지 못하게만 법을 만들어 주십시오."

하는 소원을 내놓아서, 하늘의 왕인 브라마는 그러자고 선선히 승낙해 버렸습니다.

그러나 이게 바로 문제였습니다. 하늘의 무슨 힘으로도 이 형제의 목숨을 빼앗을 수는 없다는 법이 정해지자 이걸 빌미로 삼아 이 두 악마의 살상과 만행은 끝없이 계속되기만 하여, 하늘의 평화를 회복할 길은 여전히 없기만 했습니다.

그래 브라마는 여러모로 다시 궁리를 한 끝에, 비슈바카르만이란 이름의 무엇이든지 다 만들 수 있는 신을 불러 명령하였습니다.

"하늘과 땅에서 아직 나타난 일이 없는 아름다운 여자를 하나 만들어 내라. 하늘과 땅의 구석구석까지 다 더듬어 찾아서 모든 예쁜 것의 정수만을 골라, 천상천하 제일의 미녀를 기어코 만들어 내야만 한다."

그리하여 드디어 예쁜 선녀가 만들어져서 눈부신 아름다움을 햇빛에 드러내게 되자, 브라마는 그 이름을 티롯타마라고 붙여 주며,

"인제부터는 네가 악마 슨다 형제 사이에 끼어들어서 두 놈이 다 너를 좋아하게만 만들어라. 그렇게 되면 두 놈은 원래 싸우기를 좋아하니까 서로 너를 차지하려고 저희들 목숨을 걸고 싸울 것이다."

하고 신신부탁을 하였습니다.

하늘과 땅이 만든 것 중에서 가장 아름다운 이 선녀 티롯타마는 브라마의 분부를 실행하기 위해 사뿐사뿐 걸어 나가고 있었는데, 어떻게나 예쁘던지, 하늘의 둘째 번 우두머리 신인 시바 신은 조금이라도 더 이 선녀를 바라보려고 얼굴을 여러 번 돌리다가 그 얼굴이 네 개나 되어 버렸고, 또 인드라라는 신은 좀 더 많이 보려는 욕심 때문에 눈이 천 개나 생겨났다는 이야깁니다.

물론 브라마의 계획대로 티롯타마의 아름다운 매력은 슨다 형제의 마음을 뒤집히게 만들어서, 그들 형제는 마침내 서로 이 여자를 독차지하려고 피를 흘리고 싸우다가 둘 다 목숨을 잃고 말았으며, 천국은 비로소 평화를 제대로 누리게 되었습니다.

새들의 왕은 누가 되는 게 좋은가?

수리남

이것은 남아메리카 대륙의 동북쪽에 자리 잡고 있는 수리남이란 나라에 옛날부터 전해 오는 이야기입니다.

수리남은 네덜란드 기아나라고도 불려 세 개의 기아나, 즉 영국 기아나, 프랑스 기아나, 네덜란드 기아나 중의 하나인데, 그 세 개의 기아나 중에서 가운데에 위치하고 있는 나라입니다. 여러분도 지도책을 찾아보세요.

어느 날, 수리남의 새란 새들은 모조리 한자리에 모여 '누가 과연 새들의 왕이 될 것인가'를 결정하는 회의를 갖게 되었는데요,

결론은, '이건 아무래도 우리 새들이 마음대로 결정할 것이 아니라 모든 짐승과 새들의 대왕이신 사자님을 모시고 상의해야만 할 일이다' 하게 되어 사자를 의장으로 모시고서 방법을 정해 새들의 왕

을 뽑기로 했습니다.

그런데 쿠니브르라는 아주 조그만 멋쟁이 새가 예쁘장한 소리로 말하기를,

"저는 비록 몸은 조그맣지만 마음만큼은 왕 노릇을 한번 멋드러지게 잘할 수가 있겠어요."

하고 나서서, 딴 새들은 무척 놀라면서도 그렇다고 못 들은 체해 버리기도 어려워 머뭇머뭇하고 있었습니다.

그래 이 회의의 의장인 사자가,

"여러분 생각은 어떻습니까?"

하고 물었는데요.

여러분도 잘 아시는 것처럼 하늘을 가장 높이 날며 약한 새들을 사냥 잘하기로 유명한 매라는 새가 나서서,

"어느 새가 이 세상에서 가장 높이 날 수 있는지 겨루어 봐서 이기는 새를 왕으로 정합시다."

하고 점잖게 말했습니다.

그러나 그의 제안은 많은 반대를 받아야 했어요. 왜냐하면 그 주장대로 하면 매가 이길 것은 뻔한 일이었으니까요.

그래 또 새들이 이 일을 결정하지 못하고 머뭇거리고 있는데, 이번에는 하늘 밑에선 가장 목청이 좋기로 유명한 솥작새(두견새)가 나서서 말하기를,

"그야 자기가 잘하는 것만 가지고 말하기라면 저도 고운 목청으로는 왕이 될 수도 있겠지만요. 뭐니 뭐니 해도 새들이 새 노릇을 하는

첫째 자격은 그 날개를 써서 나는 데 있는 것이니, 더 높이 날 수 있는 새를 왕으로 뽑는 것은 너무나도 당연하다고 생각해요."

하는 것 아닙니까?

이 솔잣새의 조리 있는 주장에는 어느 새도 반대하고 나서지를 못해 드디어 '겨루어 보아서 가장 높이 나는 새를 왕으로 뽑기'로 결정이 되었습니다.

그런데 아까 제가 왕이 되어 보고 싶다고 나섰던 그 아주 조그맣고 멋진 새 쿠니브르가 있었지요? 이 새는 모든 새들이 막상 경주의 출발 준비를 하게 되자, 무슨 생각을 했는지 하늘을 잘 나는 매의 등에 올라가서 눈에 잘 뜨이지 않게 찰싹 달라붙어 있었습니다.

드디어 이 높이 나는 시합에서 매가 당연히 최우수 선수로 뽑히는 순간이 되었습니다.

이때 쿠니브로 새는,

"나는 이 매의 등 위에 앉았으니까, 내가 매보다 좀 더 높이 난 것입니다."

하고 끝까지 주장했어요.

어느 새도 그걸 아니라고 할 수는 없어서요, 마침내 요 조그마한 게 새들의 왕이 되고 말았다는 이야기입니다.

우리나라 신선 선녀 이야기

산 동아줄과
죽은 동아줄

1

아주 먼 옛날, 우리나라 사람들과 하늘의 신선 선녀들이 서로 사귀기도 하고 지내던 때에는요. 마음씨가 착하고 바른 사람이 사나운 짐승이나 악한 사람에게 죽임을 당할 위험이 생길 때에는 하늘에서는 단단하게 성한 동아줄을 내려보내시어 거기 매달리게 해 하늘로 끌어올려 구제해 주셨고요. 그 대신 악한 자가 이게 시새워서 "저에게 동아줄을 내려 주세요" 하면 다 삭은 동아줄을 내려보내서, 거기 매달려 하늘로 올라가다가 도중에 그것이 동강 끊어지는 바람에 땅에 떨어져 죽게 하셨다고 하는데요.

이 성한 동아줄 즉 산 동아줄과, 삭은 동아줄 즉 죽은 동아줄이 실제로 어떻게 쓰였던가 하는 것을 예를 들어서 여러분께 이야기해 볼까 해요.

옛날보다도 훨씬 더 옛날 옛적 일인데요. 단군 할아버지께서 살아 계시던 때로부터 별로 오래 지나지 않은 그 옛날에, 얌전하고도 어진 어머니와 착하고 슬기로운 어린 아들이 저 우리나라 북쪽의 백두산 산골에 살고 있었습니다.

아버지는 어디 계시냐구요? 그분은 하늘에 사시는 신선이신데, 언젠가 백두산이 좋아서 내려오셨다가 한 훌륭한 처녀를 만나 서로 사랑하게 되어서 애를 배 낳게 했던 것인데요, 바로 위에서 말한 그 어머니와 아들이에요.

그리고 여기 특별히 말해 둘 것은 하늘의 신선이 인간의 처녀를 보고 사랑하는 마음을 내고 또 인간의 처녀도 거기 마음을 같이하게 되면 마음만 어우러져서도 애기를 배 낳았던 것이고요, 또 그 아이의 아버지인 신선은 하늘에 가서 여전히 살면서 적당한 때 가끔 아내와 아들을 만나러 내려오시면 됐던 것이에요.

그럼 이 사내아이의 나이를 알려드리죠. 이 아이는 만으로는 여덟 살, 우리나라에서 세는 나이로는 아홉 살, 그러니까 지금 초등학교의 꼭 2학년짜리 나이입니다.

그런 이 아이의 어느 가을날인데요. 어머니는 점심을 마친 뒤에 아들에게

"나는 오늘 저녁나절 매사냥도 하고 또 불로초도 캐러 나가니, 내가 좀 늦더라도 해가 저물면 밖에 나가지 말고, 누가 와서 창문을 열어 달라고 하더라도 절대로 열어 주어서는 안 된다. 안으로 빗장을 잘 걸어 잠그고, 그걸 열어 주어서는 안 돼."

하시고는, 꿩 같은 새들을 사냥하기 위해 오래 길들여 온 사나운 매 한 마리를 팔등 위에 받쳐 들고, 또 불로초 뿌리를 캐기 위해 돌로 만든 날카로운 창을 한 손에 들고, 구름 가듯 하는 걸음걸이로 날듯이 집을 나가셨어요.

불로초라는 것은 그걸 다려 먹으면 잘 늙지 않는다 해서 사람들이 붙인 이름이니, 그것은 산에서 나는 인삼, 곧 산삼일 것입니다.

그래 집에 남은 아홉 살짜리 아들아이는 혼자서 집을 지키다가 해 질 때가 되자 어머니의 부탁대로 문빗장을 안으로 단단히 잠그고 어머니가 어서 돌아오시기만을 기다리고 있었는데요.

해가 서쪽 산머리를 깜빡 넘어가자, 뜻밖에도 아이가 있는 방문 밖에는 누군가가 찾아와서,

"아가! 아가! 어서 문 열어라! 아가!"

하고 말하는 것이었어요.

"누구시지요?"

하고 그 아이가 물으니,

"누구긴 누구야, 네 어미지. 네 어미 목소리도 잊어버렸니? 어서 문 열어!"

하며 아닌 게 아니라 그의 어머니 목소리와 비슷한 소리로 재촉을 했어요.

그렇지만 이 아이가 잘 들어 보니 그건 어머니의 목소리와는 어딘가 같지 않은 데가 있어서,

"우리 어머니 소리는 아닌데, 뭘."

하고 거절을 했지요.

그랬더니 그 순간에요, 문의 좁은 틈으로 그 괴물이 한쪽 손을 쓰윽 들이밀었는데요. 하느님 맙소사! 그것은 아주 큰 호랑이의 앞발이었어요.

그래 비로소 이 아이도 정신을 바짝 차리고 태연한 목소리로,

"흥! 네년이 저 단군 할아버지의 어머니가 되어 보겠다고 덤볐다가 쑥하고 마늘만 먹고 지내야 하는 스무하루 동안의 수도 생활을 못 참아 자발머리없이 뺑소니쳐 달아났던 그 암호랑이의 손녀나 증손녀쯤 되는 모양이구나! 네 이것! 천벌을 받을 줄 알렷다!"
하고 한바탕 호통을 치고 있었는데요.

이 요망한 암호랑이는 제 본색이 탄로된 걸 알고는 한바탕 으스대는 웃음을 게게게게 웃어 대고는, 문틈으로 들이민 손을 쩔레쩔레 저으며,

"내 손이 짧거든 네 손이나 길거나…… 네 손이 짧거든 내 손이라도 길거나……"
하고 매우 안타까운 듯한 넋두리를 했어요.

우리 동포 중에는 이때의 이 호랑이의 넋두리 말씀을 그대로 전해 받아서 농담으로 써먹고 있는 사람도 더러 있는 것 같던데요.

그야 하여간에, 이때 이 어린이는 어머니의 부탁을 잘 들어 지킨 때문에 무서운 호랑이의 밥이 안 되고 무사할 수가 있었지요.

2

그런데 그 이튿날 점심 뒤에도 어머니가 불로초 캐다가 놓아둔 것을 마저 캐 오겠다고 집을 나가신 뒤인데요. 아이는 혼자 집을 지키다가 문득 뒤가 급해서 잠시 밖에 있는 뒷간에 들어가 있던 때였어요.

뜻밖에도 그 뒷간 바로 옆의 느티나무에 이 아이의 친구인 까치가 날아와 앉아서 찍찍거리며 급히 전하는 말이,

"찍찍찍찍! 뒤 다 봤나? 뒤 다 봤어? 야단났네, 야단났어! 어제 왔던 호랑이가 저기서 지금 이리로 막 뛰어오고 있단 말이야! 뒤는 대강 보고 어서 나와서 이 느티나무 위로 올라오게! 어서! 어서!"

하는 것 아닙니까?

그래 아이는 급히 서둘러서 밑을 닦고 냉큼 뒷간을 빠져나와 재빨

리 뽀르르르 까치가 앉아 있는 느티나무 위로 올라갔는데요.

뒤미처 이 느티나무 밑에 온 호랑이도 숨을 헐떡이며 그 나무 둥치를 타고 있는 힘을 다해 뒤따라 올라오고 있었어요. 온 산골이 쩌렁쩌렁 울리는 큰 호랑이의 포효 소리와 그 사나운 발톱들이 나무껍질을 찢어 대는 소리에는 용감한 우리 아이도 간담이 서늘한 느낌을 어쩔 수가 없어,

"까치야! 까치야! 내 친구 까치야! 이 일을 어떻게 하지?!"

하고 떨리는 소리로 물었더니요, 슬기로운 까치는 잠깐 머리를 갸우뚱한 다음에 바로 다음과 같이 대답을 하는 것이었어요.

"옳지! 학 영감을 모시어 오자! 그 학 영감이면 너 하나쯤은 거뜬히 업고 날아갈 수 있을 테니까!"

그러고는 쏜살같이 재빨리 날아가서 학들 가운데서도 유난히 큰 늙은 학을 모시고 다시 그 아이가 앉아 있는 느티나무 가지 위로 날아왔는데요.

이때는 이미 이 느티나무를 기어오르던 호랑이도 그 아이가 앉아 있는 가지 가까이까지 와 있던 판이라, 아이의 이마에서는 진땀이 솟아날 만큼 정말 아슬아슬한 찰나였어요.

그 찰나에 학 영감은 바로 우리 아이를 등에 업으면서,

"두 팔로 내 목을 잘 껴안아요."

하고는 큰 바람을 일으키며 공중으로 솟아올랐습니다.

그러나 인제부터 어디로 날아가서 내릴 것인지 거기까지는 이 아이도 학도 엉겁결에 미처 생각도 못하고 있던 판이라서요,

"그런데 어디로 날아가야 되죠?"

하고 비로소 생각이 난 아이가 물었어요.

그랬더니 그제서야 학 영감도

"그래 인제야 우리한테 무얼 생각할 능력이 돌아왔군."

하면서 잠시 동안 생각을 해 보시더니,

"옳아. 지금에야 생각이 났는데, 딴게 아니라 그 하늘의 동아줄 말이다. 네 아버지는 하늘의 신선님들 중의 한 분이시니 네가 그걸 내려보내 달라고 소원만 한다면 금세라도 내려 주실 건데 그만 깜빡 잊고 있었구나. 차라리 잘되었군. 내친김에 하늘에 올라가서 네 아버지도 한번 만나 보고 말이야."

하고 말씀하셨습니다. 그러고는 덧붙여서,

"지금 당장 네 마음속으로 하늘의 네 아버지를 생각하면서 그 동아줄을 좀 내려보내 달라고 가만히 빌어 봐라. 그럼 금세 그게 내려와서 네가 매달릴 수 있고, 그럼 하늘에서는 눈 깜짝할 사이에 너를 끌어 올리실 텐데……"

말씀하셨고요.

그래 학의 등에 업힌 채 그 아이가 두 눈을 지그시 감으며 마음속으로 '아버지, 동아줄을 내려보내시어 저를 살려 주세요' 하고 빌었어요.

그 마음속의 기도가 채 끝나기도 전에 하늘에서는 금빛 눈부신 튼튼한 동아줄이 우리 아이의 바로 손 닿는 곳에 내려와서, 그가 어서 거기 매달리기만을 기다리고 있는 것이었어요.

그래서 그 아이는 하늘나라를 구경하고 싶은 마음이 부풀면서, 하늘의 잡아당김을 따라 쭈욱 하늘나라로 여행을 가게 되었어요.

이것을 느티나무 위에서 사뭇 지켜보고 있던 그 흉악한 호랑이도 이게 너무나 부러워서 제 주제도 잊어버리고,

"하느님! 하느님! 저한테도 그 동아줄을 좀 내려 주세요. 하늘로 도망친 그 아이놈을 쫓아가서 잡아먹어 보게요!"

하고 목구멍이 미어져라 고함을 쳤습니다.

그랬더니 이번에도 하늘에서는 동아줄이 하나 내려오기는 내려왔는데요, 이건 금빛이 아니라 우중충한 잿빛이었어요.

그래 호랑이는 좋아서 아가리를 떠억 벌리며,

"아무렴. 나라고 해서 아주 업신여길 수는 없겠지."

하면서 두 앞발을 치켜들어 거기 매달렸는데요.

이 동아줄도 하늘의 잡아당김을 따라 한동안은 하늘을 향해 올라가고 있더니만, 얼마 뒤엔 뜻밖에도 그 동아줄의 중간에서 '와지끈' 하는 소리가 나면서 동강 끊어지고 말았어요.

흉악한 마음보를 끝까지 고치지 못한 그 호랑이는 땅으로 떨어져 내려 죽어야 할 운명이 되었는데, 때마침 수수목을 다 잘라 추수해 들인 뒤의 수수밭에 떨어졌기 때문에, 몸은 거기 창같이 늘어선 수숫대 끝에 찔리어 피를 많이 흘려야만 했어요.

요즘도 우리가 수숫대를 꺾어 보면 거기 빨간 물이 들어 있는 게 보이는데, 이게 바로 그때 그 호랑이가 흘린 핏자국이 유전해 온 것이라는군요.

3

   그럼 다음에는 그때에 우리 아이가 하늘에 올라가서 아버지인 신선을 만나 듣고 보고 온 것을 대강 적어 두겠습니다.

   그 아이가 하늘에서 내려보낸 동아줄을 타고 하늘로 드나드는 곳에 마악 도착하니, 거기에서는 그의 아버지와 그 친구인 신선 선녀들이 떼를 지어 모여 서서 우리 아이를 맞이하고 있었는데요.

   이 아이는 아버지의 얼굴을 그전에도 몇 번 백두산에 내려오셨을 때 뵈온 일이 있어서 기억할 수가 있었어요.

   아버지와 신선 선녀들은 말은 없고 그저 반가운 미소만을 빙그레 빙그레 얼굴에 띠고 계셨는데요, 그러자 이 반가운 미소들을 따라서 거기 하늘에는 예쁘고도 향기로운 여러 빛의 꽃들이 자욱히 피어나고 있었습니다.

그래 우리 아이가 그게 너무나도 신기해서

"야아!"

하고 한마디 소리를 쳤더니, 아버지는

"여기서는 우리들의 반가운 미소를 본떠서 저렇게 꽃들이 피지만, 너희가 사는 땅에서 피는 꽃들은 또 여기 꽃들의 그림자로 그렇게 피어나는 것이란다."

하시며 또다시 빙그레 미소하셨습니다.

그러니까 그 미소를 받아서 또 한 무더기의 기막히게 예쁜 꽃들이 그 근처 하늘에 피어나고 있었어요.

그리고 아주 참 묘한 일은요, 여기의 시간은 언제나 늘 그립고도 믿음직하고 아름다운 음악의 가락으로만 이어져 가고 있었는데요. 이 음악의 가락이 아주 신나는 고비에 다다를 때마다 여기의 신선과 선녀들은 그 가락에 맞춰서 춤을 추고 있었습니다. 이런 하늘의 시간은 끊임없이 영원하고, 거기 사시는 하느님을 비롯한 모든 신선 선녀들의 목숨도 늘 살아서 영원키만 하시다고 해요.

또 여기에서는요, 땅 위에 사는 사람들이나 동물들처럼 무슨 음식을 먹는 일이 없고, 그저 하늘의 특별한 공기를 숨 쉬며 마시는 것만으로 늘 배고프지 않게 살아가신다고 해요.

그리고 이곳에서는 착한 것과 악한 것이 따로 나누어져 싸우거나 대립하지도 않고요. 그보다는 훨씬 더 훌륭한 것만이 어디에나 있었는데요, 그 훌륭한 것들은 잘난 체하거나 으스대는 일이 절대로 없었어요. 그것들은 아주 좋고 향기롭게 피어 있는 꽃들만 같았고요, 사람에 비기자면 젖먹이 어린 아기의 빙그레 웃는 그 미소만 같았어요.

그래 하늘에서는 하늘의 신선 선녀들이 사는 이 모양을 땅 위의 사람들에게도 두루 알리려고 땅에 피는 꽃들과 새로 생겨난 애기의 평안한 미소 속에 담아 보이고 있지만, 사람들이 건성이어서 이걸 알아차리지 못하고요, 또 잠깐씩 눈치챈 사람들도 이내 잊어버리곤 하는 것이라고 해요.

하늘에서 이 아이가 위에 말씀한 것들을 보고 들은 뒤에 다시 하늘의 동아줄을 타고 집이 있는 백두산 산골로 내려오려고 할 때, 그의 아버지는 아이의 한쪽 어깨에다가 손을 얹고 말씀하셨습니다.

"내 아들아, 너는 이제부터 땅 위의 사람으로서는 가장 큰 힘과 가장 큰 사랑과 가장 큰 슬기를 가질 것이고, 또 네가 땅에서 살 나이도 너만 조심해 잘 살아 낸다면 천 살까지는 넉넉히 살 수가 있다. 내려가거든 항시 어머니를 도와 잘 모시고, 네가 맡은 사람다운 일들을 정성을 다해 잘 해내라. 백두산의 햇빛이 아주 고운 날, 그리고 거기 사는 사람들이 일들을 썩 잘하는 날에는 나도 너희 어머니와 너를 또 찾아가마."

선녀와 뻐꾹새

1

옛날 옛적 유난히도 하늘이 맑은 어느 날이었는데요.

저녁나절의 중간쯤이 되자 하늘 한가운데에서는 아름다운 향기가 땅 위에 풍겨 나오며 묘한 음악 소리가 은은히 울리어 오면서 여덟 명의 하늘의 선녀들이 고운 날개가 달린 옷들을 입고 날아서 내려오더니, 우리나라의 어느 높은 산골짜기에 고인 깨끗한 못물가에 모두 사뿐사뿐 내려섰습니다.

그래서는 그 예쁜 날개의 옷들을 못가에 늘어선 나무들의 가지에 걸어 놓고, 백옥같이 희게 빛나는 발가벗은 알몸들이 되어 고요하고 맑은 못물 속으로 텀벙텀벙 뛰어들어서 물장구를 치며 헤엄도 하고, 서로 상대쪽의 얼굴에 물을 풍겨 끼얹으며 희희낙락 하늘이 쩽하게 낄낄거리고 웃어 대기도 했습니다.

그런데 이 너무나도 매력 있는 선녀들의 웃음소리를 거기서 그리 멀지 않은 곳에서 땔나무를 하고 있던 한 노총각 나무꾼이 귀담아 듣고요, 살금살금 소리 나는 곳을 더듬어 찾아와서 드디어 눈부시게 아름다운 못물 속의 선녀들을 발견하자, 너무나도 황홀하게 예쁜 그녀들의 매력에 한참 동안 어쩔 줄을 모르게 되었어요.

이 가난한 나무꾼인 노총각은 어리석기는 했지만 이쁜 여자만은 무척 좋아했고, 또 되도록이면 이쁜 여자한테 장가가 들고 싶던 판이라서요. 군침을 삼키면서 선녀들이 목욕하는 모양을 여러모로 뜯어보며 두리번거리고 있다가 문득 그 근방의 나뭇가지들에 걸려 있는 선녀들의 옷을 보자 헛된 욕심에 사로잡혀, 옷 한 벌을 감쪽같이 훔쳐서 숨겨야겠다는 생각을 내게 되었습니다.

하늘의 선녀들은 날개 달린 옷을 입고 날아다니기 때문에 옷을 잃은 선녀는 다시는 하늘로 날아서 돌아가지 못하고 자기 옆에 남을 것이니, 그때에 그녀를 찾아가서 자기 집으로 데려가 보자는 약은 꾀는 그래도 낼 줄 알았던 것이지요.

그래 나뭇가지에 걸린 선녀들의 옷 가운데서 한 벌을 냉큼 훔쳐 가지고는, 거기서 별로 멀지 않은 그의 집으로 돌아가서 비밀한 곳에다 깊이 감추어 두고, 선녀가 대신 입을 헌 옷 한 벌을 마련해 들고서 곧장 달려 다시 선녀들이 목욕하던 못물가에 가 보았는데요.

아니나 다를까, 이때는 이미 해가 서쪽 산에 걸려서 땅이 두루 어슴푸레해지던 때라 목욕하던 선녀들 중에 옷을 잃지 않은 선녀들은 벌써 다 하늘로 날아갔고, 오직 이 나무꾼에게 옷을 도적당한 한 선녀만이 홀로 남아 맑은 눈물로 얼굴을 적시며 애가 타서 발을 구르고 있는 것이 눈에 뜨였습니다.

　그래 그 능청스런 나무꾼은 날개옷을 잃고 하늘로 날아가지 못해 슬픔에 잠겨 있는 아름다운 선녀 옆으로 다가가서,

　"자, 하늘 아가씨! 발가벗은 게 부끄러우실 텐데 우선 이거라도 걸치셔야지요. 사실은 얼마 전에 아가씨가 옷을 잃고 울고 있는 걸 내가 저기서 땔나무를 해 가지고 가는 길에 엿보고, 하도 보기에 안되어서 우리 집에 가 이걸 챙겨 가지고 달려오느라고 참 숨이 차는구만요."

하고 거짓부렁을 늘어놓으며 그녀의 눈치만 살피고 있었지요.

　마음속으로는 '그녀가 벌써 나를 도적놈으로 의심하고 있지 않을까?' 생각하며 조마조마하면서도요.

　선녀는 그의 말을 듣자 뜻밖에도 슬픔과 눈물을 즉각 거두며,

　"고맙군요."

한마디를 하고는, 그가 두 손으로 내미는 시골 여자의 헌 옷을 냉큼 받아 눈 깜짝할 사이에 갖추어 입었습니다. 그러고는

　"할 수 없지요. 그 옷을 도로 찾을 때까지는……"

하고 나무꾼 노총각의 마음속까지도 환히 다 들여다보는 듯한 눈초리로 나무꾼의 두 눈을 살펴보고 있었습니다.

　그래 나무꾼은 선녀의 이 말씀에 한결 더 뻔뻔해져 가지고,

　"그러시면 해도 다 저물었는데 우리 집으로 가서 우선 오늘 밤을 지내셔야겠네요."

하고 꾀어 보았어요.

　그런데 그의 이 꾐에도 선녀는 선선히 "네" 하고 승낙했을 뿐이 아
니라,

　"한동안 당신의 신세를 져야겠군요."

하며 그의 집에 오래 머물 뜻까지를 비쳤어요.

2

그래 땅 위에서는 보기 어려운 아름다움을 가진 이 하늘의 불행하게 된 선녀와 무식한 땔나무꾼 노총각은 그날 밤을 혼자서 살던 총각네 집 단칸방에서 같이 지낸 뒤에, 오래지 않아서 부부 관계를 맺고 함께 살아가게 되었는데요.

이 산골 마을에 나타나서 살게 된 예쁜 선녀는, 비유하자면 마치 맑고도 고요한 음력 보름날에 덩그렇게 새로 솟아오른 달님 그대로여서, 마을 사람들은 누구나 그녀를 보는 걸 마음의 위안으로 여겼고 또 그 운수 좋은 땔나무꾼을 보고는

"저 총각의 어디에 그런 복 받을 구멍이 있기에 그렇게 이쁘고 얌전한 색시가 고스란히 넝쿨째 굴러들었지? 하느님께서 하시는 일은 정말로 알기 어려워……"

하고 서로 소곤거렸습니다.

그런데 '나무꾼네 이쁜 새댁'이라는 한 개의 별명으로밖에는 아무 이름도 없이 지낸 이 아가씨는 얼굴과 태도가 훌륭할 뿐 아니라 무슨 일을 하든지 딴 여자들보다는 더 뛰어나게 잘했고 또 그 일하는 솜씨까지가 너무나도 고와 보여서, 마침내 마을 사람들은 그녀를 본떠 그녀가 하는 짓은 모두 흉내 내 보기까지 했어요. 그러면서 그녀가 하는 짓을 따라 새로운 별명이 수없이 붙게 되었는데요.

그녀가 남편을 도와 어떻게나 농사짓는 일에도 애를 썼던지 이 집의 농사가 몇 해 안 가서 온 마을에서도 으뜸가는 풍작을 이루게 되자 그걸 칭찬하는 뜻으로 '농사꾼 선녀'.

또 무명 옷감이건 명주건 삼베건 옷감이란 옷감들을 짜 내는 솜씨로도 그녀를 따를 사람은 없을 것이라 하여 하늘에서 베를 제일 잘 짠다는 직녀 이름을 그대로 빌려서 '새 직녀님'.

또 산에 가서 산나물을 뜯거나 밭에 가서 밭나물을 뜯거나 할 때에도 언제나 그녀의 바구니에 담기는 것이 같이 간 어느 아낙네의 것보다 더 좋고 많았던 것을 본 여자들이 붙인 별명으로 '나물네'.

또 달걀로 병아리를 까게 해 이 꼬마들을 거두어 길러 내는데도 그녀를 따를 사람은 없다는 뜻으로 붙여진 '병아리 아주머니'.

그리고 또 추석날 밤마다 빚어내는 송편이 이쁘고 맛있기로도 그녀의 것이 가장 으뜸이란 생각으로 누군가가 붙인 별명 '상송편'.

그리고 집 뒤란 대추나무 밑 땅에다가는 그녀가 언제부턴가 향기로운 풀 소엽을 많이 가꾸어서, 바람에 풋대추가 떨어져 거기 안기면 그 대추에서도 소엽 향내가 났기 때문에 그걸 주워 먹어 본 마을 아이들이 붙인 별명 '향대추 어머니'.

그런 별명은 이 밖에도 더 많이 붙여져 있었습니다.

아 참, 쑥국 맛도 그녀가 끓인 것이 최고라는 뜻으로 '쑥국 아가씨'라는 별명도 마을의 누군가가 붙여 놓았는데요, 이건 뒤에 나올 이야기와 깊은 관계가 있으니 특별히 여기 덧붙여 달아 놓아야겠군요.

이렇게 하늘의 선녀였던 이 촌여인은 서러워해야 할 운명을 잘 참고 견디면서 남편과 마을 사람들에게 참 좋은 일을 많이 하면서 살았는데요.

그러는 중에 세월은 흘러서 일곱 해가 되는 동안에 그녀와 남편 사이에서는 사내아이와 딸아이까지가 하나씩 생겨나서 무럭무럭 자라고 있었어요.

그러던 어느 봄날 일인데요.

산골로 산나물을 뜯으러 홀로 나온 우리 선녀는 이날은 특별히 그녀의 남편이 일하고 있는 옆으로 다가가서,

"우리 둘이 처음으로 만났던 못물가는 여기서 별로 멀지 않은 곳이지요? 오늘은 같이 거기나 한번 찾아가 볼까요?"
하고 넌지시 말씀을 걸었어요.

그래 남편은 그가 이 선녀의 옷을 훔쳤던 7년 전 일이 기억에 솟아올라서 속으로는 양심의 가책도 상당히 일어났지만 그걸 겉으로 나타낼 수도 없어,

"그, 그럴까?"

하고 엉겁결에 대답은 했는데요.

　그러나 막상 그 못물가에 갔을 때 아내가 그의 두 눈 속을 뚫어져 라고 들여다보며,

"그런데 그 옷은 지금 어디에 있을까요?"

하고 진실한 대답을 바라며 물었어도, 그는 두 눈을 슬쩍 아래로 내 리깔며

"그, 글쎄, 그걸 내가 어찌 알아?"

하고 나직한 소리로 거짓 대답을 할 뿐이었습니다.

　바로 이것이 문제였어요. 사람들 사이의 사랑은 그것이 정말로 이 어져 가자면 서로 거짓말은 안 해야만 하는 것인데 말입니다.

3

그러고 나서 며칠이 지나고 어느 유난히도 화창한 봄날 아침 식사 뒤의 일이었는데요.

땔나무를 하러 가려고 마당에서 지게를 등에 지고 있는 남편 옆에 서 있던 선녀는 여느 때보다 더 흔연스런 미소를 두 눈에 머금고서,

"오늘은 드물게도 날씨가 고운 날이어서, 점심은 집에 와서 뜨신 밥으로 자시라고 도시락은 싸지 않았으니 때에 맞춰 돌아오세요. 오늘 점심에는 당신이 좋아하는 쑥국을 아주 특별히 더 맛있게 끓여놓을 테니까요."

하는 것이었습니다.

그래 남편이 "그러지" 한마디를 남기고 집을 나선 뒤에, 선녀는 쑥들이 가장 잘 자라는 언덕을 찾아 올라가서 쇠지 않은 것으로만 골

라 그걸 반 바구니쯤 뜯어 가지고 와서 맑은 우물물에 깨끗이 씻은 뒤에, 솥에 잘 갠 된장 물과 함께 넣고 정성을 다해 알맞게 끓이고 있었습니다. 그러고 나서는 또 새로 밥을 지었는데, 늘 끼니마다 보리를 섞던 것도 이날 점심밥에서만큼은 그만두고, 흰쌀로만 포르르 입맛이 아주 잘 당기게 지어 놓았습니다.

달걀도 두어 개나 깨서 종지에 담아 밥솥에 넣어 쪄 내놓고, 김치도 제일 맛있는 데만 골라 썰어 놓고, 고사리나물과 실파 나물도 한 접시씩 만들어 놓고, 그러고는 산에 간 남편이 오기만을 기다리고 있었지요.

그래 남편이 산에서 내려오자 그 깨끗하고 맛 좋은 음식들을 상에 차려 갖다 바치며,

"저는 속이 거북해서 오늘 점심은 굶기로 했어요."

하고 밖으로 나갔는데요.

그녀의 남편은 벌써 시장하던 판이라, 아내더러 속이 어떻게 거북하냐고 자세히 물어보지도 않은 채 상 가에 달라붙어 이것저것 마구 잡이로 집어세고 있었어요.

그러다가는 쑥국과 밥이 어느 사인지 동나 버려서요,

"여보! 여보! 쑥국하고 밥 좀 더 줘!"

하고 소리를 쳤는데, 아내가 대답이 없자 손수 부엌에 나가 그것들을 퍼다가는 상 위에 올려놓고 또 고부라져서 잡숫고만 있었어요.

그래 상 위의 것들을 거의 다 배 속에 퍼 담은 다음에는 일어서서 한바탕 기지개를 켜고, 그러고서야 아내가 속이 거북하다고 하며 밖

으로 나갔던 걸 겨우 다시 기억해 내고,

"여보! 여보! 어디 있어?!"

고함을 치며 밖으로 나섰는데요.

집 안팎을 두루 샅샅이 다 찾아보아도 그의 아내는 보이지 않아, 한결 더 소리를 높여 "여보! 여보!" 부르며 이웃집들까지 찾아다녀 보았지마는 아내의 모습은 영 보이지 않았어요.

그래서 답답한 나머지 무심코 하늘을 우러러보게 되었는데요, 이게 웬일입니까?

그의 아내는 한 겨드랑이에 한 아이씩을 끼어 안고 하늘 한복판을 날아가고 있는 것이었습니다.

어떻게 그럴 수가 있느냐고요?

그건 뻔하지요. 그의 아내인 선녀가 날개옷을 도적맞았던 못물가로 그를 데리고 가서 "그 옷은 지금 어디에 있을까요?" 하고 물었을 때 정직하게 감추어 둔 곳을 고백하며 본심으로 뉘우치는 뜻을 보였어야 했던 것인데, 이 어리석은 사내는 선녀가 옷을 찾아 입고 하늘로 달아날 것만 겁내서 진실하지 못했던 때문이지요.

그가 그때 자기가 옷을 훔쳤다는 걸 고백하고 후회의 눈물로써 사랑을 호소했다면, 그의 아들딸을 이미 둘이나 낳은 선녀는 그 진실함에 못 이겨서라도 다시 하늘로 날아갈 뜻을 버릴 듯도 한데요, 이 나무꾼은 진실을 외면하고 살려고 했기 때문에 이리된 것이지요.

어떻게 선녀가 날개옷 감추어 둔 곳을 눈치채게 되었느냐고요?

그야 물론 사내의 눈길이 가는 곳을 꾸준히 살피고 지낸 나머지 같군요. 그리고 그 눈길이 가다가 겁내서 멈칫거린 때도요.

그래 날개옷을 감춘 곳을 알아맞혀 확인하고는 하늘로 두 남매를 데리고 돌아가기로 마음먹고, 마지막 점심밥과 쑥국을 만들 때에는 아이들을 잠시 친했던 이웃집에 맡겼다가, 거짓말쟁이 남편이 쑥국 맛에 빠져서 자지러져 있는 동안에 두 아이를 다시 찾아오고, 그러고는 날개옷을 입고 두 아이는 양쪽 겨드랑이에 하나씩 끼고 신선 선녀들의 고향인 하늘나라로 다시 날아간 것이지요.

그런데요, 정말로 딱한 것은 한 끼니의 점심 쑥국 맛에 자지러졌다가 이쁜 아내와 아들딸까지 놓쳐 버린 그 땔나무꾼의 신세였어요.

녀석은 너무나도 속이 타고 답답하고 슬픈 나머지 두 주먹으로 제 가슴을 치며 고래고래 악을 쓰다가 마침내는 말문마저 막혀서, "쑥국 때문에 나는 죽네!" 하려는 것이 겨우 '쑥국'이란 말밖에는 목에서 나오지를 않아, "쑥국 쑥국 쑥국 쑥국" 소리만 띄엄띄엄 되풀이하는 동안에 결국은 가슴이 터져 그 자리에 쓰러져 숨을 거두고 말았습니다.

그래 그가 죽은 뒤에 그의 넋은 쑥국새라는 새가 되어, 늘 먼 산에서 아침부터 해 질 때까지 "쑥국! 쑥국!" 처량하게 울고만 지내게 되었다고 하는데요. 우리가 흔히 뻐꾹새라고 하는 그 새가 우리나라 남쪽 말로 쑥국새니, 이 이야기는 아마 우리나라 남쪽의 어느 깊은 산골 마을에서 만들어진 것 같군요.

견우와 직녀

1

밤하늘의 은하수를 우러러보신 일이 있습니까?

음력 칠월 칠석날 밤에도요?

우리나라에 옛날부터 전해져 오는 전설을 들으면, 깊은 물이 늘 흐르는 '은하수'라는 강의 한쪽 언덕에서는 '견우'라는 마음씨 고운 젊은 신선 총각이 하늘빛 암소에게 풀을 뜯겨 먹이며 살고 있고, 그 반대쪽의 언덕에서는 '직녀'라는 얌전하고 아름다운 선녀 아가씨가 날마다 베틀에 앉아 옷감의 질긴 베를 짜고 지낸다고 하지요?

두 젊고 착한 남녀는 서로 끝없이 사랑하는 사이였는데요. 그 사랑이 지나쳐서 남들에게 폐가 된다 하여, 하늘의 규칙을 따라 이렇게 나누어져 살아가게 되었지만, 그래도 그건 너무나 가엾어서 한 해에 단 한 번인 음력의 칠월 칠석날 하룻밤만은 하느님도 그 둘의

만남을 허락하고 계신다는 것도 들으셨겠지요?

그리고 견우와 직녀가 만나게 되는 이 칠석날 밤에는 땅 위의 까치들과 까마귀들이 이 두 분이 만나기 위해 은하수를 건너갈 다리를 놓으려고 그리로 날아가서 서로 머리를 맞대고 한 줄로 늘어서 가지고, 그 새들의 머리로 이어져 된 다리를 디디고 건너가서 두 사람을 만나게 해 준다는 이야기도 들으셨겠지요?

그래서 칠월 칠석날 밤이 샌 아침에 까치나 까마귀들을 보면 더러는 머리털이 빠져 있는 게 보이는데, 이건 바로 견우와 직녀 두 분의 발에 밟힌 흔적이라는 이야기도요?

그런데 견우와 직녀의 이야기는 우리를 깊은 생각에 잠기게 하는군요. 왜 단둘이서만 지나치게 사랑하고 좋아하면 남들에게 폐가 되고 규칙에 어긋나느냐 하는 게 그것인데요.

이것은 별로 어렵게 생각할 것은 없겠어요. 가령 좋은 노래를 학생들이 선생님에게서 열심히 배우고 있는 음악 시간에 말입니다. 한 책상의 짝인 어떤 남학생과 여학생 두 사람만이 그들 둘만의 재미나는 지껄임에 빠져 있다가 선생님의 꾸지람을 받았지마는, 그래도 듣지 않고 그것을 되풀이하다가 그만 따로 딴 책상에 갈라 앉게 하는 그런 벌을 받게 되는 걸 견주어서 생각해 보면 될 것 같군요. 한정 없이 높고도 멀고 깊은 하늘 속의 일이라 물론 자세히는 알 수 없지만, 우리에게는 이건 이 정도로만 생각이 되는군요.

그야 하여간에, 하느님께서는 어느 해의 칠석 다음 날, 은하수의 양쪽 언덕에 또다시 이별해 놓은 견우와 직녀를 그분의 앞에 불러

세우시고는,

"너희 둘은 이제부터 한동안 동양의 한국이란 나라에 가서 부부가 되어 한집에서 같이 살아 보도록 해라. 머리들을 한 줄로 맞대어 오작교 다리를 놓아 주어 너희를 만나게 했던 그 까치들도 많은 곳이니 말이다. 물론 거기 가서 일하고 살 직업도 너희 마음대로 골라서 하렴."

하시어서요. 우리 견우와 직녀 두 분은 그 깊은 둘만의 사랑에 가슴이 그뜩한 채 바로 하늘을 떠나서, 칠석날 밤마다 은하수에 오작교 다리를 놓아 주던 까치들이 가장 많이 사는 나라, 곧 우리나라로 내려오시게 되었습니다.

그런데 두 사랑하는 남녀가 내려오신 곳은 뒤에 알아보니 우리나라 황해도 수안의 어느 산골 마을이었어요.

2

 하느님의 말씀을 따라 견우와 직녀가 살게 된 산골 마을은, 나무들이 많이 우거져 있는 좋은 산골 사이로 맑은 시냇물도 여러 줄기 흘러내리는 언저리에 자리 잡은 아름다운 마을이었고, 이 마을에 사는 사람들도 두루 그들의 산이나 냇물을 닮아 마음들이 모두 착하고 좋아서 하느님은 이 한 쌍의 신선 선녀가 살기에 적당한 곳이라고 생각하시어 이곳으로 견우와 직녀를 보내신 것이었는데요.

 그래 하늘을 떠나올 때 하느님께서 하라고 하신 대로 그들은 그들이 하고 살 직업을 스스로 골랐는데, 견우님의 생각에는 울창하고 어여쁜 수풀 속에서 나무들이 제대로 자라는 데 방해가 되는 가지들만을 잘라, 그것들을 모아서 아궁이에 땔 땔나뭇감으로 남에게 팔아 생활하는 땔나무꾼이라는 직업이 마음에 들어서 그걸 골라 열심히 일하며 살아갔고요.

그러다 보니 그 일에서 벌어들인 것이 생활하고도 어느 만큼은 남아 쌓여서 그걸로 검은빛 털을 가진 암송아지도 한 마리 사서 기르게 되었어요. 우리가 사는 땅에는 하늘에서와 같은 하늘빛 소는 없기 때문에 옛날의 우리나라 신선들은 하늘빛 암소에 가까운 빛인 검은 암소라도 골라 길렀던 것이었어요.

그리고 우리 직녀 선녀님은 하늘의 은하수 한쪽 가에서 늘 혼자서 하시던 대로 날마다 베틀에 앉아 질기고 이쁜 옷감을 짜고 계셨는데요. 베를 짤 재료와 베틀을 살 밑천이 처음에는 없어서 한 마을의 남의 것을 빌려서 쓰며 그 빌린 세로 짜 내는 아름다운 옷감의 베를 한달에 상당히 많이 바치고 지내셨지요.

그러나 몇 해 안 가서 이분이 손수 누에고치도 생산해 내고, 산 변두리의 빈터에 목화도 길러 내고 하시어서 자급자족하게 되시었어요.

물론 산골의 맑은 물이 언제나 흘러내리고 좋은 시내에서 멀지 않은 곳에다가 간소하지만 더없이 깨끗한 오막살이 살림집도 한 채 짓고요.

그래서 하늘의 은하수 양켠에 나누어져 살다가 칠월 칠석날 하룻밤만을 겨우 만나보고 지내던 하늘의 그 서럽던 이별의 생활과는 아주 딴판으로, 견우님과 직녀님은 우리나라에 내려오신 뒤로는 그분들의 바다보다도 깊고 햇빛같이 따뜻한 사랑을 나날이 서로 주고받으며, 그 사랑의 나머지로는 온 마을 사람들의 마음까지 모두 훈훈하게 만들어 가셨어요. 이 두 분의 빈틈없는 참된 사랑을 마을 사람들은 보고 들으며 세월이 지날수록 점점 더 깊이 본받아 갔던 것이었어요.

마을 사람들의 일하는 마음씨와 태도도 그전보다는 아주 썩 좋게 달라졌습니다. 이 두 분이 오시기 전의 이 마을 사람들 가운데는 일하는 것을 괴로운 의무로 여겨 상을 찡그리고 일하는 사람들도 상당히 있었는데요. 늘 빙글거리는 반가운 낯으로 아주 재미나게 무슨 일이든 놀듯이 해서, 남보다 몇 갑절의 일들을 언제나 피곤한 기색도 없이 해내는 이 두 분의 마음가짐을 옆에서 지켜보고 배우는 동안에 마을 사람들의 일하는 얼굴에서도 딱한 표정은 나날이 사라져 가서 드디어는 그들이 하는 일들을 두루 즐기는 유쾌한 표정을 나타내게 되었고, 또 그 일들의 성적도 날이 갈수록 한결 더 높여 가게 되었습니다.

견우 신선님을 닮아, 검은 암소를 기르며 풀을 뜯기러 풀밭으로 해 질 때마다 나오는 사내들의 수효도 늘어 나갔고, 직녀 선녀같이 누에를 길러 고치를 생산하고 밭에 목화를 가꾸어 솜을 만들어서 베틀에 앉아 옷감을 짜 내는 마을 여인네들의 수도 나날이 더 많아져 갔어요.

오, 참 깜빡 잊어버릴 뻔했는데요. 저 밤하늘의 은하수도 견우 직녀가 이 마을로 내려오신 뒤로는 이 마을이 너무나도 그리운 듯 이 마을 바짝 가까이까지 내려와서 흐르는 것만 같았고, 또 음력 칠월 칠석날 무렵이면 은하수에 오작교를 놓으러 갔던 그 마음씨 고운 반가운 까치들도 이 마을로 모두 모여들어 짹짹짹짹 지저귀어 댔어요.

그러나 악마는 많은 것은 아니지만 좋은 사람들의 세상에서도 언제나 한구석에 숨어 착한 이들이 사는 것을 시기하고 쓰러뜨리려고만 하고 있는 것이어서요. 견우님과 직녀님이 이 마을에 오시어서 마을 사람들을 바른 길로 이끌고 있는 걸 보고는 이걸 방해할 궁리만 되풀이하고 있었습니다.

3

견우와 직녀가 내려와서 살고 있던 그 산골 마을이 황해도의 수안 고을 안에 들어 있었다는 것은 말씀드렸지요? 그런데 이때의 이 수안 고을의 원님에게는 예쁘장하게 생긴 청년인 외동아들이 있었는데, 이 사람이 너무나 마음이 약해 변덕을 부리기 쉬운 걸 재빠르게 눈치챈 악마 중의 한 놈이 그 약한 마음속으로 숨어 들어가서 농간을 부리기 시작했어요.

그래서 이 원님의 외아들은 그 예쁘장한 얼굴을 미끼로 사방에서 잘생긴 여자들을 꾀어내 짓밟고 지내는 걸 재미로 삼게 되었어요.

그러곤 어느 날 직녀님이 사는 마을에 왔다가 그녀가 저녁때 마을의 샘에서 동이에 물을 길어 가는 아름다운 모양을 숨어서 눈여겨보고는 대뜸 반해 버려, 그 뒤로는 날마다 이 마을에 나타나서 우리 직녀님이 목화밭에서 일하는 맵시라든지, 누에들에게 뽕잎을 먹이는 모습이라든지, 베틀에 앉아 조용히 베를 짜고 있는 태도까지를 늘 숨어서 엿보고 지내다가, 드디어는 이 직녀님을 감쪽같이 유혹해 낼 꾀를 생각해 내게 되었습니다.

그 꾀가 무엇이었는지를 먼저 알려드리지요.

그것은, 악마의 마음을 가진 이 원님의 아들이 어느 날 저녁나절에 우리 견우님이 땔나무를 잘라 모으고 있는 일터 근처에 가서 거짓으로 높은 데서 실수로 떨어져 다친 체하고

"아이고, 나 죽네! 사람 살리세요!"

하며 크게 고함을 이어서 쳐서, 동정심 많은 우리 견우님이 그를 업어다 집에 눕히고 간병을 해 주면, 거기서 기회를 보아 우리 직녀님을 꾀어 보거나 힘으로 어째 보자는 아주 흉하고 요망한 악마의 꾀였어요.

그래 이 원님의 나쁜 외동아들은 마침내 어느 날 오후에 일부러 그의 한쪽 팔과 한쪽 다리에 조금씩 상처까지 만들어 가지고, 우리 견우님이 그의 일터에서 잘 알아들을 만한 거리에 있는 작은 낭떠러지 아래에 가 누워서 뒹굴며

"아이고, 나 죽네! 사람 살리세요!"

하고 계획한 대로 고래고래 고함을 쳐 대고 있었습니다.

그래 아니나 다를까, 이 소리를 들으신 우리 견우님은 소리 나는 곳으로 달려가서 이자를 업어다가 집 건넌방에 눕히고 아내인 직녀님과 함께 정성을 다해 밤새워 간호를 하고, 그 뒤에도 앓는 소리를

안 하게 될 때까지 며칠을 부부 둘이서 돌보아 주고 있었는데요.

그 병이 이제는 괜찮은 듯하여 견우님은 어느 날 아침 식사 뒤에 일을 하러 나가고, 직녀님만 집에 남아 이자를 돌보며 틈틈이 그녀의 일을 계속하고 있었더니요. 이때가 오기만을 기다리고 있던 이 악마는 푸시시 그 거짓 병석에서 일어서더니, 부엌에 나가 식칼을 집어 들고는 마침 베틀에 앉아 있는 직녀에게 대들며,

"나는 벌써 오래전에 너를 한번 보고는 그만 홀딱 반해 버려 이 꼴이 되었다. 병은 무슨 말라빠질 병이겠느냐? 상사병이 병이지. 그러니 여러 말 할 것 없이 지금부터는 나를 따라가 같이 살도록 하자. 이 사람으로 말하자면 사실은 높으신 이 고을 원님의 외동아들이니, 나하고 살면 팔자를 몽땅 좋게 고치게 되지. 그까짓 땔나무 장수 놈하고 같이 고생하고 사는 것 같겠냐? 자, 어서 같이 가자. 아니면 이 칼로 이 자리에서 같이 죽어 버리든지……"
하고 지껄여 대는 것이었습니다.

그러자 이때 이 자리에는 뜻밖에도 마을의 아낙네들과 어린이들 여러 명이 "와" 하고 소리를 합해 모여들었으니, 이것은 베틀에 앉은 우리 직녀님에게 그 악마가 식칼을 들이대고 협박하는 것을 우연히 지나가다가 울타리 사이로 엿보게 된 이웃집 아주머니가 재빠르게 연락해 집에 남아 있는 이웃들을 동원해 함께 몰려나온 것이었어요.

그래 이것을 본 이 고을 원님의 외아들이란 자는 식칼을 휘두르지는 않고 재빨리 뺑소니를 쳐 달아나 버렸는데요.

이자는 숨을 헐떡거리며 도망쳐서 그의 아버지인 이 고을 원님 앞

에 오자 멀쩡한 거짓말로,

"아버지! 아버지! 제가 요 며칠 동안 이 고을 안을 살펴보고 다니다가 오늘은 어떤 산골 마을에 이르러서, 때마침 제 옆을 지나는 한 젊은 여자가 예쁘게 생겼기에 좀 웃어 보이며 쳐다보고 있었더니요. 글쎄 그년이 마을에 가서 뭐라고 거짓말로 저를 모함했는지 잠시 뒤에는 많은 마을 사람들을 데리고 저를 습격해 왔지 뭡니까? 식칼과 낫까지 손에 들고 말입니다. 그러니 아버지가 먼저 그년을 잡아다가 감옥에 가두고 벌을 내려 주시기 바랍니다."

하고 참말 빤쳐 먹게 우리 직녀님과 마을 사람들을 무고해서요. 자기 외아들을 너무나 이뻐해 온 이 고을 원님은 바로 그 자리에서,

"내 아들의 뒤를 따라가서 냉큼 그년을 묶어 오너라!"

하고 군졸들에게 명령을 내렸습니다.

그래 우리 착하신 직녀님은 아무 죄도 없이 원님의 군졸들에게 체포되어 와 손과 발이 묶인 채 억울한 감옥살이를 하게 되었는데요.

산에서 땔나무를 해 가지고 지게에 지고 내려와서 이 슬픈 소식을 전해 들은 우리 견우님은 하룻밤을 이리 궁리 저리 궁리 하다가 이튿날은 원님을 찾아가서 아래와 같이 차분한 말씨로 하소연했습니다.

"정말 제 아내는 억울합니다. 산에서 원님의 아드님이 다쳐 신음하는 것을 보고 제가 제 집으로 업어 가서, 제 아내와 저는 그분 병이 낫도록 정성을 다했을 뿐인데요."

하고요.

그러자 그때 아버지인 원님 곁에 앉아 있던 그 고약한 악마는 불

쑥 자리에서 일어나 말하기를,

"좋다! 네 아내를 내주기는 내주겠다마는 단 한 가지 조건이 있다. 보아라! 내 앞에 보이는 저 산 밑에서부터 굴을 파기 시작해 곧장 50리를 뚫고 간다면, 견우야 그건 바로 네가 사는 마을 앞이다. 어디 한번 그 굴을 한 달 안에 뚫어 보겠느냐? 들으니 네놈은 하늘의 마음을 사서 온 땅 위의 사람들을 깜짝 놀라게 할 만한 재주도 가졌다는데, 어디 한번 해 보아라. 그렇지만, 그렇게 못한다면 너와 네 아내 목숨은 내 마음대로 할 것이다."

하고는 그의 아버지 쪽을 보며,

"아버지, 승낙해 주십시오!"

하고 간청을 했습니다. 그래

"물론이다."

하는 원님의 승낙이 내리자, 여기 모여 있던 사람들은 견우의 대답이 나오기만 기다리고 있었는데요.

한참을 침묵 속에 잠겨 있던 견우는 드디어 입을 열어,

"해 보지요."

하고 대답을 했어요.

4

그래 그 이튿날부터 견우는 굴 뚫는 데 필요한 연장들을 마련해 가지고, 마을 사람들의 도움을 얻어 그의 마을 앞산 아래서부터 굴을 파서 뚫기 시작했는데요.

보나 마나 뻔한 일이지요. 어떻게 그 50리나 되는 먼 굴을 한 달 안에 다 뚫어 낼 수가 있었겠습니까? 이 산맥은 흙으로만 된 것도 아니고 굳은 바위로 된 곳도 적지 않았으니 말입니다.

한 달에서 꼭 하루 모자란 스무아흐레 동안을 밤잠도 제대로 못 자면서 파고 뚫고 파고 뚫고 했지만, 그 길이는 얼마 되지 않았어요.

그래서 그 한 달의 마지막 날 해가 지자 너무나도 막막하고 답답하고 서러워서 견우님께서는 밤하늘에 나타나는 은하수를 우러러보며 눈물을 흘리면서,

'하느님, 하느님, 도와주실 수 있으시면 도와주십시오.'

하고 마음속으로 깊이 기도를 드리고 있었는데요.

그 기도는 하늘도 감동을 시킨 듯, 밤이 깊어 가자 은하수가 꿈틀꿈틀 움직이는 것이 보이더니, 문득 그게 하늘과 땅 사이에 긴 폭포처럼 곤두서면서, 콸콸콸콸 견우가 사는 마을 앞산의 그 굴 파던 데로 쏟아져 내려서, 천둥과 번개와 벼락이 우르릉거리고 번쩍거리고 뚝딱거리는 가운데 그 굴을 뚫고 나가 잠깐 동안에 50리를 다 뚫고, 우리 직녀님이 갇혀 있는 이 고을 원님의 집 앞에 가서 횅하게 그 굴의 아가리를 벌려 놓았어요.

그러고는 또 요란한 천둥과 벼락으로 직녀님이 갇혀 있는 감옥 문을 망가뜨리고 그녀를 도와 이 50리의 굴속을 통해 도망케 해서, 드디어 견우님과 만나게 했어요.

마을 사람들의 눈에도 이 두 분이 한동안 얼싸안고 있는 것까지는 보였으나, 그런가 하는 동안 그만 눈 깜짝하는 사이에 어디론지 자취를 감춰 영 안 보이게 되었다고 해요. 물론 하늘로 다시 돌아가신 것이지요.

"한동안 우리 땅에서 고생하는 벌까지 다 받고 가셨으니, 인제 이 두 분은 하늘에서도 늘 한집에서 같이 살 것이다."

하고 이 두 분과 한 마을에서 살던 사람들은 말했어요.

연꽃 이야기

1

  옛날에는 수돗물은 없었고 산골과 들판에서 저절로 솟아나는 샘물과 또 사람들이 땅을 깊이 파서 솟아나게 한 우물물만이 있어, 그것을 누구나 마시고 살았던 걸 아시나요? 그리고 그 우물물이나 샘물들이 오늘날 우리가 마시는 수돗물보다 훨씬 더 맑았던 것도 들어서 아시겠지요?

  그런데 옛날도 아주 먼 옛날에는요, 사람들이 아직 우물물을 만들 줄도 몰라 저절로 솟아나는 샘물만을 마시고 살던 아주 먼 먼 옛날의 처음 한동안에는요. 이 맑디맑은 샘물을 마시면 목마름이 가라앉을 뿐이 아니라 그걸 마신 이들의 마음과 몸에서는 저절로 좋은 신바람이 솟아나고, 넘치는 힘이 생겨나고, 아주 이쁜 향기와 음악까지 생겨나서, 그야말로 이 샘물을 마시고 사는 것은 사람이 사는 재미 중에서도 제일 큰 재미가 되어 있었어요.

왜 그랬었느냐 하면, 이 땅 위의 샘물이란 샘물들은 모조리 저 구름 위의 하늘에서 사시는 아름다운 선녀님들이 늘 지켜 돌보시면서 그것들에게 언제나 좋은 신바람과 힘과 향기와 음악까지를 불어넣고 계셨기 때문이었습니다.

이렇게 해서 이 선녀님들이 돌보시는 덕택으로 우리나라의 먼 옛날 사람들도 그런 즐거운 이 나라의 샘물들을 마시며 언제나 걱정 없는 유쾌한 나날을 보내고 있었는데요.

그런데 어느 날 이 좋은 샘물들을 마시고 살던 우리나라의 옛날 사람들에게 크나큰 화가 몰아닥쳐 왔으니, 그것은 우리나라의 샘물들을 돌보시던 선녀님이 잠시 악마에게 속아 한눈을 팔고 있는 동안에 일어났어요.

고약한 지옥 속에서 나쁜 짓만 일삼던 악마 중의 한 놈이 우리나라 사람들과 우리나라 샘물을 맡아 돌보던 선녀와의 좋은 사이를 갈라놓으려는 음모를 세우게 되었어요.

그 악마는 고운 옷에 예쁘장한 미남자로 둔갑해 가지고는, 우리나라를 날아다니며 샘물들을 지켜 돌보시던 선녀님 앞에 다가가서 온갖 아양을 다 떨면서 거짓말로,

"선녀님! 너무나도 당신이 그리워서 죽겠네요!"
어쩌고저쩌고 수작을 하는 바람에 마음씨 고운 우리 선녀님께서 잠깐 솔깃하여 귀를 기울이고 있었기 때문에, 그사이에 우리나라의 모든 샘물에서는 지금까지의 그 좋은 기운들이 다 김 나가 버리고 말

았어요.

　이때부터 우리나라 모든 샘들의 물맛은 요즘 우리들이 마시는 것과 다름없이 시원하게 갈증을 막아 주는 것만이 되고 말았습니다. 그래서 이 나라 사람들은 어떤 신바람도, 넘치는 힘도 주지 않고, 또 아무 좋은 향기도 음악도 없는 이 김빠진 샘물을 마셔 보고는 모두 상을 찡그리며 한숨 속에 나날을 보내게 되었어요.

　그러자 하늘의 한가운데에서 늘 하늘과 땅의 온갖 일을 살펴보고 계시던 하느님께서도 드디어 이 사실을 아시고, 악마의 꾐에 잠시 귀를 기울이고 한눈을 팔았던 선녀를 즉시 그의 앞에 불러 세우시는 한편 하늘의 중요한 신선 선녀들을 모이게 하시어, 하늘의 맑고도 밝은 규칙을 어긴 그 선녀에게 내릴 벌을 정하라고 분부를 내리시었는데요.

　그때 하늘의 신선 선녀들이 하느님의 명령을 받고, 악마의 꾐에 한눈을 판 선녀에게 내린 벌은, '한국 땅의 사람들이 많이 지나다니는 길가의 어느 샘물가에 가 서서, 물의 기운을 그전과 같이 회복시키면서 3천 날 동안을 목마른 행인들에게 그 물을 떠 주어 마시게 하라'는 것이었습니다.

　이 벌의 기한을 3천 날로 정한 까닭은, 이 선녀가 잠시 우리나라의 공중에서 악마의 속임수에 한눈을 판 시간은 사람 세상의 시간으로 계산하면 꼭 3천 날 동안에 해당되었기 때문이라고 해요.

2

　그래서 3천 날 동안의 벌을 받으러 우리나라에 내려온 하늘의 선녀는 어느 산 밑 수풀가 사람들이 비교적 많이 드나드는 길옆 한 샘물 곁에 자리를 잡고 서서, 지나가는 목마른 길손들에게 깨끗한 바가지로 샘물을 떠서 바치는 일을 날마다 늘 되풀이해 맡아 하게 되었습니다.

　그리고 그 맑고 아름다운 그녀의 모습이 꼭 새로 핀 한 송이의 흰 연꽃 같다고 이 선녀를 본 많은 사람들이 칭찬한 나머지 그 이름도 어느 사인지 '연이'로 불리게 되었어요.

　또 물론 이 연이가 길어 주는 그 샘물의 맛과 기운도 맨 처음 하늘에서 땅 위에 샘물들을 솟아나게 했을 때 바로 그대로 신바람 나고 힘 나고 향기롭고 음악도 있게 하는 것이어서, 한동안 물의 기운이 없어졌던 것을 아는 사람들은 새로 소생한 이 샘물 기운에 무척 기뻐했으며, 그러니만큼 연이를 이상하게는 생각하면서도 날이 갈수록 점점 더 존중하게 되고 그리워하게 되었어요.

그래 연이의 샘물 근처에 사는 사람들은 본래 하늘이 사람들에게 주신 온갖 능력을 되찾아서 유쾌하고도 아름답고 착하고 참된 나날을 보내면서 하는 일마다 무엇이든 두루 다 잘해서 아주 잘살게 되었고요.

또 이렇게 그들을 다시 살게 해 준 연이 선녀가 너무나도 그리워서 별로 목마르지 않는데도 얼굴만이라도 다시 더 보고 말소리라도 한 번 더 듣고 싶어 일부러 그녀를 또 찾고 또 찾고 하는 그런 사람도 적지 않게 있었습니다.

요즘 사람들은 예쁜 꽃들이 사람보다도 더 이뻐 보여서 그걸 사람보다 더 그리워하기도 하지만, 이때의 이 연이 선녀의 그 기쁜 샘물을 마시고 살던 사람들은 어떻게나 보기부터 아름다웠던지 이 근처의 모든 꽃들이 먼저 그 사람들을 부러워하고 그리워하게까지 되었고요, 또 공중을 날며 고운 노래를 부르는 온갖 새들과 네발 달린 모든 짐승들까지도 이때 이곳 가까이 살던 사람들을 두루 숭배하게 되었어요.

우리나라 새들 중에서 지금도 늘 우리를 반가워하는 저 까치만큼은 그때에도 유난히 더 반가워 못 견디어서 우리 연이 선녀의 발치 가까이까지 모여들어 짹짹거리며 매우 좋아했습니다.

그러면 우리 연이 선녀께서는 고요한 흰 연꽃 같은 미소를 고운

얼굴에 띄우시며,

"까치야! 우리 까치 이리 온!"

하고 까치들을 가까이 불러서 그 좋은 샘물을 마시게 해 주기도 하셨어요.

이렇게 해서 이 행복한 곳의 기쁜 나날이 하루가 가고 이틀이 가고 사흘이 가고 나흘이 가고 한 달이 지나고 두 달이 지나고 석 달 넉 달이 지나고, 한 해가 가고 두 해가 가고 세 해 네 해가 가고 해서, 마침내 이 선녀가 맡아 온 벌의 기한 3천 날이 겨우 며칠밖에는 남지 않은 때가 다가왔는데요.

그런데 왜, 저 연이 선녀를 한눈팔게 해서 벌받게 한 그 요망한 지옥의 악마 놈을 기억하시지요?

그것이 연이 선녀가 행인들에게 샘물을 떠 바치며 벌을 받고 있는 동안에, 갖은 못된 꾀와 둔갑을 다해서 이 나라의 이때의 임금님을 속여 가지곤 연이 선녀의 샘물이 솟아나는 고장의 원님이 쓰윽 되어서, 버티고 목을 꼿꼿이 하고 있었습니다. 그래 연이 선녀를 다시 꾀어 해칠 것만을 음모하고 있었습니다.

3

그래 근사한 얼굴에 사치한 옷으로 차려입은 원님이 된 그 요망한 악마는 어느 날 그의 부하들을 데리고 샘물가에 서 있는 연이 선녀 앞에 나타나서 그의 마음속과는 아주 다른 말로,

"저는 이 고을의 원이올시다. 아가씨께서 길을 가는 목마른 나그네들에게 오랫동안 샘물을 떠 주어서 공을 세우신 일로 사람들이 많이 칭찬들을 하기에 오늘은 이 고을 원으로서 감사 말씀을 여쭈려고 이렇게 찾아뵈오러 왔습니다. 아가씨에게 감사하는 뜻에서 저의 집에 약간의 조촐한 음식을 차려 놓았으니 저의 초대를 받으시어 저와 함께 가 주시면 어떨는지요?"

하며 능청스럽게 유혹해 보았습니다.

그러나 우리 연이 선녀께서

"초대는 고맙지만 저는 이 샘물 맡은 일을 잠시도 게을리해서는 안 되니 그리 아시기 바랍니다."

하자 이때만큼은 그냥 돌아갔습니다마는, 그 뒤에도 거의 매일같이 찾아와선 그의 초대를 꼭 한 번만이라도 받아 줄 것을 이어서 졸라 댔습니다.

그러다가 우리 연이 선녀가 벌을 받은 그 3천 날이 꼭 하루밖에는 남지 않은 그날이 되자, 이 원님이 된 악마는 이날에는 자기는 찾아오지 않고 힘센 부하들만 여러 명 보내어,

"이번에도 우리 원님의 초대를 거절하신다면 억지로라도 모시고 오라는 분부를 받고 왔습니다."

하고, 연이 선녀가 또다시 거절하자 완력으로 그녀를 끌고 가게까지 했습니다.

그래서 우리 연이 선녀는 약한 여자의 몸이라 할 수 없이 끌려가서 그 흉악하고 요망한 악마의 바로 앞에 서게 되었는데요.

가짜 원님 노릇에도 꽤나 잘 길이 든 이 악마는 그럴듯하게 꾸민 자리에서 술을 마시며 연이 선녀를 기다리고 있다가, 그의 앞에 끌려 들어온 그녀를 보자 무척 음흉하고 거나한 눈웃음을 지으며,

"그 아가씨님을 바짝 내 옆으로 잘 모시어 오너라!"

하고 더럽게 입맛을 다시는 소리로 호령을 내렸습니다.

그러고는 연이 선녀가 그의 부하들에게 억지로 다시 끌리어 그의 옆에 와서 앉자 다짜고짜로,

"연이 아가씨! 자, 먼저 우리 한 잔씩 같이 나누십시다요!"

하면서 그의 앞에 이미 마련해 놓았던 또 한 개의 술잔에 술병의 술을 그득히 따라서 연이의 앞에 놓으며,

"애들아! 어서 그 차려 놓은 음식들을 모조리 내오너라!"

하고는,

"얼씨구나 좋다, 절씨구나. 아니나 놀지는 못할씨구!"

어쩌고저쩌고하며 게걸거리기 시작했어요.

그러고는 연이 선녀의 앞에 술을 부어 놓았던 술잔을 들어 선녀님의 입에 바짝 가까이 갖다 대며,

"어서 마셔라, 어서 마셔! 이 술은 술이 아니라 늙지 않는 불로초약이니, 이 술을 꿀꺽꿀꺽 마시고는 나하고 오늘 밤에 재미나게 결혼하자!"

하고 억지로 연이에게 술을 마시게 하려다가, 그녀가 거세게 거절하며 몸부림을 치는 바람에, 엎질러진 술로 그녀의 옷을 적시기까지 했습니다.

그러자 이 악마는 한결 더 거칠어지면서 연이에게 와락 달려들어 그 몸을 우악스럽게 얼싸안았습니다.

그리고 앞에 있는 부하를 시켜 옆방 문을 열게 하고 그 속으로 연이를 끌고 들어가 안의 문고리를 잠가 버리고 말았습니다.

4

　그러나 연이 선녀는 이 고을의 원님이란 자가 아까 자기에게 터무
니없이 결혼하자는 말을 함부로 지껄여 댄 걸로 보아 '이건 사람이
아니라 틀림없는 악마일 것이다'라는 걸 즉시 눈치 차려 생각해 내
고, 이런 경우에 악마가 그 본색을 나타내게 하는 기도를 마음속에
서 시작해 정성을 다해 계속하고 있었어요.

　아, 그랬더니요.

　악마가 방에다 연이 선녀를 마악 내려놓으려 할 무렵에는 그 얼굴
이 그만 차츰차츰 변해 가기 시작했어요. 그래서 우리 선녀가 유심
히 그 얼굴을 들여다보니, 놀랍게도 처음에 저 하늘과 땅의 중간에
서 지난날 그녀의 앞에 잘 차려입은 미남자로 나타나 그녀에게 잠시
한눈을 팔게 했던 그 얼굴을 보이다가, 곧 이어서 아주 몹시 흉악한

악마의 본색으로 변해 가는 것이 잘 보였어요.

그래서 우리 선녀가 이번에는 또 마음의 힘으로 모든 악마들을 잠들게 하는 기도를 열심히 마음속에서 하고 있었더니, 이 악마도 할 수 없는지 앞서 마신 술기운 속에 흥건히 곯아떨어져 버렸어요.

그 틈을 놓치지 않고 우리 연이 선녀는 몸을 빼어 안으로 잠긴 문고리를 슬며시 열고는 후닥닥 뜰로 내리어, '다리야 날 살려라' 하고 있는 힘을 다해 달아나기 시작했습니다.

그렇지만 악마에게는 또 악마의 사는 길이 따로 있어서요. 잠시 잠 속에 빠졌던 이 악마는 얼마 뒤 눈이 뜨이어 연이 선녀가 자취를 감춘 걸 알아차리자, 확 불기둥같이 달아올라 일어서서 창문을 걷어차고 나가 마루를 두 발로 쿵쿵 구르며,

"종놈들아, 종년들아! 내 말씀이 안 들리느냐?! 누구 하나도 빠짐없이 어서 챙기고 나와서 도망간 그 샘물지기 년을 잡아들여라!"
하고 성급한 불호령을 내렸습니다.

이때는 이미 어두운 밤이라, 횃불들을 켜 들고 남녀 하인들은 악마 앞에 나타나 모여, 그 악마가 시키는 대로 동서남북의 네 편으로 나누어 나서서 연이 선녀가 간 곳을 찾기 시작했는데요.

우리 연이 선녀는 어디로 어디로 정처도 없이 도망쳐 가다가 한참 뒤에 숨도 차고 다리도 아프고 하여 마침 눈앞에 나타나는 한 못물가에 지쳐서 주저앉아 그녀의 고향인 먼 하늘 쪽만 바라보고 있었어요.

그런 그녀를 사방에서 샅샅이 찾고 있던 악마의 하인들의 한 패가 발견한 것은 밤도 꽤나 이슥한 때였습니다.

"야, 연이가 저기 못가에 앉아 있다!!"

하고 악마의 하인들은 소리를 모아 고함치며 횃불을 더 높이 치켜들고 그 연이 선녀를 향해 달려들었는데요.

우리 선녀는 그들의 손이 그녀의 몸에 곧 닿을락 말락 한 아슬아슬한 때가 되자, 무엇을 생각했는지 몸을 날려 '풍덩' 소리를 내며 그 못물 속을 향해 몸을 내던지고 말았습니다.

그러고 나서 그 몸이 완전히 물속에 잠길 때가 되었는데요.

뜻밖에도 그녀가 빠진 언저리의 못물 위에선 참으로 아름답고도 깨끗하고 향기로운 하얀 연꽃들이 피어나기 시작했어요.

그녀를 잡으려고 몰려왔던 악마의 하인들도 이걸 보고는,

"아이, 가엾어라. 우리 착한 연이가……"

하고 한탄하며 흐르는 눈물들을 주체할 길이 없었어요.

이렇게 되어 하늘의 선녀 연이는 그녀가 악마에게 잠깐 한눈을 판 벌로 받은 한국 땅 위의 그 3천 날의 샘물지기 노릇을요, 또다시 뒤따른 그 악마의 방해로 단 하루를 마저 채우지 못한 채로요, 그 아쉬운 흔적으로 이 못물 위에 한 무더기의 흰 연꽃들을 남기고, 비로소 그녀의 고향인 하늘의 신선 선녀들의 고장으로 돌아갈 수가 있었습니다.

하느님의 아드님과
백일홍 꽃나무

1

　여러분은 우리나라의 시조이셨던 단군 할아버님의 어머니께서 처음에는 미련한 곰이었다가 그 마음을 바로 고쳐 갖기에 많이 참으면서 노력한 결과로 좋은 인간의 처녀가 되셨다는 이야기를 아시지요? 그리고 이때 마침 경치 좋은 우리 북쪽의 백두산에 내려오셨던 하느님의 아드님께서 이 암곰이 잘 변해서 된 이 새 처녀를 눈여겨 보시고 그녀에게 서슴지 않고 장가를 드시어 그 훌륭하신 우리의 시조 단군 할아버님을 낳게 하셨다는 이야기도요?

　그런데 그 하느님의 아드님께서 우리의 아름다운 나라에 내려오시어서 우리나라 처녀를 아내로서 골랐던 이야기가 충청남도 당진 고을에서 생긴 것도 하나 있어, 그 이야기를 대략 간추려 여러분에게 말씀해 드리려고 해요.

충청남도 당진이라면 저 새빨간 빛의 머리꼭지를 가진 귀한 새, 곧 학들이 옛날부터 많이 살아온 곳이라는 것도 아시겠지요? 늘 하늘 높이 떠 울고 날아다니면서 하늘 일을 어느 새보다도 더 잘 알아 오래오래 산다는 그 하얗게 큰 점잖은 새 말입니다.

이 학들은 하늘 일만 잘 아는 게 아니라 땅 위의 아름다운 경치도 잘 찾아 모여들어 둥우리를 치고 사는 새이니, 이 새가 많이 모여 살던 당진의 자연 경치 역시 아름다운 건 물론이었습니다.

이 당진 고을에서도 자연이 아름답기로 가장 뛰어난 어느 바닷가 마을의 일인데요. 이 마을은 자연이 유난히 아름다운 만큼 거기 사는 사람들의 인심도 좋은 데다가 또 해마다 풍년까지 들어서 여기 사람들은 이것을 하늘이 내리시는 복이라고 생각하고 늘 하늘에 감사하고 살았어요.

그런데 뜻밖에 이곳에도 어느 해부터는 견디기 어려운 가뭄이 몰아닥친 데다가 바다에서도 고기들이 잘 잡히지 않아, 이런 해가 거듭하는 동안에는 한 집씩 두 집씩 여기를 버리고 딴 데로 살길을 찾아 떠나는 사람들의 수가 늘어나게 되었습니다.

거기다가 특히 또 한 가지 겹친 환난이 생겨 있었으니, 그것은 어느 바다에서 살다가 이곳을 노리고 떠들어온 놈인지, 큰 이무기란 놈이 때때로 마을에까지 침입해 와서 벌이는 잔인한 짓 때문이었습니다.

용이 되려고 하늘로 솟아올라 가다가 하느님한테서 "너는 용 될 자격이 없다" 하는 심판을 받고 도로 바다에 떨어진 데서 그 이름이 붙여진 이 이무기란 놈은, 몸의 크기가 몇 아름드리의 큰 느티나무 둥치만 한 데다가 길이는 스무 자도 넘으며, 흉악한 눈과 사나운 이빨을 가진 머리는 세 개나 달려서 보기에도 정말로 끔찍한 데다가요, 또 가축들이나 사람들까지도 때때로 마구 죽여서 날로 먹기 때문에 오랜 가뭄보다도 이게 무서워서 마을을 뜨는 사람들의 수는 점점 더 늘어나게 되었어요.

그렇지만 아직도 이 마을을 못 버리고 남아 살던 용감한 주민들은 마을의 큰 마당에 모여서 먼저 이 이무기를 다룰 방법을 상의하게 되었는데요.

한 늙은이가 나서서 말씀하시기를,

"이무기 놈은 이쁜 처녀를 아내로 가지기를 무엇보다도 좋아한다고 하니, 우리가 살아남고 싶으면 우선 이 마을 처녀 중에서 하나를 골라 그것한테 바쳐야겠지요."

하셔서, 별 딴 수도 없는지라 불가불 그 말씀을 따르게 되었어요.

그래 다시 그 이무기가 좋아할 처녀를 고르는 모임을 가진 결과, 마을의 한 얌전하고도 유순한 처녀가 뽑혔는데요. 그녀는 얼굴이 아기자기하게 이쁘다기보다는 마음이 공손하고 희생적이어서 자기 집 식구들과 마을 사람들을 위해서라면 어떤 어려운 일이라도 참고 견딜 수 있다고 보았기 때문에, 그 착한 마음을 믿고 그녀를 골랐던 것이었어요.

그녀의 성과 이름은 무엇이냐고요? 글쎄요. 이때는 하도 먼 옛날이어서 사람들이나 짐승들이나 나무들이나 꽃들이나 새들이나 물고기들까지도 두루 아직 자연 그대로일 뿐 이름을 아직 붙일 줄도 모르던 때였으니까, 물론 이 처녀에게도 우리가 가진 것 같은 그런 이름은 붙어 있지 않았어요. 그냥 '그 처녀'라고만 불러 두기로 하죠. '마음이 착한 그 처녀'라고 하든지요.

그랬었는데요.

그 처녀가 뽑혀서 그 흉한 이무기에게 희생으로 바쳐질 날이 바로 하루 뒤로 다가오자, 이것을 지켜보고 계시던 우리들 위 높은 하늘의 하느님께서도 이것만은 그냥 모른 체 안 하시고, 그의 아드님 중의 한 분을 불러 앞에 세우시고,

"빨리 내려가서 그 처녀를 구해 주어라!"

하시었습니다.

2

그래 그 너무나도 잘생기시고, 정의롭고, 사랑하는 마음도 크고, 또 힘도 무척 세신 하느님의 아드님께서는 부랴부랴 참 딱하게도 된 우리나라 충청도 당진 고을의 그 처녀의 마을로 내려오시게 되었는데요.

그 처녀는 그 이무기에게 희생으로 바쳐질 날이 정해진 뒤부터는 밤마다 뒤란에 홀로 나가 '제 마음이 약해지지 않게 도와주옵소서' 하고 하느님께 마음속으로 기도를 올리고 있었어요.

그래 그 마지막 날 밤에 이 기도를 하는 모습을 하느님의 아드님은 어디엔가 숨어 지켜보시었는데, 그 모습이나 마음속이나가 하늘의 어느 선녀보다도 못할 것은 없어 보여서, 이만큼 당당한 여자라면 자기의 짝을 삼아도 좋겠다는 생각을 내게 되셨습니다. 그래서 그 처녀를 기어코 살려내야겠다는 굳은 작정을 하시자, 하느님의 아들인 이분의 본모양을 그 처녀 앞에 나타내시며,

"두려워 마라. 나는 네 하느님의 아들이다. 내 아버님의 부름을 받고 너를 도우려고 내려왔다가 내 본모양을 안 나타낼 수가 없이 되었다. 너는 참 훌륭한 처녀구나. 사람들이 다 너 같다면 오죽이나 좋겠느냐. 남들을 살리기 위해 자기를 희생하려는 네 마음은 갸륵하지만, 그런 너를 나는 결코 죽게 하지 않을 테니 겁내지 말고 내일도 태연하여라."

하고 인자하고도 다정한 음성으로 타이르셨습니다.

이 눈부신 빛에 둘러싸인, 신성하고도 더없이 늠름하게 고운, 그립기만 한 이분을 대하자, 그 처녀는 이분이 바로 그녀가 기다리던 사내의 본모양인 것만 같아 온 마음과 몸이 모두 그분 쪽으로만 쏠리면서, 떨리는 소리로 한마디 간신히 말한 것이,

"뜻하시는 대로 무엇이든 따르오리다."

할 뿐이었어요.

그러자 이분은 그 처녀의 곁으로 바짝 가까이 다가오시어서 빙그레 웃으며 한 손을 벌려 어깨를 가벼이 두어 번 다독거리시고는 문득 어디론지 자취를 감추셨습니다.

그래 드디어 이튿날이 되자 마을 사람들은 그 처녀에게 흉악한 이무기의 취미에 맞게 울긋불긋한 옷도 입히고, 붉은빛과 흰빛 접시꽃으로 엮은 꽃관도 머리에 씌워서, 그 이무기가 늘 출몰하는 바닷가에 홀로 내놓아 두었어요.

바다의 물결이 바로 가까이까지 몰려오는 모래밭에 한 장 깔아 놓은 왕골자리 위에 너무나도 억울키만 한 홀몸으로 놓인 것이에요.

　보통 자발머리없는 여자들 같으면 벌써 울고불고 나동그라지고 온갖 야단을 다 떨었을 것입니다마는, 그러나 우리 처녀는 처음부터 끝까지 태연키만 했습니다.

　처녀는 반듯이 단정하게 앉아 머리를 약간 숙이고 눈을 반쯤 감고 있는 걸 보면 마음속으로는 여전히 하느님께 열심히 기도드리고 있는 듯이 보였으며, 한일一자로 굳게 다문 움직이지 않는 입술은 그녀의 흔들리지 않는 결심을 나타내 보이고 있었습니다. 그리고 그녀는 가끔 두 손을 맞잡아 보기도 했는데, 이때의 그녀의 마음속에선 지난밤에 만나 본 하느님의 아드님을 그리워하는 생각이 그득해 있었습니다.

　그러자 하느님이 보내신 아드님께서도 그 처녀의 마음속을 환히 다 들여다보시고 빙그레 미소하시며 마침내 그녀가 앉아 있는 위의 공중에 날개 달린 옷을 입고 날아오시며,

　"내가 곧 그 못된 이무기의 목을 다 잘라 죽여 놓을 테니 너는 염려 말고 앉아서 기다려라!"

하고 큰 소리로 외치셨습니다.

3

이때에 큰 이무기란 놈이 저만큼 바다 위에 솟아올라 세 개의 머리마다 달린 사나운 아가리들로 소리를 합쳐서 고함을 치고 있었는데요. 그것은

"야아! 나의 왕비를 모셔다 놓아서 고맙다! 고것 참 베어 먹어도 비린내 한 점 안 나게 이쁘게 생겼구나! 염려 마라, 염려 마라! 인제부터 너희들 마을에서는 닭 새끼 한 마리도 잡아먹진 않을 테니 푹신히 염려 놓아라!"

하는 것이었어요.

이 괴물이 반쯤 날면서 희생으로 바쳐진 그 처녀를 향해 내달려 오는 것을 마을 사람들이 숨어서 와들와들 떨며 바라보니, 이 괴물의 머리마다 그 위에는 꼭 수탉의 볏과 같은 새빨간 핏빛의 볏이 달

려 있었으며 몸은 아주 큰 구렁이 같았는데, 그 거죽에는 쇳소리를
내는 단단한 비늘들이 쫙 깔려 있었고, 가슴패기와 배 아래에는 쭈
욱 여덟 개의 발톱들이 있는 사나운 다리를 달고 있었습니다.

그래 이 괴물이 바다를 거의 다 건너서 그 처녀가 앉아 있는 모래
밭을 향해 돌진하고 있을 때인데요.

맑은 공중에서 이때를 기다렸다는 듯이

"이 요망한 것, 게 있거라!"

하는 호통 소리가 울려 퍼져 내려오며 우리 하느님의 아드님의 모양
이 바로 이무기 위의 하늘에 나타나시더니, 이때에 맞춰서 하늘 속
에서는 우르릉거리는 천둥소리와 함께 번쩍이는 번개의 불칼이 내
려쳐 와서 눈 깜짝할 사이에 괴물의 세 개의 흉악한 모가지를 모두
싹둑 잘라 놓아서, 한동안 근처의 바닷물을 그 악독한 피로 붉게 물
들였습니다.

그러자 세 개의 머리가 달렸던 목에서는 수정같이 맑고 투명한 구
슬 하나가 저절로 퉁겨 나와서 공중으로 높이 치솟아 올랐으니, 이
것은 우리가 옛날이야기에서 가끔 들어 온 그 '여의주'라는 구슬이
었어요. 여의주라는 말의 의미는, 이것을 가진 이는 무엇이든 소원
하는 것을 다 이룰 수 있다는 것이었어요.

그렇지만 이것은 하늘나라에서 소용되는 것은 아니고 사람의 세
상에서만 통용될 수 있는 것으로서, 땅 위에 사는 사람들 중에서도
특히 그 마음을 바로 잘 닦아서 '신선 사람'이라고 일컬을 만한 자격
을 가진 사람에게 하늘에서 내려 주시는 선물이라고 합니다.

그런데 이 이무기는 어디서 이걸 훔쳤느냐 하면, 늙은 신선 사람 한 분이 점심 뒤에 소나무 밑에서 잠시 낮잠을 주무시는 동안에 그의 손에서 그걸 감쪽같이 빼내어 훔쳤던 것으로, 도망치면서 꿀꺽 아주 삼켜 제 것을 만들었던 것입니다.

이 여의주는 착한 사람이 가져야 착한 일에만 쓰이게 되지, 악한 자가 가지면 맨 악한 일에도 쓰이게 되었기 때문에 이걸 안 이무기는 여의주를 삼킨 뒤부터는 갖은 악독한 소원을 다 만족시켜 가려고 했던 것이지요.

그런데 그 죽은 이무기의 목 안에서 여의주 구슬 하나가 하늘로 솟아오르는 것을 재빨리 눈여겨보신 우리 하느님의 아드님께서는 그 구슬을 보고 '내려와라' 하고 마음속으로 명령하시어, 그것이 스스로 조용히 내려와 그의 손바닥에 놓이자, 그걸 꽉 쥐어 들고 아직도 바닷가 모래밭의 왕골자리 위에 천연스러이 앉아 있는 그 처녀 옆으로 내려가시었습니다.

그래서는 매우 기쁘고도 반가운 얼굴로 흠뻑 웃으시며,

"잘 참아 주어서 고맙다. 이만큼 한 사람이면 우리 하늘나라의 선녀들 틈에 갖다 놓아도 훌륭하겠다."

하시면서 손에 쥐셨던 여의주를 그 처녀의 한쪽 손에 꼭 쥐어 주시었습니다.

"이것은 인제는 네 것이다."

하시면서요.

그러고는 그분 자신도 그 처녀의 바짝 옆에 다가앉으며 그녀의 귀

가까이 입을 갖다 대고 나직한 소리로,

"당신을 내 아내로 승낙해 주시라고 내 아버님한테 가서 여쭐 생각이오. 그러니 당신도 늘 이어서 내 아버님께 기도를 드리면서 앞으로 백 날 동안만 기다려 주시오. 오늘로부터 백 일이 되는 날에는 당신을 만나러 다시 오리다."

하고 비로소 높임말을 써서 그녀의 남편이 될 것을 약속하시었어요.

4

그 처녀는 하느님의 아드님이 하늘로 돌아가신 뒤, 자는 시간만
제하고는 어느 때도 빼지 않고 그녀가 하느님의 며느리로 허락되기
만을 빌며 백 날을 꼬박 기다렸습니다.

그러나 백 날째가 되어도 그분의 모양이 보이지 않자, 마지막 기
다리는 밤을 그 처녀는 죄인을 자청하고 꿇어 엎드려 소리없이 울면
서 밤을 밝혔는데요.

그 부모와 식구들이 처녀의 일이 너무나 걱정이 되어 아침에 그녀
곁에 가서 보니, 하룻밤 사이의 고민으로 처녀는 할머니 같은 얼굴
이 된 채 얼굴을 두 무릎 사이에 묻고 이미 숨이 넘어간 뒤였습니다.

단군 할아버님의 어머니께서 하느님의 한 며느리로 승낙된 것과
는 달리 이 처녀가 며느리로서 승낙되지 못한 이유가 무엇인지 그

것은 하늘에서만 아실 일이지만, 그 처녀가 가엾어서 마을 사람들은 모두 가슴을 치며 서러워 울었습니다.

그래 온 마을의 큰 슬픔 속에 그 처녀를 무덤에 묻고 나서 한동안이 지났는데요.

그 무덤 위에서는 한 포기의 꽃나무 싹이 나서 나날이 자라 올랐는데, 해가 겹쳐 가는 동안에 이 나무는 붉고도 가냘픈 꽃들을 온 나무에 그득히 피우기 시작했습니다. 그리고 그 꽃들이 이어서 피어 있는 꽃 기한도 아주 오래여서 백 날쯤은 되는 것 같았어요.

서럽게 죽어 간 그 처녀의 마음을 잘 짐작하는 마을 사람들은 그녀의 넋이 이 꽃나무에 다시 돌아와서 그렇게 피어나는 것으로 느끼게 되었고요. 또 그 백 날쯤의 꽃 기한은 그 처녀가 하느님의 아드님과 백 날 뒤에 다시 만나기로 약속했던 사랑의 기다림과 일치한다고 생각하게 되었어요.

그래 이 꽃나무의 이름을 '백 날 동안 붉게 피는 사랑'이라는 뜻으로 백일홍이라고 붙였습니다.

미당 서정주 전집 17

1판 1쇄 인쇄 2017년 7월 10일
1판 1쇄 발행 2017년 7월 17일

지은이 · 서정주
간행위원 · 이남호 이경철 윤재웅 전옥란 최현식
펴낸이 · 주연선

책임 편집 · 심하은
자료 조사 · 노홍주 김명미
표지 디자인 · 민진기 본문 디자인 · 권예진

(주)은행나무
04035 서울특별시 마포구 양화로11길 54
전화 · 02)3143-0651~3 ㅣ 팩스 · 02)3143-0654
신고번호 · 제 1997-000168호(1997. 12. 12)
www.ehbook.co.kr
ehbook@ehbook.co.kr

잘못된 책은 바꿔드립니다.

ISBN 978-89-5660-584-5 04810
       978-89-5660-885-3 (전집 세트)
       978-89-5660-530-2 (옛이야기 세트)